红楼梦中事

付曼 ———— 著

人民东方出版传媒
东方出版社
The Oriental Press

图书在版编目（CIP）数据

红楼梦中事 / 付曼 著 . —北京：东方出版社，2023.9
ISBN 978-7-5207-2276-6

Ⅰ.①红… Ⅱ.①付… Ⅲ.①《红楼梦》研究 Ⅳ.① I207.411

中国国家版本馆 CIP 数据核字（2023）第 132855 号

红楼梦中事
（HONGLOUMENG ZHONG SHI）

作　　者：	付　曼
责任编辑：	邢　远
出　　版：	东方出版社
发　　行：	人民东方出版传媒有限公司
地　　址：	北京市东城区朝阳门内大街 166 号
邮　　编：	100010
印　　刷：	鑫艺佳利（天津）印刷有限公司
版　　次：	2023 年 9 月第 1 版
印　　次：	2023 年 9 月第 1 次印刷
开　　本：	880 毫米 ×1230 毫米　1/32
印　　张：	11.25
字　　数：	200 千字
书　　号：	ISBN 978-7-5207-2276-6
定　　价：	59.00 元

发行电话：（010）85924663　85924644　85924641

版权所有，违者必究

如有印装质量问题，我社负责调换，请拨打电话：（010）85924602　85924603

目 录

写在前面的话 001

第一辑 日日生活皆是课

吃在大观园 008

- 贾府私房菜 009
- 大观园最受欢迎的是啥菜 019
- 大观园里吃烧烤 027
- 贡品寻踪 033

大观园里喝杯茶 042

- 贾宝玉喝什么茶 044
- 一杯茶，拿起与放下的学问 048
- 你知道吗，红楼茶不只是用来喝的 055

大观园起居趣事 062

- 与厕所有关的故事和事故 063
- 《红楼梦》里的看病难 072
- 《红楼梦》里的花样出行与"交规" 080

第二辑　大观园里的百味人生

少年的你　090

- 丢失童年的白富美　091
- 问题少年的诞生　100
- 原生家庭的痛与解　109
- 迷惘的读书郎　121

身在职场　128

- 求职悲欢　128
- 衣裳亦有江湖　138
- 同是嬷嬷，差距咋这么大呢　147
- 凤姐不背锅　161
- 躲黑锅是个技术活儿　165
- "超级"助理　168
- 小名片里的大学问　179

嫁入豪门　187

- 算算嫁妆这笔账　189
- 正房太太的烦恼　193
- 妾的"晋升"之路　201
- 妾与夫人的差异　208
- 逆袭，只是个案　214
- 女怕嫁错郎　220
- 《红楼梦》里，有种叫"妒"的妇科病　227
- 娘娘回娘家　233

婆媳相处 241
- 贾府媳妇的必修课 242
- 得宠媳妇的得与失 248
- 奇葩媳妇"瞎金贵" 253

人间滋味 258
- 一场雪,遇见百味人生 259
- 《红楼梦》里的"秋风客" 266
- 居安思危,可卿托梦 279

第三辑 当年明月遥相忆

绣楼之上 288
- "姑奶奶"的地位 289
- 红楼女子的劳技课 300
- 信物的故事 306

洋味大观园 314
- 跟着刘姥姥看洋货 315
- 有钱也难买的洋药 321

关于信仰 328
- 一脚红尘,半脚世外 329
- 贾府祠堂的灵异事件 339

后记 349

参考书目 351

写在前面的话

时光的沙漏一刻也不停歇，千载峥嵘洒落于茫茫天地间，都化作了转瞬间的荣枯。回首中华数千年的尘封岁月，那些浸润着我们民族灵魂的历史记忆也在似水流年中渐渐远去了。笔者一直有一个根植于心底的梦想——回溯到远逝的时光中，探寻不同时代人们的社会生活印记，串起那些值得我们在岁月缝隙里回味的历史记忆。

有人说，任何一个值得尊敬的民族，都有它的史诗般的作品，想要了解这个民族，就要读这些作品。在中国，《红楼梦》可谓是古典文学的扛鼎之作。

《红楼梦》自清朝乾隆年间问世之初，就吸引了众多的读者。小说尚未完稿，就已经有了众多的抄书者。抄本始出，贩之于庙室，"昂其值得数十金"。人们争相购买、传阅，夜读红楼、掩卷垂泪者不乏其人，更有不少读者深陷在小说的情节中不能自拔，清代陈其元在《庸闲斋笔记》中就记载了这样一个故事：

余弱冠时，读书杭州，闻有某贾人女，明艳工诗，以酷嗜

《红楼梦》致成瘵疾。当绵惙时,父母以是书贻害,取投之火,女在床,乃大哭曰:"奈何烧杀我宝玉!"遂死。

时人对于《红楼梦》的痴迷可见一斑,"开篇不言《红楼梦》,纵读诗书也枉然"的说法也不胫而走。《红楼梦》还未完成,研究《红楼梦》的人就已经出现了,脂砚斋的批语就是伴随《红楼梦》的创作过程而写出的,脂砚斋可谓是早期的红学专家了。后四十回的遗失更是增添了它的神秘性,引来了众多的红楼解梦人。民国才女张爱玲曾说过,人生有三大憾事:鲥鱼多刺,海棠无香,《红楼梦》未完。这部小说虽有美中不足的遗憾,但"断臂维纳斯"的残缺美,也成了《红楼梦》独特的艺术魅力之一。

由来同一梦,休笑世人痴。面对《红楼梦》这部洋洋洒洒百科全书式的巨著,研究红楼的学者也多秉承"天下弱水三千,我只取一瓢饮"的态度,选取其中的一个角度来进行研究。笔者无力探究小说的诸多"谜底",只将本书定位于深入研究《红楼梦》所涵盖的具有典范意义的传统文化元素、文化现象,并从不同的角度对其进行提炼、解读,努力搭建传统经典与通俗文化之间的桥梁,使读者能在汲取传统文化精华的同时提高自身的品德、修养和智慧。

我们发现,《红楼梦》所描绘的社会生活是非常广阔的。无论是贾府的奢华还是刘姥姥一家的困顿,小说对各阶层人物的生活都进行了生动的再现。作者描绘的贵族家庭生活尤为细腻传神,从饮食、起居、服饰到省亲、祭祖、节庆、丧礼等无所不包。虽然在《红楼梦》的开篇,曹雪芹就借空空道人之口说本书"无朝代年纪可考",但那不过是作者为作品涂上的保护色，因为任何一部文学作品都不是空中阁楼，都有一定的现实生活来源与基础。《红楼梦》的作者曹雪芹生活在清朝，他经历了康熙末期、雍正时期以及乾隆前期，这部小说所展现的社会风貌必然会带有作者所处时代的生活印记。

清朝是在特殊的历史背景下建立的，它的社会生活非常复杂。公元1644年，清军入关，少数民族入主中原。在这一时期，随着满汉等多民族的融合，各民族文化也进一步交融。为了剿灭明王朝的遗患，满洲军队进行了南征北战，战争在客观上也促进了南北文化、满汉文化的互动。清朝的文化不是单纯的汉族的或满族的文化，也不是南方的或北方的文化，而是满汉交融、南北交融的文化。在曹雪芹生活的时期，随着社会经济恢复与繁荣，文化也呈蓬勃发展的态势，满汉等多民族文化交融也已经到了很高的程度。

曹雪芹笔下的《红楼梦》能够包含深广的社会内涵，除却与作者生活年代的社会、文化背景有关以外，也离不开作者特殊的家世经历、丰厚的文化底蕴。

1621年，努尔哈赤率领满人攻克沈阳城，许多大难不死的汉人沦落为八旗包衣[①]，其中就包含曹家的远祖。他们归入了多尔衮旗下，成为正白旗包衣。多尔衮死后，正白旗收归顺治皇帝自将[②]，自此，正黄、镶黄、正白这三个旗都归皇帝直接统领，称为上三旗。上三旗的包衣统隶于内务府。曹家人由摄政王府的包衣变成了皇宫内务府的包衣。

[①] "包衣"是努尔哈赤家族的旗籍"世仆"，或曰"家臣""内臣"。引自祁美琴：《清代包衣旗人研究》，人民出版社2019年版，第34页。

[②] 多尔衮死后，正白旗收归皇帝直接统领。

曹雪芹的曾祖父曹玺也由王府护卫升为内廷二等侍卫。

后来，又因为曹雪芹的曾祖母孙氏做过玄烨（康熙皇帝）保母，曹家与皇室的关系进一步加深。康熙二年（1663），曹玺被任命为江宁织造。

此后，曹家三代、四人，即曹雪芹的曾祖父曹玺、祖父曹寅[①]、父辈曹颙、曹頫相继担任江宁织造五十多年。

在清朝，内务府直接为皇帝服务。在内务府包衣世家这种特殊环境中长大的曹雪芹，生活习惯已经深深被满族文化同化，所以作者在小说中描绘的满族风俗，实际上是对自己日常生活场景的不经意流露，但曹家本是汉人出身，又外任江南六十余年，汉文化的底蕴很深。《红楼梦》中的贾府就是深受汉文化浸染的八旗贵族家庭的缩影。

此外，明清之际，随着西方传教士的东来以及明中后期郑和下西洋，西方的近代文明早已穿透了中国古老的城墙，在中华大地上扩散。大量的异国风物、异域风情进入了人们的视野，对国人的社会生活都会产生深远的影响。以曹家当年的煊赫，自然有机会接触并享用到那些西洋珍品。曹雪芹是三代江宁织造培养出来的生活家，他在小说中提到洋货的时候更是如数家珍，为我们留下了康雍乾时期西方物品进入中国上层贵族家庭的珍贵资料。

雍正年间，曹家被抄，举家迁往北京。此后，曹家的运势持续衰微，乾隆年间，曹雪芹隐居于京城西郊的山村。伴随着巨大的家族变故，曹雪芹接触到了大量的底层人民，也备尝生活的艰辛。我们发现，曹雪芹在小说中传达的生活观念离不开贵族家族生活文化的积累，更离不开作

[①] 曹家真正的辉煌是在曹雪芹的祖父曹寅时期。曹寅曾担任过康熙皇帝的伴读、侍卫，也做过江宁织造、苏州制造、巡盐御史，深得康熙皇帝信任。

者在不同人生境遇中的真切体验。

曹雪芹在创作小说的同时,"无意间"将满汉、南北、中西、贵族、底层等多种元素进行汇总,并通过鲜活的生活细节艺术化地呈现出来,为我们提供了当时社会生活的多角度的镜像。可以说,曹雪芹的家世乃至康雍乾三朝的历史,都走入了小说中。

一部好的文学作品不仅能够反映成书年代的大的时代背景,也可以让我们透视到一个民族在某一时期的社会风貌,正如通过马克·吐温的作品可以透视美国19世纪中后期的生活,通过《战争与和平》可以看见十九世纪初到二十年代的俄国社会一样。在中国,没有哪一部明清小说能像《红楼梦》一样具有如此广博深厚的文化内涵,《红楼梦》可以称为研究中国清朝康乾社会生活的最好脚本。

《红楼梦》像一面镜子,它不仅能映照出作者生活年代人们的生活,也能映照出今天我们的生活。静心品读,你会发现,我们在现实生活中经历的许多事,《红楼梦》里的人都经历过,你可以在小说中见到自己身边熟悉的人的影子,也会发现小说中的某个人像极了某个阶段的自己。

红楼一世界,世界一红楼。《红楼梦》所包罗的内容实在太丰富了,笔者在这里只能略窥之一二。期待更多热爱红楼的有识之士,能够一起促进红楼文化的普及与传播,一同承担起我们对文化传承的责任。

"大哉红楼梦,再论一千年。"这是一代红学家冯其庸老先生的期望,也是我们努力的方向。知己最难逢,相逢意自同,长长的路,我们一起慢慢走。

付曼

2020年1月

第一辑

日日生活 皆是课

吃在大观园

饮食文化是中国文化的重要组成部分，不同朝代、不同地区、不同阶级人们的饮食也呈现出不同的特征。想要了解一个民族、一个时代的生活文明，从一饮一食入手未尝不是一个好的途径。

在中国的许多古代小说中都有关于饮食文化的描写，虽然各部小说都有自己的主旨，作者不过是在描绘人物的日常生活时涉及了饮食，并不以此为主，但这些描写对于了解当时的社会生活和世情文化依然具有重要的价值。

康乾时期，随着经济的发展，上层社会对于饮食文化的理解与追求进一步升级。那么，在《红楼梦》这部百科全书式的作品中，什么样的美食能够被端上贾府的餐桌？与皇家沾亲带故的贾府的美食是否会有御膳的影子？我们可否根据曹雪芹的描述还原出一二道红楼佳肴？曹雪芹笔下的红楼菜究竟源自何方？带着一连串的疑问，我们走进大观园，近距离看一看。

贾府私房菜

猪头肉与螃蟹宴

俗话说，民以食为天。民国才女张爱玲说："相府（李鸿章）家的老太太，看《儒林外史》就是个吃！"《儒林外史》中出现的那些菜家常味儿十足，而且无论什么肉，都以煮得烂烂的为准，颇对老太太的胃口。实际上，不仅《儒林外史》，明清众多小说关于饮食的描写都各具特色。

在《三国演义》里，生逢乱世的群雄整天提着脑袋打仗，烽火连天的日子，吃自然就弱化了。曹操会刘备，配上一盘青梅即可开饮，推杯换盏间却暗中角力，谈的是天下英雄，想的是定鼎河山。《水浒传》讲的是江湖故事，好汉们大碗喝酒、大块吃肉，简单粗犷，透出浓浓的草莽气，也衬托出英雄好汉的豪迈性格。在《西游记》中，最令"人"期待的美食，非唐僧肉莫属。

《金瓶梅》的作者兰陵笑笑生和《红楼梦》的作者曹雪芹都是懂吃、会吃一族，但他们笔下的饮食有着明显不同。

《金瓶梅》中的吃主要出现在西门庆这个暴发户的家庭菜单中。一次，西门庆为招待应伯爵摆出了这样一席菜：

> 先放了四碟菜果，然后又放了四碟案鲜：红邓邓的泰州鸭蛋，曲湾湾王瓜拌辽东金虾，香喷喷油炸的烧骨，秃肥肥干蒸的劈晒鸡。第二道，又是四碗嘎饭：一瓯儿滤蒸的烧鸭，一瓯儿水晶膀

蹄，一瓯儿白炸猪肉，一瓯儿炮炒的腰子。落后才是里外青花白地磁盘，盛着一盘红馥馥柳蒸的糟鲥鱼，馨香美味，入口而化，骨刺皆香。

这席菜太接地气了，它们和小说中的烧猪头、炖烂羊肉、蒜汁面、爆炒腰子、山药肉圆子等诸多菜肴一样，都是当时市井口味的典型代表，彰显着浓浓的烟火味儿，在今日的餐桌上也不鲜见，令人备感亲切。

《金瓶梅》中的众人烹饪和享用美食时，也多为市井吃法。在小说中，宋惠莲有用一根柴火烧熟猪头的绝活儿：

舀了一锅水，把那猪首、蹄子剃刷干净。只用的一根长柴，安在灶内，用一大碗油酱，并茴香大料拌着停当，上下锡古子扣定。那消一个时辰，把个猪头烧的皮脱肉化，香喷喷五味俱全。将大冰盘盛了，连姜蒜碟儿，教小厮儿用方盒拿到前边李瓶儿房里，旋打开金华酒筛来。玉楼拣上分儿齐整的，留下一大盘子，并一壶金华酒，与月娘吃，使丫鬟送到上房里。其馀，三个妇人围定，把酒来斟。

一群妇人围坐在一起饮酒，以猪头肉作下酒菜，吃得真是豪放。这样"美女配猪头"的场景是不可能在《红楼梦》中看到的，因为饮食习惯跟阶层有关，西门庆这样的暴发户家庭，在吃的方面自然不像王侯府邸那样有诸多讲究，而曹雪芹在《红楼梦》中展示的是世家大族高雅诗意的生活，大观园中的公子小姐们就算是围坐在一起边烤边吃鹿肉，也不是为了填饱肚子或解馋，而是讲究一种吃的情趣。

在《红楼梦》中，宝玉命人给探春去送鲜荔枝，要用缠丝白玛瑙碟子盛着，说是这样搭配好看，明艳富丽的色彩搭配，将贵族日常的精致与优雅传递出来。

《红楼梦》中的螃蟹宴给大家留下了深刻的印象。为让湘云实现做东道主宴请贾府众人的愿望，宝钗提议办螃蟹宴，让家中的伙计弄了七八十斤极肥极大的螃蟹来接驾的宴席排场，这只是第一步。贾府的宴席，除了吃什么，还要考虑怎么吃、在哪里吃、吃的时候安排什么节目"破闷"，这些非食物因素也要安排妥当。

最终，这螃蟹宴摆在了建于水中的藕香榭，榭下河水碧清，远处山坡上桂花绽放，款款而至的公子小姐们赏着美景、吃着螃蟹、喝着合欢花浸的酒，又有吟咏菊花、螃蟹的诗穿插其中，真叫一个风花雪月。丫鬟端来的"菊花叶儿桂花蕊熏的绿豆面子，预备着洗手"，更是将世家大族在饮食细节上的讲究升华到了极致，相较之下，那些白肉红脂的肥蟹反倒成了点缀。

可以说，在众多的明清小说中，《红楼梦》里吃得最美，最有意境，也最有情致。

御膳的真容

了解曹雪芹家世的读者都知道，康熙皇帝六次南巡，曹家曾经四次接驾。据记载,怀柔的郝氏在接驾乾隆皇帝[①]一行时,一日餐费高达十余万。曹雪芹也一定从祖辈那里听说过接驾的宴席排场吧。《红楼梦》里并没有南巡接驾的直接描写,只有一个类似级别的桥段——元妃省亲。

"……大开筵宴。贾母等在下相陪。尤氏、李纨、凤姐等捧羹把盏。"寥寥数语,突出的是君臣等级关系,至于这个国宴级的餐桌上有何美味却只字未提。本以为作者会大书特书的地方,作者偏偏一笔带过了,反倒是一些"不经意"的夹写,为我们提供了御膳的线索。

在小说中,宝玉挨了父亲贾政一顿揍。在养伤期间,他也想吃在旧年备膳时做过的"小荷叶儿小莲蓬儿的汤"。这碗充满诗意的御膳汤是如何做出的?

一听宝玉想吃,贾母便一迭连声地叫做去,凤姐却吩咐先找汤模子。原来,这小荷叶儿小莲蓬儿的汤是先将调好的面放在银模子里印出来,借点新荷叶的清香,配上好汤做成。做这种汤颇费工夫,不仅要有汤模子,为做得凤姐要求的十碗汤,厨房还需要拿几只鸡,另外添了东西才能完成任务。

究竟这碗汤是旧年为谁备膳而做的,我们不去考证,但这碗汤一定是 PK 掉众多的珍馐美馔才得以成为御膳的。细思量,这不过是一碗面疙瘩汤。它的胜出,除了味道以外,就在于面疙瘩的精美形状,而这又归功于汤模子。

[①] 在《啸亭续录》中,有一段关于怀柔郝氏接驾乾隆皇帝的记载:"……怀柔郝氏,膏腴万顷。高宗跸其家,进奉上方水陆珍错,至百余品,王公近侍及舆台奴隶皆供食馔,一日之餐,费至十余万。"

薛姨妈先接过来瞧时，原来是个小匣子，里面装着四副银模子，都有一尺多长，一寸见方，上面凿着有豆子大小，也有菊花的，也有梅花的，也有莲蓬的，也有菱角的，共有三四十样，打的十分精巧。

生活在皇商之家的薛姨妈也见过不少世面，可她见了这精巧的汤模子也惊叹不已。汤的味道不得而知，这个精致的汤模子却是真应该进博物馆的，因为它代表的不仅仅是贾府的一碗汤，更是一种有格调有品位的饮食文化。俞平伯先生说过：古人的生活奢侈浪漫。《红楼梦》里的这碗莲叶汤是不是能为古人奢侈浪漫的生活做代言呢？

无法复制的菜谱

不仅这道为备膳而做的汤程序繁复，贾府日常菜肴的精工细作程度绝不逊于此。在刘姥姥二进大观园的时候，作者还借凤姐之口向刘姥姥介绍了一道红楼名菜——"茄鲞"：

凤姐儿笑道："这也不难。你把才下来的茄子把皮鐍了，只要净肉，切成碎钉子，用鸡油炸了。再用鸡肉脯子肉并香菌、新笋、蘑菇、五香腐干、各色干果子，俱切成钉子，用鸡汤煨了，将香油一收，外加糟油一拌，盛在磁罐子里封严。要吃时拿出来，用炒的鸡瓜一拌，就是。"

如此复杂的工序,凤姐却说是"这也不难"。在我们看来,要做这道菜,单是油,就需要准备鸡油、香油、糟油三种,外加好几只鸡佐以香菌、新笋、蘑菇、各色干果经过多道复杂的制作工序才能做成,别说茄子,即便一把稻草经过如此炮制也会成为美味吧。难怪刘姥姥在尝了茄鲞之后,不相信这是用茄子做的:"别哄我了,茄子跑出这个味儿来了,我们也不用种粮食,只种茄子了。"

乾隆年间,茄鲞曾出现在《农圃便览》[①]一书中:

立秋茄鲞:将茄煮半熟,使板压扁,微拌盐,腌二日,取晒干,放好葱酱上面,露一宿,瓷器收。

这茄鲞与《红楼梦》中的有异曲同工之妙,却显然不如凤姐描述的活色生香。

或许就是因为曹雪芹对茄鲞的做法描述得太详细了,自小说问世之后,不知有多少人试着做茄鲞,但能否做出原汁原味的"贾府茄鲞"就无从得知了。

对于小荷叶儿小莲蓬儿的汤和茄鲞这两个特例,我们尚能捕风捉影,小说中提到的诸多菜式,就只能通过名字来想象其烹调艺术了:贾母餐桌上的风腌果子狸、野鸡崽子汤;刘姥姥要留作花样子的牡丹花样的小面果;被芳官嫌弃的酒酿清蒸鸭子、奶油松瓤卷酥……

这也难怪,《红楼梦》本不是一部饮食专著,小说中对于饮食的描

---

① 丁宜曾于乾隆二十年(1755年)写成《农圃便览》一书。

写也主要是根据情节的发展需要而设置的,所以小说中描写的宴饮场面虽多,却并未对菜肴的做法都一一进行详细的描写。

野味多多

品读《红楼梦》,我们发现贾府有食野味的习俗。不说乌庄头送来的年货单子上列出的大鹿、獐子、麂子、暹猪等诸多野味,平日贾府众人也常食野味。大观园里给公子、小姐们单设小厨房,王夫人也没忘记将野鸡、獐、狍等各种野味分些给他们。

野鸡也是贾府饭桌上常见的美味。宝玉的奶妈李嬷嬷发脾气,凤姐使用"烧的滚热的野鸡"把李嬷嬷引走。贾母在大观园里受了风寒,凤姐特意送去了野鸡崽子汤,贾母吃了感觉很受用,还要求再炸两块野鸡肉配粥吃。

贾府的这一食俗与满族的饮食文化有关。

清朝由入主中原的少数民族建立,饮食文化也体现出鲜明的民族特色[①]。在入关之前,满人的饮食烹调相对简单,以吃肉饮奶为主。入关以后,满人仍然保留着一些原来的饮食习惯,如喜食野味、奶制品及各种面食,而且擅长将肉类烧烤而食。曹家这样的内务府世家,满

[①] 满族的生产力及经济发展水平等条件与其他民族不尽相同,长期的渔猎游牧生活,铸就了满族勇敢尚武的民族精神,也使他们形成了独具特色的衣食住行文化。在入关之前,满人的饮食烹调相对简单,主要吃肉饮奶而已,盐、酱等作料很是珍贵。入关以后,满人仍然保留着一些北方少数民族的饮食习惯,如喜食野味、奶制品及各种面食,而且擅长将肉类烧烤而食,所以当时有"满菜多烧烤,汉菜多羹汤"之说。

化程度已经很深了，究其饮食习俗，也是满俗与汉俗互融的。折射在《红楼梦》中，贾府的饮食也体现了这一习俗特点。

豪华早餐

在《红楼梦》中，小厨房的厨娘柳家的曾发了这样一顿牢骚：

连姑娘带姐儿们四五十人，一日也只管要两只鸡，两只鸭子，十来斤肉，一吊钱的菜蔬。你们算算，够作什么的？连本项两顿饭还撑持不住，还搁的住这个点这样，那个点那样。

柳家的这番话不仅道出了小厨房的日常开支和管理弊端，还透露出了贾府的餐制：每天"两顿饭"。现在我们都说一日三餐，为何锦衣玉食的贾府一日只吃两顿饭呢？

在很长一段时间内，古人实行的都是早晚两餐制。一日两餐演化到现在的一日三餐，经历了相当漫长的历史发展过程。关于清人的餐制，在《清稗类钞》中有南方一日三餐、北方一日两餐[①]的说法。

在清朝，满族上层权贵家庭实行的都是两餐制。这与东北先祖的饮食习惯有关。满族先民过的是游牧、渔猎生活，早餐后，男人出猎，

---

① 《清稗类钞》中有这样的记述："我国人日食之次数，南方普通日三次，北方普通日二次。"有研究者认为，清代的南方人多为一日三餐，这与当地日照时间相对较长，人们在白天的活动较多有关；而北方曾一度实行两餐制，后来逐步演变为今天的一日三餐。

女人采集，晚归后再一同进晚餐。为了表明自己对民族风俗与民族身份的坚守，清朝皇室也坚持实行两餐制，皇帝除非外出围猎或巡幸，每日只吃两顿正餐：早膳和晚膳。康熙皇帝对汉人的一日三餐颇为不屑，"尔汉人，一日三餐，夜又饮酒。朕一日两餐，当年出师塞外，日食一餐[①]"。

曹雪芹生于正白旗包衣世家，皇上垂范提倡的餐制，曹家自然会遵循。落笔到小说中，贾府实行两餐制并不难理解。平日里，贾府都是两餐，但有时也会加设酒宴。比如在刘姥姥游览大观园一回，贾母一行人在秋爽斋吃的早饭，随后，为给史湘云还席，众人又到缀锦阁吃酒，最后晚饭摆在了稻香村。

关于一日两餐的具体时间，《清稗类钞》中记述早餐在上午十点前后，晚餐在下午六点前后[②]。《红楼梦》里并没有明确提到贾府吃晚饭的时间，只在第十四回借凤姐之口提到了何时吃早饭。

时值凤姐协理宁国府，她当众宣布："卯正二刻我来点卯，巳正吃早饭。""巳正"是上午十点。十点钟吃早饭，都快接近我们今天的午饭时间了。不过，这千呼万唤始出来的早餐还是很值得期待的，贾母的早餐餐桌上，牛乳蒸羊羔、新鲜的鹿肉、一两银子一个的鸽子蛋赫然在列。刘姥姥初进荣国府时，也曾见过凤姐的早饭："桌上碗盘摆列，满满的鱼肉在内。"

不是凤姐奢侈铺张，早餐就要吃大鱼大肉，古人概念中的一日两餐或三餐，都是指正餐，而作为一天中第一顿正餐的早餐自然会丰盛

---

① 出自《清稗类钞·饮食类》。
② 据《清稗类钞》记载，日食二次者，朝餐约在十时前后，晚餐则在六时前后。

些,《清稗类钞》中也曾记述"朝餐多肉类"。

早餐虽丰盛可是时间晚,早晚两餐中间也会饿,怎么办?清朝皇帝在早膳和晚膳之外,还会享用早点和晚点。《红楼梦》中的贾府,荤素点心、面茶、建莲红枣汤等用于点补的小食也有很多,其中不乏"饽饽①""奶子②"等具有满族特色的饮食。

那么,《红楼梦》中的诸多饮食究竟是南方的还是北方的?俞平伯在与顾颉刚的通信中,曾就《红楼梦》的背景是北京还是南京的问题进行过研讨,得出的"结论"是:《红楼梦》所记的事应当是在北京,却掺杂了许多回忆想象的成分,所以小说中有很多江南的风光。这对我们理解小说的饮食描写也是具有参考价值的。曹家历任江宁织造,至家道败落后,举家迁到北方。曹雪芹生于江南,在北方长大,对南北方的饮食习俗都颇为熟悉,自然也会将"南味""北味"混杂落于笔端。

贾府的日常宴饮,既有满族特色的饮食,也出现了不少地道的江南名馔,如火腿炖肘子、糟鹅掌鸭信、酸笋鸡皮汤、酒酿清蒸鸭子,那一两银子一个的鸽子蛋,更是乾隆年间南方酒楼里的高档菜。

曹公以南北兼有、满汉结合的笔法为我们描绘出了一幅世家大族的饮食画卷,今天的我们在隔空观赏十八世纪中国贵族家庭饮食文化的同时,也能够感受到当时的时代背景和世风民情。

---

① 饽饽是满语,满族旧俗,主食以面食为主,并将各种面食统称为饽饽。
② 奶子,是供食用的动物的乳汁的统称。

■ 大观园最受欢迎的是啥菜

刘姥姥的吃后感

自古以来，饮食就有贵族与平民的等级区别，刘姥姥带着外孙板儿一进荣国府，恰巧赶上凤姐吃饭。作者通过刘姥姥的视角描写了凤姐饭后的餐桌：桌上碗盘森列，仍是满满的鱼肉在内，不过略动了几样。凤姐吃腻了的大鱼大肉对于穷人来说，却是非常有吸引力的，所以板儿一见了就吵着要肉吃，刘姥姥还打了他一巴掌。

刘姥姥二进荣国府，更是亲身体验了豪门的饕餮盛宴。

大观园的酒宴是集美景、美酒、美器、美食于一体的。这日众人游览大观园，于探春居住的秋爽斋摆宴开席。凤姐为作弄刘姥姥，偏把一碗小巧的鸽子蛋放在她跟前。

刘姥姥拿着那双沉甸甸的老年四楞象牙镶金筷子满碗里闹腾，好不容易撮起一个来，伸着脖子刚要吃，却又掉到了地上，被丫鬟捡出去了。刘姥姥深感可惜，"一两银子，也没听见个响声儿就没了！"

想来，这一两银子一个的鸽子蛋再配上那象牙镶金的筷子，足以彰显贾府的奢华了。

贾府的这道鸽子蛋与乾隆年间南方酒楼的一道名为"煨鸽蛋"的菜肴类似。煨鸽蛋又叫"一颗星"，是将鸽蛋煮熟去皮，用鸡汤作料煨制而成，鲜嫩绝伦。这道菜在当时价格高昂，非隆重盛大的宴席不轻易得见。

一两银子在作者生活的年代[1]可以买什么？曹雪芹生活于康熙末期至乾隆前期，在康熙在位的后二十年，米价曾涨至一两一石，到曹雪芹开始写作《红楼梦》的乾隆九年前后，米价涨至1.2两白银一石，几年后又升至1.7两一石[2]。对照刘姥姥算的那笔著名的螃蟹账来看，贾府一顿螃蟹宴花费的二十多两银子，够庄稼人过一年，富人与穷人生活的天差地别可见一斑。

贾府主子们吃厌了的东西，对穷人来说，却是闻所未闻的珍馐美馔。在贾母携刘姥姥游览大观园的时候，丫鬟端来了点心：

> 这盒内一样是藕粉桂花糖糕，一样是松瓤鹅油卷。那盒内一样是只有一寸来大的小饺儿。贾母因问什么馅儿，婆子们忙回是螃蟹的。贾母听了，皱眉说道："这油腻腻的，谁吃这个！"那一样是奶油炸的各色小面果。也不喜欢，因让薛姨妈吃，薛姨妈只拣了一块糕。贾母拣了一个卷子，只尝了一尝，剩的半个递与丫鬟了。

这松瓤鹅油卷属于蒸食，与花卷类似，但加了鹅油等配料就更显考究了。刘姥姥拣了一块牡丹花样的点心，笑道："我们乡里最巧的姐儿们，剪子也不能铰出这么个纸的来。我又爱吃，又舍不得吃，包些家去给他们做花样子去倒好。"

---

[1] 关于曹雪芹的生卒年有多种说法，通常说法为1715—1763年。
[2] 参见侯会《物欲〈红楼梦〉》，第117—118页。

被嫌弃的加餐

在《红楼梦》中,芳官是贾府为了迎接元春省亲从姑苏买来的小戏子。在宝玉过生日的时候,来自江南的芳官说她吃不惯面条,让厨房的柳嫂子做一碗汤,盛半碗粳米饭送来。

后来,丫鬟小燕接过厨房送来的食盒打开看:

> 里面是一碗虾丸鸡皮汤,又是一碗酒酿清蒸鸭子,一碟腌的胭脂鹅脯,还有一碟四个奶油松瓤卷酥,并一大碗热腾腾碧荧荧蒸的绿畦香稻粳米饭。

好一顿丰盛的加餐!由于宝玉在贾府的特殊地位,宝玉房中的丫鬟也备受众人巴结,厨房的柳嫂一心想通过芳官帮忙让自己的女儿到怡红院做丫鬟,所以她在为芳官做饭时可谓是竭尽心力。这顿饭不仅用到了鸡、鸭、鹅、虾等诸多食材,在做法上也颇为讲究。

清蒸鸭子虽然常见,鸭子的腥味却不易除。纪晓岚一生不吃鸭子,就是因为讨厌鸭子的腥秽之气。贾府在做清蒸鸭子的时候佐以酒酿,一来是为了去除鸭子的异腥味,二来酒酿味甜,符合来自姑苏的芳官的饮食习惯。

胭脂鹅脯,单看名字就感觉口齿留香。取鹅脯肉进行腌制,肉色艳若胭脂。曹雪芹的祖父曹寅留有"红鹅催送酒"的诗句[1],红鹅就是

---

[1] 曹寅在《楝亭集·过海屋李昼公给事出家伶小酌留题》诗中写道:"迭次不辞过,知君怜我真,红鹅催送酒,苍鹘解留人。"

胭脂鹅,被曹雪芹巧妙地安放到小说中。

一整天都在接受众人拜寿的宝玉也饿了,他闻着奶油松瓤卷酥的香味儿,都忍不住吃了一个,又命小燕给他拨了半碗饭泡汤吃,觉得十分香甜可口。但芳官却嫌弃道:"油腻腻的,谁吃这些东西!"只吃了一碗汤泡饭,拣了两块腌鹅,就不吃了。一个唱戏的小丫头,对于饮食竟如此挑剔,贾府主子们对饮食的要求之高可想而知。

顶级人物的餐桌

贾母在贾府稳居权力顶端,她的饮食专由大厨房预备,把各种菜蔬用水牌写了,天天换着吃,可谓是尝尽了人间美味。

第四十九回,宝玉赶到贾母处吃早饭:

一时众姊妹来齐,宝玉只嚷饿了,连连催饭。好容易等摆上来,头一样菜便是牛乳蒸羊羔,贾母便说:"这是我们有年纪人的菜,没见天日的东西,可惜你们小孩子们吃不得。今儿另外有新鲜鹿肉,你们等着吃。"众人答应了。宝玉却等不得,只拿茶泡了一碗饭,就着野鸡瓜齑忙忙的咽完了。

牛乳蒸羊羔,单听名字就知其有滋补养生的功效,年轻人气血旺盛,自然是吃不得了。鹿肉也是很好的健体补益食品,在清朝颇受贵族推崇,满汉全席上就有烤鹿脯、蒸鹿尾等菜肴。宝玉等不及别的菜,就着野鸡瓜齑吃了茶泡饭。这野鸡瓜齑[①]是何等珍馐美味呢?

"齑"的本意是捣碎的姜、蒜或韭菜末儿等。关于野鸡瓜齑,在古籍中有这样的记载:

> 瓜齑:酱瓜、生姜、葱白、淡笋干或菱白、虾米、鸡胸肉各等分,切作长条丝儿,香油炒过,供之。
>
> (宋《吴氏中馈录》)

> 野鸡瓜,去皮骨切丁配酱瓜、冬笋、瓜仁、生姜各丁、菜油、甜酱或加大椒炒。
>
> (清《调鼎集》)

如此看来,这里的野鸡瓜齑是用野鸡肉丁加酱瓜、葱姜末儿等制成的佐餐美味。

此外,在贾母的餐桌上竟然出现了曾被认为是SARS病毒传播源的果子狸。

果子狸是栖息于南方的一种动物,又称牛尾狸或玉面狸,嗜吃果子,入秋后果子收获,果子狸肉也非常鲜美。《扬州画舫录》中有"梨片伴蒸果子狸"的记载。袁枚在《随园食谱》中则这样记述了果子狸的做法:

> 果子狸,鲜者难得。其腌干者,用蜜酒酿,蒸熟,快刀切片上桌。先用米汁水泡一日,去尽盐秽。较火腿觉嫩而肥。

[①] 宋人《东京梦华录》有云:"菜蔬精细,谓之'造齑'。"

贾母所说的"风腌果子狸"应该是先将果子狸肉炒熟盐腌之后风干，食时再进行烹制，方法应与袁枚的记述类似。贾母还特意嘱咐要把那盘风腌果子狸留给宝玉、黛玉吃，这也从侧面反映出这道菜在当时是难得的美味。

在贾母的餐桌上，除了大厨房做的菜，还有各房孝敬的菜。第七十五回，贾母用饭，大儿子贾赦孝敬了"两样看不出是什么东西来的菜，另有外头老爷送来的鸡髓笋"，王夫人则送来了一道素菜——椒油莼齑酱。

莼菜是南方一种极嫩的水生植物，以新鲜为美。据说，后世左宗棠喜食莼菜，但因为驻守新疆而不可得，他的至交胡雪岩得知后，将莼菜用绵纸和纺绸层层包裹，六百里加急快马送到新疆。王夫人送来的椒油莼齑酱是将莼菜切碎拌上椒油、葱、姜末儿等做成的酱菜，为保证莼菜的新鲜美味也可谓是用心良苦。可见，各房在送孝敬贾母的菜时颇费心思。

农家菜进了大观园

通观全书，似乎很少有菜肴能入得了贾母的法眼。一次，贾母提到凤姐送来的野鸡崽子汤："倒有味儿，又吃了两块肉，心里很受用……若是还有生的，再炸上两块，咸浸浸的，吃粥有味儿。那汤虽好，就只不对稀饭。"这简直是最大的肯定了，凤姐听了，连忙答应，命人到大厨房传话。

贾母是《红楼梦》里排名第一的生活家，其见识、审美、品位远超众人，能调动她的味蕾的美食，自然是错不了的。在小说的第三十九回，贾母却为刘姥姥带来的农家菜点了赞。

为了表示感谢，刘姥姥二进荣国府时带来了自家产的新鲜绿色果蔬。刘姥姥带来的"野意儿"一下子引发了贾母兴致：

> 我才听见凤哥儿说，你带了好些瓜菜来，叫他快收拾去了。我正想个地里现撷的瓜儿菜儿吃，外头买的，不像你们田地里的好吃。

确实如此，贾府厨房所用的日常菜蔬都是买办上街买来的，并非自己生产，而且大批量买回来储存，新鲜度肯定要大打折扣，当然不如刘姥姥带来的新鲜摘下的蔬菜好吃。

对于每日山珍海味吃腻了肠子的贾府众人而言，刘姥姥带来的这些带着泥土气息的菜蔬恰巧合了她们的口味。

刘姥姥临走的时候，平儿体恤她扛新鲜瓜果来太沉，只和她预约了干菜："到年下，你只把你们晒的那个灰条菜干子和豇豆、扁豆、茄子、葫芦条儿各样干菜带些来，我们这里上上下下都爱吃。"

贾府众人爱吃干菜不仅体现了这些城里人对"农家乐"的向往，也与时代有关。

在中国古代，由于没有冷藏设备，人们想吃反季节蔬菜是相当困难的。风干是古代保存食品的重要方式。冬季寒冷，新鲜蔬菜少，人们就将夏、秋季节的食材晾晒后贮存起来，这样保证人们在冬季也有蔬菜食用。在明代的《易牙遗意》中就记载了茄子干的两种做法：

夏月十分嫩茄蒸过晒干入瓮中封至冬月用。

苦荬菜汤中焯过晒干至冬月用。

在年下，乌庄头给贾府送来的年货中也有各色干菜一车。可见，北方居民在漫长的冬季吃干菜的习惯在《红楼梦》诞生的时代已经出现了。只是不知道这些普通的干菜在贾府的餐桌上又会做出什么花样儿。

清代自康熙中期以后，社会稳定，经济繁荣，上层社会吃喝之风盛行，形成了清代特有的豪奢饮食习气。通观全书，作者描绘了许多符合贾府"身份"的宴饮场景，这些描写在一定程度上是对当时上层社会豪奢生活的折射，但是，贾府众人的饮食早已超越了一般富户珍馐美味的世俗层次，他们吃出了品质、吃出了情趣、吃出了贵族的雅致，更在吃绝了之后追求饮食的返璞归真。水满则溢，物极必反，何况此时的贾府已经日薄西山。在贾府一次次的饕餮盛宴背后，登高跌重的脚步已经悄悄逼近。

脂批提示，在贾府败落之后，宝玉"寒冬噎酸齑[①]，雪夜围破毡"。不知道宝玉在穷困潦倒以"酸齑"充饥的时候，是否会想起当年贾母餐桌上的野鸡瓜齑，此齑非彼齑，令人感叹。

曹雪芹也曾有过锦衣玉食的生活，写作《红楼梦》的时候过的却是"满径蓬蒿，举家食粥"的日子。经历了巨大人生变故的作者在书中也表达了自己的反思。今天的我们在以艳羡的目光品评红楼美食

[①] "酸齑"指的是切成细末儿的咸菜。

时，更要通过这些美食感受作者的良苦用心。

■ 大观园里吃烧烤

先从异食说起

刘姥姥曾为贾府的螃蟹宴算了一笔账：

这样螃蟹，今年就值五分一斤。十斤五钱，五五二两五，三五一十五，再搭上酒菜，一共倒有二十多两银子。阿弥陀佛！这一顿的钱够我们庄家人过一年了。

看来，刘姥姥对于螃蟹不仅不陌生，反而对市场行情非常熟悉。但在清朝，由于地域的差异，一些地区的人却将螃蟹视为怪物。

清初，一位官员到四川与彝、羌等少数民族交界的地区赴任，当地人见到螃蟹以为是瘟神，敲锣打鼓地将其送到郊外。官员把螃蟹拿来吃掉，当地人非常惊奇，以为官员能吃掉瘟神，对他大为敬佩[1]。康熙初年，甘肃某地的人不认识螃蟹，以为是水底的大蜘蛛[2]。这也难怪，中国幅员辽阔，物产丰饶，饮食文化博大精深，不同地区间人们

---

① 出自陈其元的《庸闲斋笔记》。
② 康熙初年，黎士宏在甘肃做官，他在《仁恕堂笔记》中说："甘肃人不识蟹，以为是水底的大蜘蛛。"

的饮食必然有差异，在一个地区常见的食品到另外的地区也许就被称为"异食"了。

《红楼梦》中薛家是皇商，家资巨万，呆霸王薛蟠也见惯了世面，但在他过生日时，古董商程日兴送的生日礼物也让他大感惊讶：

不知那里寻了来的这么粗这么长粉脆的鲜藕，这么大的大西瓜，这么长一尾新鲜的鲟鱼，这么大的一个暹罗国进贡的灵柏香熏的暹猪。你说，他这四样礼可难得不难得？

物品的珍贵，不仅在于价格的高昂，更在于难得。价格高，有足够的钱就可以买到，而稀有的东西即便有钱也未必能够得到。在几百年前的中国，没有蔬菜大棚，更没有转基因技术，想种出薛蟠比画着都费劲的鲜藕、西瓜谈何容易，难怪见多识广的薛蟠不住地感叹，那鱼、猪不过贵而难得，这藕和瓜亏他是怎么种出来的！

在《红楼梦》的第四十九回，还出现了另外一种含义的异食。

第四十九回的回目是：琉璃世界白雪红梅，脂粉香娃割腥啖膻。那日天降大雪，众人商议要到芦雪广①去赏雪作诗，湘云和宝玉还向贾母要来了一块生鹿肉，商量着要自己弄着吃。

鹿肉对于贾府众人来说并不陌生，不仅乌庄头送年货的单子上有大鹿三十只，在小说第三十七回，黛玉还提到了鹿肉的食法：

---

① 广（yǎn）：因岩架成之屋。

探春笑道:"有了,我最喜芭蕉,就称蕉下客吧。"众人都道别致有趣。黛玉笑道:"你们快牵了他去炖了脯子吃酒。"众人不解。黛玉笑道:"古人曾云:'蕉叶覆鹿'。他自称'蕉下客',可不是一只鹿了,快做了鹿脯①来。"

由此可知她对鹿脯这种食物并不陌生。

实际上,鹿肉在清人的饮食生活中一直占有重要的地位,时人有"山珍先鹿兔,海物首鲟鳇"②之说。清人将关外食野味的风俗也保存了下来,但在众多野味之中,鹿肉因为多来自"龙兴"之地的东北三省,滋补有营养,还谐音"禄",所以人们对鹿肉情有独钟。

在每年的春节前,皇帝按照关外风俗向大臣们颁赐野味时都要赏赐鹿肉,再加上赏赐的"福""寿"二字,寓意"福禄寿"。康熙帝在木兰行围时,也多次将猎获的鹿赏赐给臣下。得到赏赐后,臣下要上谢恩的奏折。康熙四十四年十月,曹雪芹的祖父曹寅就有"恭蒙天赐鹿舌鹿尾鹿肉条等件谢恩"的奏折。此时的鹿肉就不仅仅是食物了,更是一种皇恩眷顾的象征。想来,曹雪芹是将早年生活中关于鹿肉的记忆化于笔下,才有了《红楼梦》中鹿肉的多次出场。

自助烧烤

一听宝玉说要烧鹿肉吃,老婆子们就拿了铁炉、铁叉、铁丝蒙等

---

① 鹿肉干。
② 出自清人方元鹍在乾嘉年间的长诗《咏都门食物作俳谐体》。

烧烤工具来，宝钗、黛玉平素看惯了，不以为异，初来贾府的宝琴、李婶娘等人却深以此为罕事，这是为什么呢？

李婶娘是李纨的寡婶，她带两个女儿来贾家看望李纨。李纨是金陵名宦之女，李婶娘也应长期生活在金陵，南方人对鹿肉虽不熟悉但是也应听说过，真正让她们感觉稀奇的是烧烤这种烹饪方法。

虽然李纨在一旁不断地嘱咐，"留神，割了手不许哭"，宝玉、湘云还是亲自动手烧烤鹿肉了，平儿见烤肉如此有趣，也摘下了手上的虾须镯参与进来，三个人围着火，便要先烧三块吃。

值得注意的是，宝玉等人将鹿肉"割"成的是"块"儿，也没有提前腌制鹿肉，在烤肉的时候更没放调料，这种简单粗糙的饮食习惯颇似满族先民粗糙的食风。

满族先民过的是渔猎游牧生活，他们外出围猎[①]时多在野外集体进食，将所得的猎物直接架在篝火上燔烤，围坐在一起，用自带的刀割肉而食，称为"天火肉"。入关以后，满人的部分饮食仍旧沿袭粗食的旧制，据《清稗类钞》记载，满人在烧羊肉时，"切大块重五七斤者，于铁叉火上烧之"，与之相比，宝玉等人的鹿肉烧烤只能算小巫见大巫。

对于这种带有满俗遗迹的食俗，来自江南的李婶娘觉得稀奇不足为怪，但是，为何连见多识广的宝琴也觉得稀奇呢？

古代的女子不仅读万卷书不易，行万里路更不易。在《红楼梦》中，宝钗和黛玉算出过远门的，前者随母亲、哥哥一同到京城备选，

[①] 《宁古塔纪略》记载：长白山区的满族先民四季常出猎打围。有朝出暮归者，有两三日而归者，谓之打小围。

后者从扬州到贾府投奔外祖母。至于迎春等贾府的小姐，平日里除了去寺院上香以外，基本就没有出门的机会了。

与她们不同，宝琴的生活是丰富多彩的，她自幼就随父亲一省逛一年，"天下十停走了有五六停"，从其所作的怀古诗《赤壁怀古》《交趾怀古》《钟山怀古》《淮阴怀古》《广陵怀古》《桃叶渡怀古》《青冢怀古》《马嵬怀古》等可知其游历之广。她八岁的时候跟父亲到西海沿子买洋货，还见过真真国披着黄头发的洋女子。宝琴可谓是走遍大江南北，阅历丰富，难道没有见过鹿肉的这种烧烤食法吗？

首先，宝琴也属富贵人家的女子，在家中，衣、食都有下人伺候，她对这种亲自动手割肉、烤肉的行为感觉陌生。

其次，在封建教化之下，富家小姐都有多重规矩束缚，宝琴想不到在贾府这样的钟鸣鼎食之家，少爷小姐们竟可以这样豪爽、粗犷地大吃大嚼，一群脂粉娇娃割腥啖膻的场景让宝琴深为震撼。

性情豪爽的湘云吃着鹿肉还不忘招呼宝琴："傻子！过来尝尝。"开始宝琴还嫌腌臜不肯，后来在宝钗的撺掇之下，宝琴就过去吃了一块，果然好吃，就也吃起来。看来，这种自助烧烤的鹿肉不仅是贾府年轻人公认的美味，对于外来的宝琴也颇具吸引力。

大雪之中，有肉、有酒、有诗，还有宝玉从妙玉门前折来的红梅，好一幅琉璃世界白雪红梅图。

慈禧吃烧烤

《红楼梦》自乾隆年间问世之后，就吸引了众多人捧读研讨。我们知道乾隆皇帝读过《红楼梦》，殊不知慈禧太后也是个红学迷。她痴迷《红楼梦》，甚至在日常生活中也要模仿大观园里的生活场景，对此，在金易的《宫女谈往录》中有详细记述：

> 听老太后说，有位会享福的老寿星，是一位王爷的福晋，在下大雪的天里，带着孙儿、孙女、娘家孙女、外孙女、姨姨孙女，以及孙儿媳妇、丫头、婆子等一大群人，到芦雪亭里，一起喝酒、烤鹿肉吃，吟诗作画，下棋听书，乐在其中，享尽清福。老太后自命为古今中外第一人，无论做什么事，处处比着乾隆。乾隆爷不是冒雪骑马到过西山吗？老太后就要冒雪逛颐和园。老福晋不是冒雪带孙儿孙女们行乐吗？老太后也要带后、妃、格格们赏雪作乐，而且一定要盖过那个老福晋去！在高高的听鹂馆里，屋子里火盆生得暖洋洋的，支上两盆烤肉架，烤羊肉、牛肉。用颐和园的松塔（松树结籽的蒂）作劈柴，远远地就闻到松香味道，每次给老太后烤肉的，都是四格格……

这里所提到的芦雪亭赏雪作乐的情节显然是源于《红楼梦》第四十九回。谁能想到，今天人们所热衷的自助烧烤不仅在《红楼梦》诞生的时代就已经出现了，还对慈禧老佛爷的享乐方式产生了如此大的影响。

■ 贡品寻踪

在电视剧《宰相刘罗锅》热播之后，贡品荔浦芋头家喻户晓。如今许多土特产品也因被贴上了"贡品"的标签而身价倍增，可见，人们认为能够进献给皇帝的必定是精品。我们不妨走进《红楼梦》，从曹雪芹描写的上层社会的日常中，寻找那些贡品美食的痕迹。

进鲜的鲜

在《红楼梦》的开头，曹雪芹就介绍江南的甄家与贾家是老亲，两家来往极密切。在小说的第七回，有这样一段描写：

> 凤姐已卸了妆，来见王夫人回话："今儿甄家送了来的东西，我已收了。咱们送他的，趁着他家有年下进鲜的船回去，一并都交给他们带了去罢？"王夫人点头。

在凤姐回王夫人的这段话中，蕴含着这样的信息：甄家在年下派了专门的船来"进鲜"，而且也给在帝都的贾家带来了礼品，凤姐想借甄家的船将回礼带回去。

什么是"进鲜"呢？在中国古代，地方官员为了逢迎皇帝，向皇帝进献地方特产等时新食物被称为进鲜。旧时交通落后，要保持地方特产的"鲜"味，谈何容易？地方的官员们为此不惜派人快马传送。唐代诗人杜牧在《过华清宫》中所写的"一骑红尘妃子笑，无人知是荔枝来"讽刺的就是这种劳民伤财的现象。

可以想见,江南甄家远在千里之外,那满载着江南的水果鱼鲜珍奇特产的船,也要昼夜兼程地航行才能保证进献物品的"鲜"味。

在清朝,不仅地方官要进鲜,各织造也有为皇帝搜罗地方珍品的职责。

据清宫档案记载,康熙年间,苏州织造李煦[①]曾在不同季节向清宫进贡地方特产,如春季的笋,初夏的枇杷果、佛手,秋季的山杏,刚入冬,李煦又进献了冬笋和糟茭白。

无独有偶,清宫档案中也有曹雪芹的祖父江宁织造曹寅的进贡记载:

> 康熙三十六年四月二十九日,内务府总管海拉逊等奏,江宁织造,郎中曹寅进送:腌鲥鱼二百尾……两种玫瑰露八罐等物,连同汉文单一并送至。

在江南担任织造的官员都是皇帝的亲信,他们在选择进献给皇帝的物品时也是颇费心思。

左边是鱼,右边是羊,古人对鲜美滋味的构想,全在于此。曹寅进贡的鲥鱼是江南地区非常名贵的鱼类,有"鱼中之王"的美誉。在明清时期,鲥鱼已经是很有名的贡品了。

鲥鱼不仅出现在曹寅的贡单中,它还被脂砚斋写入了《红楼梦》

[①] 李煦,康熙的亲信,江宁织造曹寅是其妹夫,任苏州织造长达三十年。

的批语里。

第五十四回，贾母派人送来赏给丫鬟鸳鸯、袭人一些吃食，宝玉要看看送的是什么，"秋纹、麝月忙上去将两个盒子揭开，两个媳妇忙蹲下身子"，旁有一条脂批：

> 细腻之极！一部大观园之文，皆若食肥蟹，至此一句，则又三月于镇江江上啖出网之鲜鲥矣。

脂砚斋将读整部大观园之文比成"食肥蟹"，将此一句比成吃到三月于镇江江上刚捕捞的鲜鲥，可知鲜鲥之美胜于肥蟹。鲜鲥鱼究竟是何等美味，竟被脂砚斋如此笃定地拿来与肥蟹相较？

在明代世情小说《金瓶梅》中，也出现了鲥鱼的身影。皇家内监送了西门庆两包糟鲥鱼，西门庆分赠给了应伯爵两尾，应伯爵来向西门庆道谢。

> 伯爵举手道："……昨日蒙哥送了那两尾好鲥鱼与我。送了一尾与家兄去，剩下一尾，对房下说，拿刀儿劈开，送了一段与小女，馀者打成窄窄的块儿，拿他原旧红糟儿培着，再搅些香油，安放在一个磁罐内，留着我一早一晚吃饭儿，或遇有个人客儿来，蒸恁一碟儿上去，也不枉辜负了哥的盛情。"（第三十四回）

应伯爵将如何处理两尾鲥鱼交代得如此细致，足以说明鲥鱼的美味而难得。后来，见有人又送了西门庆冰湃的鲥鱼，应伯爵还借机炫耀自己的吃后感,"吃到牙缝儿里,剔出来都是香的"。

鲥鱼平时生活在海里,春夏之交洄游至南方的江河产卵,鲥鱼产量很少且出水就死,《金瓶梅》中将鲥鱼糟起来或冰湃也说明鲥鱼不易保鲜,所以,鲜鲥鱼的长途运输更为不易。

想将鲥鱼运至京城,需要冰藏快运。清初在南京设有专门的冰窖,每三十里一站,白天悬旗,晚上悬灯,快马传递。"君不见金台铁瓮路三千,却限时辰二十二①"说的就是这种现象。

鲥鱼贡鲜,劳民伤财。康熙二十二年,有官员上书痛陈鲥贡之害,开明的康熙帝下令停止了鲜鲥的进贡②。但是,出了贡品行列的鲥鱼依旧非常珍贵。自康熙三十一年起,曹雪芹的祖父曹寅任职江宁织造。在江南做官的曹寅有品尝鲜鲥鱼的先天优势,也写过多首关于鲥鱼的诗,他将"腌鲥鱼"进献给康熙皇帝,也算是对不好意思让地方官进贡鲜鲥,也不能年年南巡的老主子的一种慰藉吧。

至于脂砚斋,有机会吃到这皇帝都未必吃得着的鲜鲥,自然更是念念不忘了。

玫瑰露还是葡萄酒

曹寅贡单中的玫瑰露也出现在了《红楼梦》里。

在《红楼梦》的第三十四回,因为丫鬟金钏儿跳井的事,宝玉被

---

① 出自清初吴嘉纪的《打鲥鱼》诗。
② 康熙二十二年,山东按察司参议张能麟上书康熙皇帝,请求罢鲥鱼之贡。康熙帝见书,下令停止了鲥鱼的进贡。

父亲痛打了一顿。他在养伤期间想喝酸梅汤，丫鬟袭人认为挨打后不宜吃酸梅这种收敛的东西，给他端来了玫瑰卤子，宝玉又嫌不香甜，王夫人得知此事后派人送来了清露。

  袭人看时，只见两个玻璃小瓶，却有三寸大小，上面螺丝银盖，鹅黄笺上写着"木樨清露"，那一个写着"玫瑰清露"。袭人笑道："好尊贵东西！这么个小瓶儿，能有多少？"王夫人道："那是进上的，你没看见鹅黄笺子？你好生替他收着，别糟踏了。"

瓶上贴有鹅黄笺子，显然是"进上"的物品。王夫人还叮嘱别糟蹋了，可知其珍贵。这些清露的味道奇美，据王夫人讲，"一碗水里只用挑上一茶匙，就香的了不得呢"。

其实，这些清露就是用蒸馏的方法在各种花朵中提取的原汁精华。玫瑰露疏肝解郁①的功效尤佳，宝玉挨了父亲的毒打，郁闷得要死，喝玫瑰露真是再合适不过了。

蒸馏提炼香露的方法由西洋传入中国后，国人也学着制作售卖②。当时江南姑苏的花露"开瓶香洌，为当世所艳称③"。其中著名的品种

---

① "玫瑰露气香而味淡，能和血平肝，养胃宽胸散郁。"（《本草纲目拾遗》）
② （清）赵学敏《本草纲目拾遗》："凡物之有质者，皆可取露。露乃物质之精华。其法始于大西洋，传入中国。大则用甑，小则用壶，皆可蒸取。"清人顾仲在其编著的饮食著作《养小录》中记载："充分发挥烧酒锡甑、木桶减小样，制一具，蒸煮香露。凡诸花及诸叶香者，俱可蒸露。入汤代茶，种种益人。入酒增味，调汁制饵，无所不宜。"
③ 出自清人顾禄的《桐桥倚棹录》卷十。

有玫瑰花露、早桂花露、茉莉花露、野蔷薇花露、鲜佛手露等四十多种。不过，在《红楼梦》中，玫瑰清露、木樨清露都是用带着螺丝银盖的玻璃小瓶盛着。在康乾时期，我国还不能大量制作玻璃器皿，小说中的清露应该是来自西洋的贡品。

后来，这玫瑰露在第六十回又出现了，小戏子芳官将宝玉喝剩下的玫瑰露拿来送给了柳嫂子。因为玫瑰露装在玻璃瓶里，颜色又像胭脂一样，柳嫂子还误以为是宝玉喝的西洋葡萄酒。这却透露出了一个信息：西洋葡萄酒已经出现在贾府这样的钟鸣鼎食之家了，只是不知道是来自哪个国家的贡品。

远道而来的惠泉酒

在《红楼梦》中，无论是节日盛宴还是日常小酌都离不开酒，除了西洋葡萄酒、烧酒、绍兴酒、屠苏酒、合欢花酒以外，作者还提到了一种"远道而来"的惠泉酒。

时值贾琏护送黛玉回苏州，料理完林如海的丧事，贾琏回到贾府时带了一些惠泉酒，凤姐还请贾琏的乳母品尝。这酒有何独到之处，值得贾琏千里迢迢地带回呢？

惠泉酒属于江南名酒，是以无锡惠山的泉水与优质的江南糯米为原料，以独特的方法酿制而成。此酒甘润清醇、晶莹明亮，在江南地区颇负盛名。在《红楼梦》第六十二回，来自江南的小戏子芳官炫耀自己的酒量时也曾提道："我先在家里，吃二三斤好惠泉酒呢……"

在明清时期，惠泉酒还是深受皇亲国戚喜爱的宴饮珍品。在江宁织造曹家的档案史料中，有一份雍正年间的贡品清单记录着，曹頫[①]将四十坛"泉酒"进献给皇帝，泉酒就是出现在《红楼梦》中的惠泉酒。明清之际，作为码头的无锡，商品流通十分活跃，南来北往的船只经过此处必定要买惠泉酒。苏州紧邻无锡，在小说中，曹雪芹安排贾琏千里迢迢地将惠泉酒带回贾府是合乎常理的。

贡品从何而来

在《红楼梦》中，贡品级别的珍品俯拾皆是，乌庄头给贾府送来的鲟鳇鱼、为了长途运输方便而腊制风干的腊猪、风羊等都曾出现在清代关东贡品单子上，贾府餐桌上的碧粳米也是贡米。不仅如此，像玫瑰露这种明确说明是"进上"的物品也有很多，贾琏为招待鸳鸯让丫鬟端来了"昨日进上的新茶"，贾府在过元宵节的时候，放的烟火也"俱系各处进贡之物"。

这些专门的"进上"之物和贡品级别的珍品，为何会流入臣子之家？

实际上，这与曹雪芹特殊的家世有关，贡品出现在真实的曹家并不稀奇。

首先，朝中官员众多，他们进献给皇帝的珍品不计其数，每年皇帝都会将一些地方官进献的珍品赏赐给大臣们。在昭梿的《啸亭杂录》中就有这样的记载：

[①] 曹頫是曹家最后一任江宁织造。在曹寅、曹寅之子曹颙去世后，康熙皇帝下令将曹寅的侄子曹頫过继给曹寅的遗孀李氏，接任江宁织造。

定制，岁暮时诸王公、大臣皆有赐予，御前王大臣皆赐岁岁平安荷包一，灯盏数对及福橘、广柑、辽东鹿尾、猪、鱼诸珍物无算。

这里将橘、柑、鹿尾都列为了珍贵之物，而且还都注明了产地，可见它们都是各地进献的名特产。众所周知，曹雪芹的曾祖母孙氏曾做过康熙皇帝的保母，康熙皇帝对曹家的感情自与对别的大臣不同，曹家的腾达也与此有关，终康熙一朝，曹家圣眷不断，曹雪芹的祖父曹寅尤得康熙皇帝的宠信，曹家得到皇帝的何等赏赐都在情理之中。

其次，康熙二年，江南三织造①划归内务府掌管。内务府"奉天子之家事"，凡是皇家的衣食住行都由内务府负责，内务府官员替皇家制造、采买奢侈品，转呈各种外国贡品。从曹雪芹的曾祖父曹玺开始，曹家三代、四人在康熙、雍正两朝任职江宁织造②五十余年。曹家能得到这些进上的物品极可能与"近水楼台先得月"有关。

另外，曹家在曹雪芹的祖父曹寅时期达到鼎盛。曹寅曾经担任的织造及巡盐御史，衙署所在地是今天的南京、扬州，均为繁庶之地，明清之际，扬州的盐商之富更是天下闻名，在富庶地区担任肥缺要职的官员，物质生活水准不会不高。

康熙皇帝驾崩之后，厉行节俭的雍正皇帝即位，他曾经在大臣噶

---

① 江南三织造指江宁织造、苏州织造、杭州织造。
② 织造这个官职在明代就有，当时的京师及各地都设有织造局，归"尚衣监"的太监掌管。清朝采取了种种措施削减宦官的权力，在康熙之前，江南三织造归户部和工部管理。

尔泰的奏折上批示:

> 诸凡奢侈风俗,皆从织造、盐商而起![1]

从雍正皇帝的口气来看,织造、盐商的奢侈已经远超皇室了。

曹雪芹"生于繁华",虽然他在著书的时候已经沦落到"举家食粥酒常赊"的地步,但他的脑海中关于早年曹家的奢华生活记忆是不可磨灭的。《红楼梦》中的生活细节,也在一定程度上为我们留下了当时贵族生活的真实记录。

---

[1] 中国第一历史档案馆编《雍正朝汉文朱批奏折汇编》,江苏古籍出版社,1989年。

大观园里喝杯茶

中国的茶文化历史悠久。历代文人雅士将烹茶、喝茶与诗文风雅相结合，使茶成为中华饮食文化的一部分。

茶在清代一直受到统治者推崇，清朝的历代帝后除了保留着关外时期饮奶茶的习惯以外，还受汉族影响，逐渐形成了饮清茶和以清茶待客的习惯。宫中也多有各地的进贡之茶，如碧螺春、龙井[①]等。从乾隆时起，清宫每年都要举行规格最高的饮茶盛会——重华宫茶宴[②]，可谓是中国茶史上的一个

[①] 康熙三十八年，清帝驾幸太湖，有巡抚进献了一种当地人称为"吓杀人香"的茶，康熙皇帝品尝之后赞不绝口，但觉得这个名字不雅，于是赐名碧螺春。此后，碧螺春名扬天下，成为有名的贡茶。乾隆皇帝喜饮龙井茶，他不仅将杭州狮峰山下胡公庙前的18棵茶树封为御茶，每年采摘进贡给太后，还将茶赐给臣下，人得少许，细仅如芒。参见王彦章《世说清语》第60—61页。

[②] 茶宴主要是饮茶和赋诗联句，地点一般选在重华宫。据《国朝宫史》记载，参加茶宴联句的诸臣，由皇帝亲自从内廷大学士和翰林院文臣中选择，后来还逐渐形成了每次参与联句者限28人的制度。在茶宴上，乾隆皇帝命人将雪水、松实、梅花、佛手配成"三清茶"待客，宴会上大臣们所做的诗也多与茶有关。据史料记载，乾隆皇帝举办的"三清茶宴"有43次之多，可谓中国茶史上的一个盛举。

盛举。

　　清人盛行饮茶，流传的关于品茶的故事也有很多。清初名妓董小宛在嫁给冒辟疆之后，每日亲自烹茶，"文火细烟、小鼎长泉"，二人静视对尝，冒辟疆感慨自己一生的福分在与董小宛生活的九年中享尽了。清代，不仅是士大夫阶层的饮茶文化有所发展，茶文化也在向民间扩展，其主要表现就是茶馆的发展。据记载，杭州的大小茶馆有800余家。在清代京师茶馆中，经常可以见到三、四品的官员和提笼架鸟的满族旗人与一般百姓杂坐一起饮茶的场景。

　　康乾盛世，随着经济的发展，茶文化日益成熟。这一时期，中国小说史上几乎同时诞生了两部文学巨著：《儒林外史》和《红楼梦》。我们通过这两部巨著可以一窥当时的茶文化。在《儒林外史》中，有不少反映民间饮茶盛况的内容，不但市井上有茶馆、茶室、茶社、茶亭、茶铺子、茶棚子等多种卖茶场所，小说中人们吃的茶也是种类繁多：穷和尚端出了苦丁茶，小茶馆备着粗糙的干烘茶，显贵们吃过银针茶，又换上了天都茶……在《红楼梦》中，贾府不仅烹茶程序、用水、器具都非常讲究，人们还以茶入诗、讲究茶礼茶俗，可谓是将高雅生活与茶道结合在一起的典范。俗话说，水为茶母，火为茶父。贾府不仅有专门的茶房，大观园中的各屋也有茶炉，即便是在大观园内举行螃蟹宴，也要在藕香榭的栏杆外准备专门的竹案，摆好茶筅①茶盂等各色茶具，专有

---

① 茶筅是截取竹枝做成的洗茶具用的圆筒状竹刷，元春在正月十五从宫中送出灯谜来让大家猜，猜中者所得的奖品中也有茶筅。

> 丫鬟扇风炉煮茶。贾府不仅有名茶无数，名贵茶盏更是不胜枚举：在贾母的花厅上，小洋漆茶盘里放着旧窑十锦小茶杯，怡红院的袭人也是捧着小连环洋漆茶盘，为客人送茶……
> 　　窥斑见豹，品读《红楼梦》，字里行间都飘散着茶香。

■ 贾宝玉喝什么茶

在《红楼梦》中，贾宝玉是贾府上下力捧的"凤凰"，他的身边处处可见茶影。

宝玉的贴身小厮叫茗烟，后改成焙茗[①]，都与茶有关。此外，在宝玉做的组诗《四时即事》中，多次写到饮茶，"金笼鹦鹉唤茶汤"；"沉烟重拨索烹茶"；"却喜侍儿知试茗，扫将新雪及时烹"。宝玉的生活在一定程度上是贾府奢华生活的代表。那么在小说中，贵公子宝玉喝的是什么样的茶呢？

千红一窟茶

《红楼梦》第五回，宝玉随警幻仙姑梦游太虚幻境，宝玉喝了小丫鬟端上来的茶，觉得香清味美，绝非常品，就向仙姑询问茶名。

"此茶出在放春山遣香洞，又以仙花灵叶上所带之宿露而烹，名

[①] 古人说茶树上的叶子"早采者为茶，晚采者为茗"，后世上层社会多称饮茶为"品茗""茗饮"。

曰'千红一窟'。"

看来,这千红一窟(千红一哭)茶,并不是什么名茶,它与宝玉饮的万艳同杯(万艳同悲)酒一样,都是作者杜撰出来,利用谐音表现小说中众女子的悲惨命运的,这茶是世间没有的仙茶。我们还是到怡红院看看宝玉在红尘中喝的茶吧。

女儿茶

在小说第六十三回,宝玉过生日,到了晚间,怡红院内仍然十分热闹。林之孝家的来查夜,宝玉解释说怕积食所以晚睡。林之孝家的向袭人等人建议:该沏些普洱茶[①]吃。袭人、晴雯二人忙回答,说已经吃过两碗女儿茶了。

林之孝家的提的建议是正确的。普洱茶消食化痰,清胃生津,功力尤效[②]。在清朝,王公贵族们以饮普洱茶为时尚,因为满人从关外带来的饮食习惯是以牛羊肉、奶制品为主,入关以后,他们的饮食也多为山珍海味,普洱茶以其很好的消食健脾作用而深得王公贵族的喜爱。宝玉喝的女儿茶属于普洱茶中的珍品[③],看来,贾府的人对于普洱茶"醉饱后饮之,能助消化[④]"的功效非常熟悉。

---

① 普洱茶是出产于云南普洱、思茅、西双版纳一带,蒸压成如圆月的饼茶。
② 出自《本草纲目》。
③ 清代张弘在《滇南新语·滇茶》中有这样的记载:"滇茶有数种。盛行者曰木邦,曰普洱……普茶珍品,则有毛尖、芽茶、女儿之号。……女儿茶亦芽茶类,取于谷雨后,以一斤至十斤为一团,皆夷女采制,货银以积为奁资,故名。"
④ 据《清稗类钞》"饮食类"中"孙月泉饮普洱茶"条记载。

在小说中，估计宝玉最爱喝的就是女儿茶了。宝玉认为天下女儿是水做的骨肉，"女儿"二字极清净极尊贵，要说这两个字，"必须用净水香茶漱了口后方可"。茶以"女儿"为名，是最合宝玉心意的。

枫露茶

宝玉平日极为爱惜女孩儿，即便对普通的丫鬟也不例外。他给袭人留下糖蒸酥酪，给晴雯留下豆腐皮包子，得知王夫人的丫鬟彩云偷了玫瑰露以后，也甘愿应承下来平息风波。但是，他在一场因茶而起的风波中却让丫鬟茜雪蒙了冤。

在小说第八回，宝玉命人沏了一盏枫露茶，据说这种茶是沏过三四次后才出色。谁知茶被乳母李嬷嬷喝掉了。宝玉得知后大怒，摔了杯子，要撵乳母。

宝玉为何会因自己的乳母喝了一盏茶竟闹出这么大的动静？

首先，贾府下人们所用的茶和主子们的茶是有等级之分的。在小说中，贾府茶房里的婆子捧了精致的新茶给平儿，就讲得清楚，"这不是我们的常用茶，原是伺候姑娘们的"茶。李嬷嬷身为宝玉的乳母，再尊贵也是下人，喝主子的茶属于越级。

其次，在贾府，即便是同样的东西，也要主子尝了，下人才能吃。在小说中，袭人从园中经过，管理果树的婆子想摘果子给她吃，袭人就明确拒绝，说上头还没有供鲜，下人们倒先吃了不合规矩。

由此可见，在贾府吃东西也是尊卑有序的。李嬷嬷在主子之先享用了主子的爱茶，这是不符合贾府规矩的行为。何况，李嬷嬷以前一直在宝玉身边絮絮叨叨地招人烦,这次,醉酒的宝玉自然会借此发飙了。试想,如果喝茶的人换成一个清俊的女孩儿,宝玉也会如此大动干戈吗?

不过,李嬷嬷并没有被撵,倒是无辜的丫鬟茜雪受到此事的牵连,离开了贾府。想来,作者为那个"吃了瓜络"的女孩儿取名茜雪(欠雪),也是在表达自己的一种愧疚吧。

多浑虫家的茶

宝玉喝过的极品香茗有很多,如暹罗茶、六安茶、龙井茶等,除此之外,宝玉还喝过下层百姓的茶。

时值晴雯被撵出大观园,住在姑舅哥哥多浑虫家里,宝玉去看她。晴雯说渴了半日,想喝茶。

宝玉听说,忙拭泪问:"茶在那里?"晴雯道:"那炉台上就是。"宝玉看时,虽有个黑沙吊子,却不像个茶壶。只得桌上去拿了一个碗,也甚大甚粗,不像个茶碗,未到手内,先就闻得油膻之气。宝玉只得拿了来,先拿些水洗了两次,复又用水汕过,方提起沙壶斟了半碗。看时,绛红的,也太不成茶。晴雯扶枕道:"快给我喝一口罢!这就是茶了。那里比得咱们的茶!"

宝玉倒了茶自己先尝了尝,"并无清香,且无茶味,只一味苦涩,略有茶意而已"。

小说中交代，多浑虫是贾府极不成材的破烂酒头厨子，他的妻子是著名的多姑娘儿，生性轻浮，最喜拈花惹草。这样的夫妻俩儿，思想混沌不说，每日还要为生计奔波，对生活质量的要求自然不会太高。那黑沙吊子、有油膻之气的碗都应该是他们日常所用之物，对他们来说，茶不过是解渴之物。

可叹，在怡红院时，晴雯经常和宝玉喝同样的名茶也未见她说好，此时得了这苦涩不堪的茶却如得了甘露一般，一气都灌下去了。

在小说中，脂砚斋在晴雯喝茶的这段情节旁有批语曰："不独为晴雯一哭，且为宝玉一哭亦可。"为什么不仅为晴雯哭，还要为宝玉哭呢？

结合"寒冬噎酸齑，雪夜围破毡"的批语，难免令人想到，在贾府败落之后，宝玉或许连这种茶都喝不上。或许到那时，宝玉才会懂得，在贾府众人讲究的"琴棋书画诗酒茶"中，茶是贵酒名茶的茶，而穷人生活中的"柴米油盐酱醋茶"，茶是粗茶淡饭的茶，富人的一碗茶，可能就是穷人的半年粮。

宝玉的身上有着作者的投影。曹雪芹对上层社会、底层社会的生活都了然于胸，生活中也是尝遍各种"茶滋味"，想来他在将这些悬殊的生活细节诉诸笔下时，心中也是百味杂陈吧！

■ 一杯茶，拿起与放下的学问

古人习惯以茶待客，人们对于茶具、沏茶、饮茶亦有一整套的规矩，称之为茶道。在《红楼梦》中，茶是贾府中最常见的饮品，贾府的主子们在烹茶程序、用水、器具等方面都非常讲究，也形成了一套固定的以茶待客的礼节。

日常上茶礼仪

林黛玉初次进贾府，她与贾母众人见过礼，落座后就有丫鬟送上茶果，凤姐亲自布让，这是表达对远客的欢迎。

在一些重大的场合，献茶则是接待贵客必不可少的礼仪。在秦可卿的葬礼上，大明宫掌宫内监戴权，亲来上祭。贾珍亲自接待，让坐至逗蜂轩献茶。贾政接待忠顺王府的人，也是彼此见了礼，归坐献茶。《红楼梦》中最为隆重的以茶待客之礼则出现在元妃省亲的时候。元妃升座受礼，两阶奏乐声起，随即举行了"茶三献"的隆重仪式，每一次献茶都要叩拜行礼，三次献茶之后，元妃才降座。

在贾府，各房虽然都有丫鬟专门负责倒茶，但是如果长辈来到晚辈住处，晚辈就需要亲自捧茶招待了。

在小说中，贾母到了宁国府或王夫人处，尤氏、王夫人均亲自捧茶招待贾母。王夫人来到凤姐屋中，凤姐也是捧茶接待。

贾母携刘姥姥等人游览大观园，到了潇湘馆，黛玉亲自用小茶盘儿捧了一盖碗茶来奉与贾母，随后王夫人说她们不吃茶，不用倒了，黛玉才停下来，可见黛玉作为潇湘馆的女主人是要亲自捧茶招待所有长辈。

妙玉待客

贾母一行人游览到了栊翠庵,在此带发修行的妙玉出来接待。

只见妙玉亲自捧了一个海棠花式雕漆填金云龙献寿的小茶盘,里面放一个成窑五彩小盖钟,捧与贾母。贾母道:"我不吃六安茶。"妙玉笑说:"知道。这是老君眉。"贾母接了,又问是什么水。妙玉笑回:"是旧年蠲的雨水。"贾母便吃了半盏,便笑着递与刘姥姥说:"你尝尝这个茶。"刘姥姥便一口吃尽,笑道:"好是好,就是淡些,再熬浓些更好了。"贾母众人都笑起来。然后众人都是一色官窑脱胎填白盖碗。

六安茶①虽是富贵人家常用的名茶,却不合贾母的口味。常年在栊翠庵里修行的妙玉,竟然深知贾母的喜好,她专门为贾母奉上了老君眉②,此茶状如寿眉,其名又有长寿之意,将此茶奉与贾母,贾母自然高兴。

贾母询问泡茶用的水,妙玉笑回,用的是旧年蠲的雨水③。贾母喝

---

① 六安茶产于安徽霍山县,在明代就有"六安茶为天下第一"之称,在清朝更是入贡的名茶。

② 老君眉也属清代名茶,叶形长,芽多毫,如寿眉状。

③ 古人常以旧年蠲的雨水烹茶。吴敬梓在《儒林外史》中写喝茶,多次强调"烹着上好的雨水"。清代苏州的文士顾禄在《清嘉录》中,曾记述了苏州及附近地区的节令习俗,其卷五的"梅水"一节有这样的记载:"居人于梅雨时备缸瓮收蓄雨水,以供烹茶之需,名曰梅水。"在小说中,妙玉来自姑苏,旧年蠲的雨水可能是原来接的梅水,据说用梅水泡茶,茶味清醇无比。

了半盏后就将茶递给了刘姥姥，让她尝一尝。贾母在这里有请刘姥姥品茶的意思，可是对于喝惯了大碗茶的刘姥姥来说，茶的功效无非就是解渴，她像喝酒一样将茶一口吃尽还嫌茶味清淡，这不识货的粗鄙评价，引得众人一阵大笑。

随后，妙玉悄悄拉了黛玉、宝钗去室内喝梯己茶。在此处，三人有一番关于烹茶用水的讨论。

黛玉向妙玉询问，这梯己茶用的是否也是旧年蠲的雨水，却被妙玉讥讽为俗人。

原来，妙玉在为黛玉等人烹茶时，用的是五年前收集的玄墓蟠香寺梅花上的雪。妙玉还抛出了自己的鉴水心得，"隔年蠲的雨水哪有这样轻浮，如何吃得"。

在妙玉与黛玉的对话中，透露出这样的信息：时人以水轻[1]为佳，而雪水烹茶远在雨水之上。清朝的乾隆皇帝就是"水轻论"的代表人物，他曾命人称遍各地泉水，发现北京玉泉山的泉水最轻，但与雪水相较，还是雪水轻。因雪水不常得，清宫多用玉泉山的泉水泡茶，重华宫茶宴上用的则是雪水。

此外，古人推崇用雪水煎茶，还取其甘甜、清冷，扫雪烹茗所取的雪必须是腊雪[2]。小说中，妙玉泡梯己茶用的是梅花上的雪水，又增添了几分梅花的清香，用最高级别的水来待客。曹雪芹在家道败落之前，过的是锦衣玉食的精雅生活，所以，他能够写出贵族阶层对于饮

---

[1] 古人认为，轻的水，溶解的矿物质较少，杂质也较少。重的水溶解的矿物质多，杂质多，水质较硬。

[2] 李时珍在《本草纲目》中写道："腊雪密封阴处，数十年亦不坏。"

红楼梦中事 051

茶用水的挑剔。在小说中，面对不同的客人，妙玉选用不同的水烹茶款待，可见在她心中，两拨客人分量不同。

讲究的茶具

在妙玉的栊翠庵中，何止是泡茶的水有讲究，茶具也是不易得的珍品。

妙玉给贾母用的是一个成窑[1]五彩小盖钟[2]。成窑瓷器稀有而精美，一直被收藏界推崇。相传清代一对成窑鸡缸，价值百金也难求购[3]，由此可以看出贾母所用的成窑五彩小盖钟的名贵。其他人用的"一色官窑脱胎填白盖碗"虽然逊于成窑五彩小盖钟，却也属于官窑精品，是胎质极薄的甜白釉盖碗。

而被妙玉邀请去喝梯己茶的黛玉、宝钗用的都是珍贵的古玩奇珍。

> 又见妙玉另拿出两只杯来，一个旁边有一耳，杯上镌着"㼇瓟斝"三个隶字，后有一行小真字是"王恺珍玩"，又有"宋元丰五年四月眉山苏轼见于秘府"一行小字。妙玉便斟了一斝，递与宝钗。那一只形似钵而小，也有三个垂珠篆字，镌着"点犀䀉"。

---

[1] 明清时期，专为宫廷烧制瓷器的窑口称为官窑。成窑指的是明代成化年间的官窑，出产的瓷器以五彩者为上。

[2] 钟：同"盅"。

[3] （清）刘廷玑在《在园杂志》中有这样的记载："成窑五彩暗花而体薄者，鸡缸一对，价值百金亦难轻购，本无多也。"

宝钗用的㼎瓟斝[①]上面有"王恺珍玩""苏轼见于秘府"等语，更加表明了它非同寻常的来历。妙玉给黛玉用的点犀𥁃则是犀牛角做成的饮器，心有灵犀一点通，以"点犀"命名，极言此𥁃的珍贵。

妙玉将自己平时用的绿玉斗拿来给"不请自来"的宝玉用，宝玉说绿玉斗是俗器，还遭到了妙玉的奚落，说整个贾府都找不出这样的俗器来，可知绿玉斗的价值之高。随后，妙玉又拿出一个九曲十环一百二十节蟠虬整雕竹根的超大饮器来，这与在贾母等人游览大观园的时候为刘姥姥拿出的"十个竹根套杯"有异曲同工之妙，应该是欣赏价值大于使用价值的器物。

妙玉为何有这么多名贵的茶具？小说中交代了妙玉的身份：

祖上也是读书仕宦之家。因自小多病，买了许多替身儿皆不中用，到底亲自入了空门，在玄墓蟠香寺出家，方才好了，所以带发修行。

这些茶具应该都是她从自己家里带来的，而从这些有着厚重文化气息的茶具来看，妙玉家中富贵绝不逊于贾府。妙玉虽然出家修行，原来的生活做派还在。从招待贾母一行人的细节可以看出，妙玉是精于茶道的。

[①] 㼎、瓟，均为葫芦类。据专家考证，㼎瓟斝是将斝的模子套在小㼎瓟上，使之按照斝模的形状长大，成型后去掉斝模，挖瓢去籽风干做成的饮器。㼎瓟斝之所以珍贵，是因为葫芦不容易完全按照模子长，葫芦壁的厚度也不能长得均匀。

放不下的空杯

贾母一行人饮茶过后,庵中的道婆将茶盏收了回来。妙玉急忙吩咐,将那个成窑五彩小盖钟搁到外边去。宝玉明白,是因为刘姥姥喝过里边的半盏茶,妙玉嫌脏不要了。于是,宝玉开口向妙玉讨要杯子。

  宝玉和妙玉陪笑道:"那茶杯虽然脏了,白撂了岂不可惜?依我说,不如就给那贫婆子罢,他卖了也可以度日。你道可使得?"

妙玉想了一想,点头答应,说幸而那杯子是自己没用过的,若是自己用过的,就是砸碎了也不能给她,而且表示自己不与刘姥姥交接,只把杯子给宝玉。宝玉理解妙玉的"洁",顺承着说,妙玉要是直接和刘姥姥说话授受了,也会变脏的,只将杯子交给自己就可以了。随后,宝玉还提出让小厮抬水来给这位高洁之人洗地,这番话说到了妙玉的心坎儿上,她笑逐颜开,只是让小厮们把水搁在山门外。

"纵有千年铁门槛,终须一个土馒头。"这是妙玉最喜欢的两句诗。平日里,妙玉也最爱以"槛外人"自居,意思是自己是隔绝在红尘之外的人。她集梅花落雪烹茶,且独与黛玉、宝钗等不俗之人分享,颇有追求槛外之人不落凡尘的神韵,但她的一些关于"洁"与"空"的行为却着实令人质疑这位"槛外之人"是否名副其实。

妙玉主动给宝玉用自己的绿玉斗,毫不忌讳口唇相接的暧昧,黛玉等人用过的茶杯也可以继续留用,唯有刘姥姥用过的茶杯嫌脏要扔掉。再看妙玉款待贾母时是何等自然,可见她不是不懂人情世故。佛教讲慈悲、世法平等，可见妙玉是个"分别心"较常人还要重的出家人。

反观贾母，这位见证了贾府几代富贵的诰命夫人，愿意与刘姥姥共享一杯茶；贵公子宝玉体恤刘姥姥的贫苦，愿意俯下身段为这个穷婆子向妙玉讨要茶杯。有无慈悲之心，与槛内、槛外无关。这位身在空门的妙玉姑娘虽然精通烹茶之道，却仍需深修为人之道。而且，如若真迈出了红尘的门槛儿，又怎会放不下红尘中的一个空杯？

这世间的茶，拿起与放下之间自有规矩，这世间的事，拿起与放下之间亦有学问，其中的规矩与学问，皆出自人心。

■ 你知道吗，红楼茶不只是用来喝的

在《红楼梦》中，茶不仅是饮品，还有许多其他功能。

在小说第三回，黛玉初次进贾府就经历了茶的考验：

> 寂然饭毕，各有丫鬟用小茶盘捧上茶来。当日林如海教女以惜福养身，云饭后务待饭粒咽尽，过一时再吃茶，方不伤脾胃。今黛玉见了这里许多事情不合家中之式，不得不随的，少不得一一改过来，因而接了茶。早见人又捧过漱盂来，黛玉也照样漱了口，盥手毕，又捧上茶来，这方是吃的茶。

这段描写非常生动，黛玉初次进贾府，心情极为忐忑。虽然父亲

教导饭后不能喝茶,但既然上了茶,自己也只好入乡随俗,将茶接了过来。后来才知道这茶是用来漱口的。她照样子漱口、洗手后,丫鬟才端上了可以喝的茶。

黛玉曾听母亲说过贾府与别人家的不同,所以自己步步留心,时时在意,不多说一句话,不多行一步路,生怕被人耻笑。正是黛玉的留心,才避免了将漱口水一饮而尽的笑话。几百年前牙膏还未普及,贾府利用茶的消炎去污功能漱口,可谓是清雅至极。

祭祀的茶

茶在祭祀活动中还发挥了大作用。在秦可卿的葬礼上,凤姐吩咐下人们"供茶烧纸";在第七十八回,宝玉也曾"焚帛奠茗"祭奠死去的晴雯。可见,在古人眼中,茶是一种圣洁之物。

喝不上的茶

宝玉的姻缘也和茶有联系。

在小说的第八回,宝玉到了薛家住的梨香院,薛姨妈马上命人沏滚滚的茶来。寒暄过后,宝玉去屋中问候宝钗,宝钗也是立即命丫鬟莺儿斟茶来。随后,宝钗细细地赏鉴宝玉佩戴的通灵宝玉。

> 宝钗看毕,又从新翻过正面来细看,口内念道:"莫失莫忘,仙寿恒昌。"念了两遍,乃回头向莺儿笑道:"你不去倒茶,也在

这里发呆作什么？"

丫鬟莺儿被通灵宝玉上的字吸引，忘了倒茶，见宝钗嗔怪，聪慧的莺儿索性说了出来："我听这两句话，倒像和姑娘的项圈上的两句话是一对儿。"此话一出，引得宝玉来赏鉴宝钗佩戴的金锁：

宝玉看了，也念了两遍，又念自己的两遍，因笑问："姐姐这八个字真与我的是一对儿。"

莺儿说出宝钗的金锁来历："是个癞头和尚送的，他说必须錾在金器上……"不待莺儿说完，宝钗便又嗔她："不去倒茶！"

宝玉来访，薛姨妈、宝钗吩咐倒茶都是以茶待客礼节的体现。后来，宝钗又有两次催促莺儿倒茶，这一方面是催茶，另一方面可能是她料到莺儿会说出什么来而暗示莺儿走开。总之，直到此时，宝玉也没有喝上茶。

这里的茶是为曹雪芹所用了，目的就是借莺儿之口交代宝玉和宝钗的"金玉良缘"之说。

惹祸的茶

第二十六回，宝玉到访黛玉住的潇湘馆，因为要碗好茶还引出了林妹妹的眼泪。

二人正说话,只见紫鹃进来,宝玉笑道:"紫鹃,把你们的好茶倒碗我喝。"紫鹃道:"那里是好的呢?要好的只是等袭人来。"黛玉道:"别理他。你先给我舀水去罢。"紫鹃笑道:"他是客,自然先倒了茶来再舀水去。"说着倒茶去了。宝玉笑道:"好丫头,'若共你多情小姐同鸳帐,怎舍得叠被铺床?'"黛玉登时撂下脸来,说道:"二哥哥,你说什么?"宝玉笑道:"我何尝说什么。"黛玉便哭道:"如今新兴的,外头听了村话来,也说给我听;看了混账书,也来拿我取笑儿。我成了爷们解闷的。"

宝玉来做客,丫鬟紫鹃理应为其倒茶,为什么紫鹃说这里没有好茶,要喝好茶得等袭人来呢?

在贾府,丫鬟也是分三六九等的,在怡红院中为宝玉端茶倒水的活儿都是由那些贴身大丫鬟来做的。紫鹃的意思是,袭人是怡红院的首席大丫鬟,又是宝玉未来的妾,在宝玉跟前,自己的地位比袭人要低,倒的茶也不如袭人的好。这话听起来有种酸酸的味道。

宝玉随后所说的"若共你多情小姐同鸳帐,怎舍得叠被铺床?"是《西厢记》里的内容。"多情小姐"指莺莺,"叠被铺床"者指丫鬟红娘,宝玉是把自己比成张生,把紫鹃比成了红娘。这也向紫鹃传达了这样的信息,将来自己娶林妹妹,紫鹃就是陪嫁的通房丫头[①],地位比袭人低不了多少。

丫鬟紫鹃未必听得懂这些,倒是读过《西厢记》的黛玉恼了,她

---

① 通房又称"收房",将贴身侍婢收纳为妾,称"通房丫头"。

认为宝玉是看了混账书来拿她取笑。黛玉一面哭，一面下床往外走。吓得宝玉赌咒发誓，自己要再敢胡说，嘴上就长疔，烂舌头。

为何宝玉害怕黛玉将自己开的玩笑告诉别人呢？首先是怕黛玉将他偷偷看了《西厢记》的事情说出去。因为《西厢记》中有描写青年男女大胆追求爱情的情节，违背封建伦理道德，一直被封建卫道士视为洪水猛兽般的"诲淫"之作，像宝玉这样的大家公子更是禁止读这样的"不入流"的书的。

其次，宝玉深知自己所说的话是社会舆论所不能接受的。在封建时代，即便男女暗生情愫也不能当面自己提出来。万一黛玉一时冲动，将自己所说的话捅了出去，宝玉不仅要受责，还会影响二人的清誉。

宝玉本想在潇湘馆吃一碗好茶，却不仅茶没吃成还险些闯祸，看来，这杯好茶也是为曹雪芹所用了，如果真让宝玉吃到好茶了，又怎么引出林妹妹的眼泪呢？

喝了茶，就嫁了吧

旧时的婚姻大事，要遵从父母之命，媒妁之言，青梅竹马也不能私定终身，否则就是有违礼法。无论是宝玉、宝钗的"金玉良缘"，宝玉、黛玉的"木石前盟"都要由长辈们做主。在小说中，作者未直接交代贾母对此事的态度，倒是凤姐曾经借茶开过宝玉、黛玉的玩笑。

在《红楼梦》第二十五回，凤姐送给黛玉一些暹罗国进贡的茶叶：

凤姐道："前儿我打发了丫头送了两瓶茶叶去，你往那去了？"……凤姐笑道："你要爱吃，我那里还有呢。"林黛玉道："果真的，我就打发丫头取去了。"凤姐道："不用取去，我打发人送来就是了。我明儿还有一件事求你，一同打发人送来。"

林黛玉听了笑道："你们听听，这是吃了他们家一点子茶叶，就来使唤人了。"凤姐笑道："倒求你，你倒说这些闲话，吃茶吃水的。你既吃了我们家的茶，怎么还不给我们家作媳妇？"众人听了一齐都笑起来。林黛玉红了脸，一声儿不言语，便回过头去了。

为何黛玉吃了凤姐的茶就要给贾家作媳妇儿？

这涉及当时婚俗中的"下茶"之礼。旧时，民间男子向女子求婚，以茶为聘礼，称为下茶。女方家如果接受了送来的茶叶，就算答应了婚事。

清代，此俗依然盛行[①]，"花花彩轿门前挤，不少欠分毫茶礼[②]"，茶之所以能与婚姻联系在一起与其特性有关。因为茶树只能以种子萌芽成株，不能移植[③]，这种至性不移的特性符合封建婚姻对女子的道德要求，民间亦有"一女不吃两家茶"之说。

看来，诙谐的凤姐是借婚嫁茶礼之俗点出了宝玉和黛玉的姻缘。

[①] 清代福格在《听雨丛谈》中曾提道："今婚礼行聘，以茶叶为币，满汉之俗皆然，且非正室不用。近八旗纳聘，虽不用茶，而必曰下茶，存其名也。"

[②] 出自孔尚任《桃花扇》。

[③] 明代许次纾在《茶疏·考本》中说："茶不移本，植必生子。"

在凤姐说完这番话后，众人都大笑起来。黛玉也涨红了脸，可见大家都明白其中之意。

小小一杯茶，就这样被曹雪芹编织出一个个妙趣横生的小故事。这些与茶有关的故事，既衬托出了钟鸣鼎食之家的富贵与高雅，也反映出了当时中国茶文化的发展概貌，更让今天的我们品味到了亦真亦趣的茶滋味。

大观园起居趣事

在当今社会,公厕并不是一个新鲜的词语,但在清初却是个新名词。

在清初的一本白话小说中,有这样一个故事。乡下的穆太公在城中走,见道旁有粪坑。他忽发奇想,要做厕所生意。回家后,他请人在自家门前的三间屋内掘出三个大坑,每个坑都砌起小墙隔断,屋内粉饰一新,还请老塾师题了个匾叫"齿爵堂"。开业前的宣传单是这样写的:"穆家喷香新坑,奉求远近君子下顾,本宅愿贴草纸!"远近乡亲闻风而至,坑位供不应求。穆太公每天五更便起,发放草纸,连吃饭的工夫都没有。周围种田的农户也都来这里买粪肥,穆太公自此致富。穆太公之所以能建公厕发家,是因其适应了市场的需求。

雕梁画栋的大观园中有没有厕所呢?《红楼梦》里又会有哪些"方便"故事呢?

■ 与厕所有关的故事和事故

鲁迅先生曾说过一句话,"世间实在还有写不进小说里去的人。倘写进去,而又逼真,这小说便被毁坏。譬如画家,他画蛇,画鳄鱼,画龟,画果子壳,画字纸篓,画垃圾堆,但没有谁画毛毛虫,画癞头疮,画鼻涕,画大便,就是一样的道理。"

鲁迅先生这句话的主要意思是文学艺术要从审美的视角去选择素材和表现形象。

要说生活中究竟有哪些素材不易写入小说,似乎人们都会首先想到是关于"方便"的问题,毕竟"五谷轮回"之事有碍风雅。实际上,如果关于"方便"的素材利于塑造人物形象,反映真实的生活,写出来也未尝不可。

比如在《西游记》中,孙悟空被青狮精吞到肚里。猪八戒说:"这一口吞在腹中,今日还是个和尚,明日就是个大恭也。"明清之际,出恭[①]是上厕所的雅称。在猪八戒的口中,和尚是一个,大恭竟也论个,这么高的插科打诨水平简直让人怀疑他前世不是天蓬元帅,而是说书先生。

在《红楼梦》里,作者在描写贾府日常生活的时候也写到了那些公子小姐的"方便"之事,以及背后的小故事。

[①] 据说源于科举考试的时候,考生要如厕,须领取一块牌子,上写"出恭入敬",凭牌进出厕所和考场。

贾宝玉的如厕标配

在小说的第五十四回,元宵家宴途中,宝玉出来小解:

宝玉便走过山石之后去站着撩衣,麝月秋纹皆站住背过脸去,口内笑说:"蹲下再解小衣,仔细风吹了肚子。"后面两个小丫头子知是小解,忙先出去茶房预备去了。……来至花厅后廊上,只见那两个小丫头一个捧着个小沐盆,一个搭着手巾,又拿着沤子壶在那里久等。秋纹先忙伸手向盆内试了一试,说道:"你越大越粗心了,那里弄得这冷水。"小丫头笑道:"姑娘瞧瞧这个天,我怕水冷,巴巴的倒的是滚水,这还冷了。"

正说着,可巧见一个老婆子提着一壶滚水走来。小丫头便说:"好奶奶,过来给我倒上些。"那婆子道:"哥哥儿,这是老太太泡茶的,劝你走了舀去罢,那里就走大了脚。"秋纹道:"凭你是谁的!你不给?我管把老太太的茶吊子倒了洗手。"那婆子回头见了秋纹,忙提起壶来就倒。秋纹道:"够了。你这么大年纪也没见识,谁不知是老太太的水!要不着的人就敢要了。"婆子笑道:"我眼花了,没认出这姑娘来。"宝玉洗了手,那小丫头子拿小壶倒了些沤子在他手内,宝玉沤了。秋纹麝月也趁热水洗了一回,沤了,跟进宝玉来。

看看宝玉上厕所的阵仗:两个小丫头早早地预备好了宝玉便后洗手的东西,伶牙俐齿的大丫鬟秋纹嫌水凉,截住了给贾母送开水的老婆子。宝玉是贾母的心尖儿，即便是洗手用了贾母泡茶的水，也是天经地义的。给贾母送水的婆子忙提起壶来就倒，被秋纹教训"没见识"还要赔着笑。

宝玉洗完手，还用上了护肤品。沤子①是旧时上层妇女们使用的一种半流质的护肤品，一般男子很少用，只有一些富贵人家的公子哥儿才拿它来沤手。

贵公子小解，下人们分工明确：小丫头备水、护肤品，大丫鬟监督工作。出面解决问题，秩序井然。连上厕所这样私密的事情，都有这么多人围着伺候，可想而知在平日里宝玉身边有多少人服侍了。

上厕所的隐语

有下人时刻跟着伺候固然好，但一举一动都在别人的视线范围之内，想做什么私密的事情是难上加难，对此，宝玉深感烦恼。

第六十三回，宝玉说自己要"出去走走"，却吩咐丫鬟四儿舀水，单让小燕一个人跟着他。到了外边无人的地方，宝玉悄悄向小燕打听一些事。回来之后，宝玉又故意洗手，这是为什么呢？

其实，这"出去走走"是贾府众人上厕所的隐语。宝玉的目的是单独找小燕问话。为了避开其他人，他假意要去解手，回来以后故意洗手也是为了向众人印证，自己真的是上厕所了。谁会想到，这位贵公子为了争得一点儿私人空间还得打着上厕所的幌子呢？

---

① 沤子是旧时上层妇女们使用的一种半流质的香蜜，主要由冰糖、蜂蜜、粉、油脂、香料合成，作用是使皮肤洁白细腻。

另在小说的第五十一回,丫鬟麝月在寒冬的夜晚独自开门,说要出去走走,一会儿就慌慌张张地回来了。麝月一边洗手,一边笑说自己的经历,说山子石后头蹲着"一个人",自己被吓得不轻,刚要喊,一只被惊了美梦的大锦鸡飞了起来。看来,在大观园里"出去走走"有风险,"选址"需谨慎。

提到古人上厕所,不禁想起了《三国演义》中的一个桥段:"权起更衣,肃追于宇下。""更衣"是古人上厕所的一种婉辞,这鲁肃不是追着孙权帮忙换衣服,而是追到茅坑边去汇报工作了……

曹雪芹在《红楼梦》中写人们方便的时候,曲笔婉转,也多次用到更衣一词。在第十五回,凤姐等人为秦可卿送殡,路过一个村庄时,有下人汇报:"这里有下处,奶奶请歇更衣。"凤姐等人在村庄里短暂停留,如厕、换衣服抖灰、喝茶之后才起身上路。

在元春省亲之前,太监们提前到大观园踩点,检查准备工作。元春的更衣之所与休息、宴饮等地同属备查范围。省亲当天,版舆先将元春抬到贾府的一个院落门前,太监跪请元春下舆更衣,随后抬舆入门,太监们散去,只留下昭容、彩嫔等女官服侍。元春入室更衣后再上舆进大观园。受礼大典之后,元春又退入侧殿更衣,随后才去贾母的正室见家人。按照礼仪规定,元春参加大典、接见家人不能穿同样的衣服,所以此处的更衣既有更换衣服的本义,也包含上厕所之意。贾府为建大观园,极尽奢华之能事,为元春娘娘配备的更衣之所自然是设施齐全,集如厕、换衣、补妆等多功能于一体的"豪华间"。

鸳鸯撞到野鸳鸯

元春省亲之后,宝玉和众位姑娘都在大观园里分到了房,再加上伺候他们的下人众多,大观园一下子热闹起来。如果大观园的全体居民每天都像宝玉、麝月那样随地方便的话,园内的卫生状况堪忧。

在《红楼梦》第七十三回,贾母处置大观园中的聚赌者,将一些人"拨入圊厕行①内"。可见,在雕梁画栋的大观园里,不仅有厕所,也有专人管理。至于宝玉、麝月等人看似"厕所意识淡薄",估计是因为这大观园有"三里半大",而厕所多建在相对偏僻的地方,园内的绿化工程搞得又好,花遮柳隐,草木繁茂,所以有的时候,尤其是夜晚,人们就会自行寻找相对隐秘的地方解决内急问题。

第七十一回,贾母的大丫鬟鸳鸯在微月半天的夜晚独行时想小解,就下了甬路,寻隐蔽之处,谁知刚转到石边却听到了一阵衣衫响。定睛一看,是两个人在那里,见她来了便想躲藏。鸳鸯眼尖,认出那个穿红裙子梳鬅头、高大丰壮身材的女子,正是迎春房里的大丫鬟司棋。

鸳鸯只当他和别的女孩子也在此方便,见自己来了,故意藏躲恐吓着耍,因便笑叫道:"司棋,你不快出来,吓着我,我就喊起来当贼拿了。这么大丫头了,没个黑家白日的只是玩不够。"这本是鸳鸯的戏语,叫他出来。谁知他贼人胆虚,只当鸳鸯已看见

---

① 打扫管理厕所的行当。

他的首尾了,生恐叫喊起来使众人知觉更不好,且素日鸳鸯又和自己亲厚不比别人,便从树后跑出来,一把拉住鸳鸯,便双膝跪下,只说:"好姐姐!千万别嚷!"

原来,司棋正和姑舅哥哥潘又安在这里幽会。鸳鸯上个厕所却无意间撞见了"野鸳鸯",这也真够尴尬的。在当时,自由恋爱属于异端,男女私定终身更是伤风败俗的行为,更何况是贾府这样的王公贵府家中的奴仆。司棋吓坏了,因为鸳鸯可是能"通天"的丫鬟,这样的不才之事如果传到贾母的耳朵里可就全完了。司棋拉住苦求,哭道:"我们的性命,都在姐姐身上,只求姐姐超生要紧!"鸳鸯想到这事非比寻常,若说出来奸盗相连,关系人命,就替司棋保守了秘密,受了惊吓的司棋还因此大病了一场。

刘姥姥如厕迷了路

相比于鸳鸯上厕所时的尴尬遭遇,刘姥姥在大观园中的如厕记却让人忍俊不禁。

第四十一回,贾母携刘姥姥游览大观园,一行人走到省亲别墅的牌坊下时,刘姥姥忽然内急:

刘姥姥觉得腹内一阵乱响,忙的拉着一个小丫头,要了两张纸就解衣。众人又是笑,又忙喝他:"这里使不得!"忙命一个婆子带了东北角上去了。那婆子指与地方,便乐得走开去歇息。那刘姥姥因喝了些酒,他脾气不与黄酒相宜,且吃了许多油腻饮食,发渴多喝了几碗茶,不免通泻起来,蹲了半日方完。

在宴席上,刘姥姥见识了、尝到了她从未听说过的茄鲞、能做花样子的小面果子儿……谁知清素的肚肠却承受不住那么多的美酒佳肴。

省亲别墅是为了迎接元春省亲而修建的,作者安排刘姥姥在这代表着贾府的尊贵与显赫的建筑下大解,本身就极具喜剧色彩。众人纷纷喝止,命婆子带着她去了东北角的厕所。且说刘姥姥从厕所出来,被风一吹,酒劲儿上来了,而且年迈的人,蹲了半天,忽然间起身,眼花头眩,迷路了。

众人等她不见,以为她掉进了茅厕里。最后,还是袭人在怡红院宝玉的床上发现了她。原来刘姥姥解决了内急之后,醉眼蒙眬地迷了路,不仅闯入了一般人都进不去门的怡红院,还扎手舞脚地躺到了宝玉的床上。

袭人拼命将她推醒,又烧了几把百合香驱臭。刘姥姥一面说"姑娘,我失错了!并没弄脏了床帐",一面用手去掸。真是转眼不知身后事,宝玉在贾府被宠得"凤凰"一般,他的房间竟然被这个农村老妪弄得酒屁臭气熏天。作者将贾府的富贵之雅与刘姥姥的市井之俗放到一起,将一个上厕所的故事描写得这样引人入胜。

红楼梦中事

有味道的艳遇

在《红楼梦》中,还有一个人的"艳遇"也与厕所有关。此人就是癞蛤蟆想吃天鹅肉的贾瑞。

贾瑞的祖父贾代儒是贾府义学的授业老师。贾代儒命贾瑞来代管义学之事。所以贾瑞是以代课老师的身份出场的。

按理说,祖父对贾瑞管教甚严,贾瑞也应该有点儿为人师表的样子,偏偏他是个图便宜没行止的人,在义学里不是勒索子弟们,就是巴结薛蟠讨些银钱酒肉。

不仅如此,在小说第十一回,贾瑞去宁国府为贾敬庆寿辰,竟然对凤姐起了淫心。

凤姐儿正自看园中的景致,一步步行来赞赏。猛然从假山石后走过一个人来,向前对凤姐儿说道:"请嫂子安。"凤姐儿猛然见了,将身子望后一退,说道:"这是瑞大爷不是?"贾瑞说道:"嫂子连我也不认得了?不是我是谁!"凤姐儿道:"不是不认得,猛然一见,不想到是大爷到这里来。"贾瑞道:"也是合该我与嫂子有缘。我方才偷出了席,在这个清净地方略散一散,不想就遇见嫂子也从这里来。这不是有缘么?"一面说着,一面拿眼睛不住的觑着凤姐儿。

凤姐是个聪明人,见他这个光景,早就将贾瑞的心思猜了八九分,可她还是给了贾瑞面子,跟他客套了几句。谁知贾瑞却越来越嚣张了。

见贾瑞竟是这等禽兽之人，凤姐是又惊又怒，一个穷酸书生惦记上了自家嫂子，本是色胆包天，后来还几次三番往凤姐家里跑，凤姐决定设相思局捉弄他。

凤姐先是让他到西边穿堂儿等，贾瑞在那里喝了一夜的穿堂风，几乎要冻死，回去又挨了祖父的打。他竟邪心不改，过了两日仍来找寻凤姐。凤姐只得"再寻别计令他知改"，让他晚上到房后小过道儿里头那间空屋子里等自己。谁知贾瑞竟然还相信凤姐的鬼话，在那里苦等，谁知等来的却是贾蓉和贾蔷。结果，贾瑞被他二人各敲诈了五十两银子不说，还被他们诓骗到院外的大台阶底下蹲着。

贾瑞此时身不由己，只得蹲在那里。心下正盘算，只听头顶上一声响，唰拉拉一净桶尿粪从上面直泼下来，可巧浇了他一身一头。贾瑞掌不住嗳哟一声，忙又掩住口，不敢声张，满头满脸皆是尿屎，冰冷打战。只见贾蔷跑来叫："快走，快走！"贾瑞如得了命，三步两步从后门跑到家中，天已三更，只得叫门。开门人见他这般光景，问是怎的。少不得撒谎说："黑了，失脚掉在茅厕里了。"一面到了自己房中更衣洗濯。

"净桶"是马桶的婉辞，在贾府虽有厕所，但主子们的房间里也有专门的净桶，主子们用完后，由下人们倒掉。总之，贾瑞被这一净桶尿粪浇了个透心凉，惊恐交加之下跑回家中，还得谎称是不小心跌到了茅厕里。

贾瑞梦寐以求的艳遇最终竟然变成了"茅厕遭遇"，真是令人哭笑不得。此后的贾瑞一病不起,至死不悟,还在风月宝鉴中和凤姐共赴云雨,直至精尽而亡。

这贾瑞纯属自作自受。在这场"作死的爱情"后,留有这样的批语:"瑞奴实当如是报之。"凤姐是谁?都不需要亲自出场就将贾瑞玩弄于股掌之间。反观贾瑞,从他一开始打"母老虎"的主意起,就意味着他将亲身演绎一场不作死就不会死的闹剧。

有人从祖父贾代儒的教育角度出发分析贾瑞的死因,认为他将贾瑞拘束得紧,使其饱受压抑;贾瑞所接受的教育除了应试内容之外,其余为零。这只能说有一小部分的道理。难道说可怜之人,就可以调戏妇女?人贵自省。

在《红楼梦》中,曹雪芹借一件件"方便"事串联出精彩的故事情节,而我们在读小说的时候发现,曹雪芹能写大雅也能写大俗,将一个个看似是不经意的细节都处理得生动、贴切,这也正是《红楼梦》的魅力所在。

■《红楼梦》里的看病难

人食五谷杂粮,难免会生病,古人今人都是如此。古往今来也出现了不少名医。在《三国演义》中,名医华佗为关羽刮骨疗毒,为曹操治疗头疾,可惜为曹操所疑,最终被杀。绝世名医之殇,令人扼腕叹息。在《西游记》中,孙悟空不仅为朱紫国王"悬丝诊脉",还用大黄、巴豆、锅底灰、马尿与无根水配出了药方,也治好了国王的病。

在《红楼梦》中，身为钟鸣鼎食之家、翰墨诗书之族的贾府煊赫一时，什么样的医生才能走进贾府为众人看病？

贾府的主子们金尊玉贵，平时非常注重养生，即便请医生看病，也有一套成型的程序。

荣国府内，经由总管房请大夫可以享受"公费医疗"。医生到了，有专门的婆子负责引路，她们只能带到主子的房门口。医生进入各房看病，由主事的男人和专在里边服侍的婆子负责接待，女眷包括丫鬟都要回避。

如果是给女病人看病，要隔着帐子，诊脉也要隔着一方手帕。封建社会讲究男女授受不亲，旧时在外行医的都是男医生，更要谨守男女之大防的规矩。只有女性患者足够老或者年龄很小才能当面诊疗。

太医驾到

第四十二回，贾母受了风寒，王太医进府为她诊治。

在王太医进入内室之前，老嬷嬷请贾母坐到幔子①里。贾母以年事已高为由，没进幔子，只留了四个未留头的小丫头和五六个老嬷嬷在一边伺候，年轻些的丫头们都躲到了碧纱橱后面。

王太医穿着六品服色，是级别非常高的御医。进了贾府，他不走甬道，只走旁阶，见了贾母之后，先上来请安，贾母问话时，他躬身低头含笑回答。他是这样诊脉的：

---

① 帐幕。这里指坐帐。旧时贵妇人起居之处设此物，作回避男宾等用。

众婆子听了，便拿过一张小桌来，放下一个小枕头，便命人去请……（贾母）一面说，一面慢慢的伸手放在小枕上。老嬷嬷端着一张小杌：连忙放在小桌前，略偏些。王太医便屈一膝坐下，歪着头诊了半日，又诊了那只手，忙欠身低头退出。

从贾母处出来，王太医被贾珍等人带到外书房后，才开始汇报病情：贾母不过是偶感风凉，不用吃药，清淡些，暖和点儿，就好了。不过，他也给开了方子，还说吃不吃都可以。

王太医刚要告辞，乳母把凤姐的女儿抱来了。给小孩儿看病，限制就少多了，可以当面望、闻、问、切。他左手托着孩子的手，右手诊脉，摸了摸头，又叫伸出舌头来瞧瞧，最后给了治疗方案：清清静静地饿两顿，用姜汤服下自己送来的丸药就好了。

王太医这样的大夫，温和谨慎，对病人的病情成竹在胸，着实令人放心，但其他出入贾府的医生水平却是良莠不齐。

红指甲晃了眼

一年冬天，宝玉的大丫鬟晴雯生病了。按照贾府的规矩，丫鬟生病要送回家去。宝玉担心晴雯家太冷，偷偷派人回过李纨，私自请来了一位新医生。

丫鬟们都回避了，剩下的三四个老嬷嬷放下暖阁上的大红绣幔。晴雯伸出手来，大夫见那纤纤细指足有二三寸长，上面还残留着凤仙花染过的痕迹，忙回过头来，等老嬷嬷用手帕掩盖上了才为她诊脉，可见，这位新大夫也深知男女之间的忌讳。

诊完脉，出来以后，老嬷嬷们说恐怕小爷还有话说，他马上质疑："方才不是小姐，是位爷不成？那屋子竟是绣房一样，又是放下幔子来的，如何是位爷呢？"

难道这位大夫忘了刚才看见的红指甲？连男女脉象都分不清楚？估计他初到贾府这公侯府邸看病，本来就战战兢兢，又被晴雯的红指甲一晃，蒙了。

后来，宝玉看了这位大夫开的药方，认为用药太重，又派人请来王太医为晴雯诊治了一番。

幸亏宝玉这位"业余大夫"细心，那位新医生并未造成什么不良后果。可是，另一位大夫却真正酿成了严重的医疗事故。

一见病人，大夫晕了

尤二姐在被骗入贾府之后，受尽折磨，不久便病倒了。贾琏派人去请王太医。谁知，王太医去军前效力了，于是请来了另一位太医胡君荣。

一番号脉后，胡君荣又要求看看病人的气色。贾琏只好命人将帐子掀开一条缝，胡君荣见了，"魂魄如飞上九天，通神麻木，一无所知"，是被尤二姐的花容月貌惊着了还是被不堪的病容吓着了？魂儿都飞了的大夫哪里还能看病，更别提开良方了。医者父母心，这样的医生，太缺乏定力了。

最终，胡太医给有孕在身的尤二姐开了一剂散瘀化结的虎狼之药。尤二姐服药后，一个已成形的男胎被打下来了。贾琏大骂胡君荣，一面再另请人为尤二姐调治，一面命人捉拿这庸医，胡君荣早卷包逃走了。

后来，万念俱灰的尤二姐吞金而亡，也留下了一连串的问号。首先就是胡君荣的太医身份，如此不靠谱的太医也能在皇家的太医院立足？另外，究竟是谁从哪里请来的这位胡太医？难道是凤姐？细思之下不禁脊背一阵发凉。

医生排队来会诊

在《红楼梦》中，最难诊治的还得数秦可卿的病，为她看病的医生也最多。

秦可卿生病之后，请的医生像走马灯似的，三四个医生排着队，每日轮流四五遍来看脉，集体会诊开方儿。最终结果就是大夫们态度良好，治病却总不见效。

至于秦可卿的病因，后请来的张友士大夫给出了答案："大奶奶是个心性高强聪明不过的人；聪明忒过，则不如意事常有；不如意事常有，则思虑太过。"看病容易，看人难，这位大夫实在厉害，兼具心理医生的资质。

一句话，秦可卿是心病难医。结合小说中的蛛丝马迹分析，秦可卿是担心自己和公公贾珍的事情败露，或者感觉自己永远难以摆脱贾珍的纠缠，所以抑郁于心。对此，她非常清楚，任凭神仙也救不了自己，"治得病治不得命"。

治病方案哪家强

在《红楼梦》里，还出现了一位江湖游医——王道士。

王道士吹嘘他卖的膏药，百病千灾，无不见效。宝玉问他有没有治疗女子"妒"病的方子，王道士信口开河，开出了"疗妒汤"：用陈皮、秋梨、冰糖熬水喝。见宝玉质疑这冰糖梨水的疗效，王道士又说一年不见效第二年接着吃，吃到一百岁，死了就不妒了。最后，油嘴滑舌的王道士索性说出了实话："实告你们说，连膏药也是假的。我有真药，我还吃了作神仙呢。"这样的江湖骗子竟然也能在贾府的主子面前混？

实际上，在贾府的日常生活中，人们也是病急乱投医。在第二十五回，凤姐和宝玉中了马道婆的巫术，众人想尽了办法，"有的说请端公送祟[①]的，有的说请巫婆跳神的，有的又荐玉皇阁的张真人，种种喧腾不一，也曾百般医治祈祷，问卜求神，总无效验"。

面对疑难杂症，贾府的基本原则是，只要病不好就全试试。

刘姥姥的药方

在贾府，众人生病可以遍寻名医，也吃得起包括洋药在内的各种良药，可以用各种迷信方法驱邪送祟，也有癞头和尚和跛足道人这样的"神仙医生"相助，可是，像刘姥姥一样的穷人是如何面对疾病

---

① 端公送祟指请巫师焚烧纸钱等物"送走鬼祟"的仪式。端公即巫师。

的呢?

在《红楼梦》里,凤姐对刘姥姥说,自己的女儿在大观园里吃了块糕,发起热来。刘姥姥说怕是撞客①了,应该找来崇书本子②瞧瞧。可见,在刘姥姥的生活中,用各种迷信方法求神许愿是"治愈"疾病的重要手段。

请医生是一笔不小的花费。那位宝玉私下请来给晴雯看病的新大夫,得了一两银子的车马钱。经常出入贾府的王大夫和张大夫平时虽不给钱,都是府里按例每年四节一起送礼,礼品的价值估计也低不了。

刘姥姥生活在乡村,大夫的医术有限不说,请大夫要付诊疗金,去药铺抓药还得花钱,对穷人来说,生病求医可能是一件导致倾家荡产的大事。因此刘姥姥在回家前,点名要了许多药品和药方:

>鸳鸯指炕上一个包袱说道:"……这包子里是你前儿说的药:梅花点舌丹也有,紫金锭也有,活络丹也有,催生保命丹也有,每一样是一张方子包着,总包在里头了。

在乡间干活儿,蛇虫叮咬,抻拉跌伤是常事,前三种药都是日常生活中的必备药品③。催生保命丹,主治难产,旧社会妇女生孩子相当于过鬼门关,对于难产的孕妇来说,这可是救命的药。至于不会过期的药方,对穷人更有价值,毕竟,生了病求仙问卜,那是没有办法的

---

① 民间用语,人遇鬼神为其所附以致生病招灾,叫"撞客"。
② 讲论鬼神星命、吉凶祸福的迷信书籍。
③ 梅花点舌丹用于消肿止痛,紫金锭用于避秽解毒,活络丹用于治疗风湿疼痛。

办法，想治病还得按方服药。

看病难

明清时期，太医院是专门为皇家服务的医疗机构。太医除了给皇帝、皇子、皇女、宫妃等看病以外，也会给一些品级够高的大臣看病。在小说中，贾母是国公夫人，朝廷诰封的一品夫人，又是当朝元妃的祖母，如若按照清代的制度，太医进贾府给贾母看病不稀奇，可是，太医也给贾府的丫鬟看病就不合理。曹雪芹一直说《红楼梦》是"假语村言"，或许，这正是作者故意模糊渲染"无论魏晋"的效果。

出入贾府的医生形形色色，有能对症下药的良医，也有治出人命的庸医，更有忽悠骗人的江湖游医。贾府请的医生尚且如此鱼龙混杂，可以想见整体社会的医疗状况。

随着时代和医疗水平的发展，女性看病早已不必隔着层层幔帐，怀孕与否也不必单凭诊脉判定，但是，屡有庸医、无德大夫害人事件见诸报端，都说"盗亦有道"，作贼尚且有行为规则，任何时代，关乎人命的医生的职业道德和专业水平更需要得到保证。

小说中，无力寻医问药的刘姥姥们生了病只能寄希望于神佛保佑、迷信巫术，今天，百姓"看病难""看病贵"的难题是否已经"对症下药"，得以破解了呢？

民生之艰难，自古就是个难题。

红楼梦中事

■《红楼梦》里的花样出行与"交规"

古道迢迢车马迟,与今天"坐地日行千万里,朝发夕至一日还"的快节奏交通相比,以前的车马真的很慢。徐霞客走完大半个中国,用了三十四年。《水浒传》中,武松出趟公差回来,潘金莲与西门庆的故事已经演绎得差不多了,哥哥也都化成了灰儿。

有人说,在西方交通工具传入之前,国人的出行方式基本可以概括为:"中国人富而文者善乘舆,富而武者善骑马,降而至稍可之家或坐小车,或骑毛驴,量力之有无,各从其便。"那么,在《红楼梦》中,人们是如何出行的?他们的出行方式与今人有着怎样的不同?

有人说,《红楼梦》是一部讲公子红妆闺阁之事的"室内剧",大观园是他们最大的活动范围。这部室内剧在衣、食、住方面的内容较多,关于"行"的内容很少。细读小说,我们发现,曹雪芹并未专为写出行而写出行,却写了许多与出行相关的小故事。

贾宝玉的马术与马队

清人以骑射得天下,马又是比较快的交通工具,所以官民出行多骑马。在《红楼梦》中,不仅贾珍、贾琏、柳湘莲等人骑马出行,就连金尊玉贵的宝玉在上学、外出时也要骑马。

第四十三回,宝玉早早就吩咐小厮茗烟在后门口备了两匹马。原来,宝玉对死去的丫鬟金钏儿心怀愧疚,他想偷偷跑出去祭奠。

只见宝玉遍体纯素，从角门出来，一语不发跨上马，一弯腰，顺着街就颠下去了。茗烟也只得跨马加鞭赶上……越性加了两鞭，那马早已转了两个弯子，出了城门。茗烟越发不得主意，只得紧紧的跟着。

一口气跑了七八里路后，宝玉才想起没准备祭奠用品，所以，二人又快马加鞭地跑了二里地到了水仙庵，借了香炉等物在井台上祭奠了一番。

回府后，宝玉被贾母等人训斥了一顿，大家嘱咐宝玉不能私自出门。这一方面是出于安全考虑，一方面是因为带一个小厮就出去不符合贾府规矩。平日里，宝玉的出行标配是这样的：

老嬷嬷跟至厅上，只见宝玉的奶兄李贵和王荣、张若锦、赵亦华、钱启、周瑞六个人，带着茗烟、伴鹤、锄药、扫红四个小厮，背着衣包，抱着坐褥，笼着一匹雕鞍彩辔的白马，早已伺候多时了。老嬷嬷又嘱咐了他们六人些话，六个人连应了几个"是"，忙捧鞍坠镫，宝玉慢慢的上了马。李贵和王荣笼着嚼环，钱启周瑞二人在前引导，张若锦、赵亦华在两边紧贴宝玉后身。……于是出了角门。门外有李贵等六人的小厮并几个马夫，早预备下十来匹马专候，一出了角门，李贵等都各上了马，前引傍围的一阵烟去了。

算了一下，宝玉一次出行，带了随从、小厮、马夫等近二十人，

红楼梦中事　　081

简直是一支浩浩荡荡的马队。

走驴上任

除了骑马以外,清人以骡、驴为坐骑出行的场景也很常见。

曹雪芹在他的另一部作品《废艺斋集稿》中,记录了朋友老于来访的场景:"是岁除夕,老于冒雪而来,鸭酒鲜蔬,满载驴背。"老于是个腿有残疾的穷苦人,曹雪芹教会了他扎糊风筝的手艺,此次他冒雪而来是为了表达对曹雪芹的感谢。他住在城里,又无力像富人一样骑马坐轿,便向赶脚的人雇了驴,载着鸭酒鲜蔬来到了曹雪芹所住的西郊。

在《红楼梦》中,男人们有时也骑骡或驴出行。薛蟠外出做生意,主仆六人雇了三辆大车拉行李用品,还雇了四个长行骡子。薛蟠骑的是一匹铁青大走骡,外备了一匹坐马。

另,第二十三回还有贾芹"走驴上任"的情节。

贾芹得了安置小沙弥、小道士的差事。他从贾府的帐房领了银子后,"登时雇了大叫驴,自己骑上;又雇了几辆车,至荣国府角门前,唤出二十四个人来,坐上车,一径往城外铁槛寺去了"。

曹公文笔生动,给贾芹配备了一头大叫驴,暗讽他那轻狂嘚瑟的样子,而这个叫驴领头的车队正巧被贾芸的舅舅卜世仁看见,他羡慕至极,还以此为"正面典型"教训贾芸,夸贾芹能干。

乘轿男人的故事

在中国古代，车、轿也是人们常用的交通工具。由于古代的道路并不像现在这样平坦，所以，骑马、乘车远不如坐轿安稳舒服。但在清初，为了保持民族传统，清廷曾一度禁止年轻的宗室王公和旗籍武职大臣乘轿，让他们不至于荒废武艺。

旧时的轿子有大小轿之分，也有双抬、四抬、八抬等不同的形制，分别对应着乘轿者的身份与地位。

在《红楼梦》中，贾雨村在做了官后乘坐大轿招摇过市，豪华的仪仗引得丫鬟娇杏倚门注目，也成就了一段姻缘。在秦可卿的葬礼上，戴权虽然是个太监，却像公侯一样坐了大轿，打伞鸣锣前来，其权势可见一斑。但是，贾府的青年男子坐轿的时候并不多。

贾琏偷娶尤二姐，恰逢国孝、家孝期间，又要瞒着凤姐等人，所以，尤二姐悄悄坐小轿过来成亲。正月里，丫鬟袭人回家喝年茶，宝玉带着小厮茗烟骑马去探望她。当袭人听说宝玉是私自出门时，非常惊慌，因为她知道此事万一被人知道，自己和茗烟都会受责骂。为了避人耳目，袭人让哥哥雇来一乘小轿，送宝玉回去。

如果说贾琏、宝玉乘轿都是为了掩人耳目，薛蟠的坐轿经历则颇具喜剧色彩。薛蟠以为柳湘莲是风月子弟，一心追求，谁知被柳湘莲骗到城外痛打了一顿。最后，贾蓉在苇子坑里找到了他。

一齐来至马前，只听苇中有人呻吟。……贾蓉心内已猜着九分了，忙下马命人挽了起来，笑道："薛大叔天天调情，今儿调到苇子坑里来了。必定是龙王爷也爱上你风流,要你招驸马去,你就碰到龙犄角上了。"

可笑那阿呆兄被打得衣衫零碎,面目肿破,没头没脸,浑身滚得像个泥猪,早已不能上马,贾蓉命人雇了一乘小轿,抬了薛蟠回城。

级别最高的轿子

在第二十七回,曹雪芹描绘了一个古老的民俗:芒种节过后,群芳摇落,花神退位,人们为花神饯行。大观园中的女子用绫锦纱罗做成了"干旄旌幢[①]",为花神摆出了华丽的仪仗,还为花神准备了花瓣、柳枝编成的轿马,充当上天的交通工具。

看着这华美的仪仗、轿马,不禁想起了元春省亲的皇家仪仗队。

一对对龙旌凤翣,雉羽夔头,又有销金提炉焚着御香;然后一把曲柄七凤黄金伞过来,便是冠袍带履。又有值事太监捧着香珠、绣帕、漱盂、拂尘等类。一队队过完,后面方是八个太监抬着一顶金顶鹅黄绣凤版舆,缓缓行来。

《红楼梦》中级别最高的轿子,还得数元妃乘坐的"金顶鹅黄绣凤版舆"。

[①] "干"指的是盾牌,"旄、旌、幢"指的都是古代的旗子。

清代曾按等级对轿子的装饰进行了规定。"轿顶惟乘舆及贵妃以上用金，妃嫔用铜质镀金，亲王、郡王、一品大臣用银。等而下之，或镀银，或光锡。[①]"在曹雪芹笔下，元妃所乘的轿子以黄金装饰轿顶，外罩鹅黄缎子，上绣彩凤。我们不必探究它是否与作者生活年代的贵妃礼制相符，单看那富丽堂皇、奢华至极的形制就极为符合皇家的排场吧。

集体出行大检阅

旧时，贵族女子外出的机会并不多。第二十九回，端午节前，元春懿旨贾府到清虚观打平安醮，贾母亲往拈香，众多女眷随行：

> 单表到了初一这一日，荣国府门前车辆纷纷，人马簇簇。那底下凡执事人等，闻得是贵妃作好事，贾母亲去拈香，正是初一日乃月之首日，况是端阳节间，因此凡动用的什物，一色都是齐全的，不同往日。少时贾母等出来。贾母坐一乘八人大轿，李氏、凤姐儿、薛姨妈每人一乘四人轿，宝钗、黛玉二人共坐一辆翠盖珠缨八宝车。迎春、探春、惜春三人共坐一辆朱轮华盖车。然后贾母的丫头鸳鸯、鹦鹉、琥珀、珍珠，林黛玉的丫头紫鹃、雪雁、春纤，宝钗的丫头莺儿、文杏，迎春的丫头司棋、绣橘，探春的丫头待书、翠墨，惜春的丫头入画、彩屏，薛姨妈的丫头同喜、

---

① 出自（清）福格的《听雨丛谈》。

同贵，外带着香菱，香菱的丫头臻儿，李氏的丫头素云、碧月，凤姐儿的丫头平儿、丰儿、小红，并王夫人两个丫头也要跟了凤姐儿去的金钏、彩云，奶子抱着大姐儿带着巧姐儿另在一车，还有两个丫头，一共又连上各房的老嬷嬷奶娘并跟出门的家人媳妇子，乌压压的占了一街的车。贾母等已经坐轿去了多远，这门前尚未坐完。

这真可谓是贵族家庭出行，阵仗真是不小。贾珍等主事男人已先到达清虚观。众女眷的车轿队伍浩浩荡荡，吸引了不少人在街边观看。

贾母是诰命夫人，外出打醮、进宫朝贺的时候都要乘坐彰显身份的八抬大轿。李氏、凤姐、薛姨妈级别略低，乘的是四人轿。宝钗、黛玉都属于亲戚家的小姐，二人共坐一辆翠盖珠缨八宝车，迎春、探春、惜春三个贾家的姑娘共坐一辆朱轮华盖车。至于丫鬟婆子多人挤的车，则类似于今天的中巴、大巴。

这占了一街的车、轿、马不仅显现出了贾府的煊赫，也显示出了贵族之家的森严等级。

被圈养的女人

《红楼梦》中的贵族女子，尽管生活范围主要是宁、荣二府以及大观园内，但她们的日常活动也离不开车、轿。

理家期间，李纨、宝钗、探春坐着小轿巡视大观园。凤姐去荣国府旁的院子见婆婆也要坐专车。

宁、荣二府距离很近，尤氏在两府间往来也坐专车，"大车上也不用牲口，只用七八个小厮挽环拽轮，轻轻的便推拽过这边阶矶上来"。

对于贵族妇女来说，坐车或轿除了代步以外，还有躲避外人的作用。

古代女性不能随便抛头露面。尤氏上下车的时候，两边大门上的人都要到东西街口"把行人断住"。到达目的地后，众小厮退过狮子以外，众嬷嬷打起帘子，丫鬟先下来，然后再把尤氏搀下来。

不仅贾府的女子上轿下轿、上车下车有规矩，抬轿的下人们也有不同的出入权限。在林黛玉进贾府的时候，曹雪芹就将进出贵族之家的规矩描写得淋漓尽致。

那轿夫抬进去，走了一射之地，将转弯时，便歇下退出去了。后面的婆子们已都下了轿，赶上前来。另换了三四个衣帽周全十七八岁的小厮上来，复抬起轿子。众婆子步下围随至一垂花门前落下。众小厮退出，众婆子上来打起轿帘，扶黛玉下轿。

黛玉的轿子，外边的轿夫只能抬进荣国府的一射之地，便要换上府内的小厮来抬，这是"内外有别"。

跟黛玉一起来的婆子们在贾府之外可以乘轿，进了府就不能坐轿子了。她们步行跟随黛玉的轿子到垂花门外停下。垂花门里有女眷活动，外男不得擅入，婆子们等小厮们落轿退出后，才打起轿帘扶黛玉下来。

这一番坐轿下轿，下人们进退上下，大有玄机，这不仅是贵族之家的层层规矩使然,也是封建社会等级制度的体现。

  通读《红楼梦》,我们发现,在贵族之家,真正能出门远行的都是男人,女子出门的机会并不多,即便有,也被"保护"得严严实实。蓦然想起了挺符合当时情景的一句话:"男人放养,女人圈养"。

第二辑

大观园里的百味人生

少年的你

在中国古代，少男少女在达到特定年龄时举行的象征迈向成人阶段的仪式，称作成人礼。男子的成人礼称"冠礼"，男子二十而冠。女子的成人礼为"笄礼"，女子十五而笄。男子的"冠"、女子的"笄"，其作用都是将头发挽起来固定好，意味着长大成人了。

古代女子在行完笄礼后，便可以出嫁。《红楼梦》里的女子，在十五岁左右的时候也开始谈婚论嫁了。张道士为贾宝玉提亲时说到的那位小姐就是十五岁。《红楼梦》中，一位"将笄"之年的"白富美"，却有着与其年龄不相符的成熟与苦恼……

■ 丢失童年的白富美

十五岁的生日不一般

豪门富户过生日尤为讲究奢华排场。在《红楼梦》中，曹雪芹多次描绘贾府众人过生日的场景，身为荣国府大管家，凤姐操办生日的经验也极为丰富，但在第二十二回，时值宝钗过生日，凤姐却来征求丈夫的意见。

凤姐道："二十一是薛妹妹的生日，你到底怎么样呢？"贾琏道："我知道怎么样！你连多少大生日都料理过了，这会子倒没了主意？"凤姐道："大生日料理，不过是有一定的则例在那里。如今他这生日，大又不是，小又不是，所以和你商量。"贾琏听了，低头想了半日道："你今儿糊涂了。现有比例，那林妹妹就是例。往年怎么给林妹妹过的，如今也照依给薛妹妹过就是了。"凤姐听了，冷笑道："我难道连这个也不知道？我原也这么想定了。但昨儿听见老太太说，问起大家的年纪生日来，听见薛大妹妹今年十五岁，虽不是整生日，也算得将笄之年。老太太说要替他作生日。想来若果真替他作，自然比往年与林妹妹的不同了。"贾琏道："既如此，比林妹妹的多增些。"

这段话透露了这样的信息：宝钗虽然不是整生日①，却也到了将要行笄礼②的年龄，贾母对此格外重视，要替她作生日。凤姐考虑到这个生日的特殊性，才和丈夫商量。

薛宝钗为何住在贾府？

> 今上崇诗尚礼，征采才能，降不世出之隆恩，除聘选妃嫔外，凡仕宦名家之女，皆亲送名达部，以备选为公主郡主入学陪侍，充为才人赞善之职。

薛家人是为宝钗备选而来，贾府本是中途驿站。如果宝钗能够入宫，非常有利于薛家的家族发展，叵惜落选了。入宫不成，依傍贾府也是不错的选择，寡居的薛姨妈也想在此约束一下儿子薛蟠，所以全家长期住在了贾府。

贾母对宝钗的这次生日格外重视，一方面是因为宝钗到了成年礼的年纪。另一方面，是出于人情。宝钗是贾母儿媳王夫人的外甥女、凤姐的表妹，又客居贾府多年，贾母自然要给足亲戚面子。

贾母带头捐资二十两，又送了衣服玩物，王夫人、凤姐、黛玉等人也有礼品相赠。生日当天，搭台唱戏，大摆酒宴，好不热闹。

宝钗深知贾母年老之人的喜好，特意点了热闹戏文，甜烂食物。

---

① 整生日是指逢十的生日，如十岁、二十岁。

② 笄是指古代束发用的簪子。古代的女子在十五周岁的时候要举行"笄礼"，行笄礼时要"及笄"，即将女子的头发梳成发髻，盘在头顶，然后加笄，以示成年，所以古人常用"及笄之年"来代指女子年满十五周岁。在《儒林外史》中提道："鲁老先生有个令爱，年方及笄"，就是说鲁家的女儿刚满十五岁。

如果据此推断宝钗是在奉承贾母的话，就看低宝钗了。贾母给宝钗过生日，是对客人的礼遇，也说明贾母很喜欢宝钗，宝钗反过来再讨贾母的欢心，既是应有的礼节，也是在表达对贾母的感激。

宝钗不仅对贾母如此，她在处理与贾府上下的关系时都非常暖心。史湘云一拍脑门就要宴请贾府众人，根本没想自己没有请客的钱，宝钗便替她买来螃蟹安排好；黛玉身子弱，宝钗便给她送去燕窝；贫寒的岫烟被迫把棉衣当掉，宝钗便悄悄要来当票替她赎回；周瑞家的来访，宝钗放下手中的活计，给"周姐姐"让座问好；哥哥薛蟠从南方带来的礼物，宝钗也不忘给赵姨娘母子送上一份，难道宝钗真的喜欢那位不讨喜的赵姨娘？未必，但她就是这样深谙世故、圆融周全。不要忘了，宝钗只是个十几岁的女孩子，她的与年龄不符的成熟，让人感觉可敬又可怜。

早熟的背后

宝钗的早熟与其生活阅历相关。

薛家是百万之富的皇商[1]，护官符上也写得清楚：丰年好大雪[2]，珍珠如土金如铁。薛家曾是书香之家，宝钗的父亲酷爱宝钗，令其读书

---

[1] 在清人入关之前，满洲贵族就经常派人到张家口一带同中原的商民进行贸易。当时山西介休等县的八家商人操纵着这项贸易。清人在定鼎中原之后，将这些商人招进京，隶属于内务府，专门采办皇室所需的物品。皇商的经营范围极广，有皇家的批文可以经营国家的军粮运输、采买铜斤等业务，因为这些业务都是肥缺，所以皇商颇易获利。

[2] 雪谐音薛。

识字。她博学多才，诗词绘画无所不通，连贾政都夸她的学问好。宝钗的童年是富足而闲适的，但一切都因父亲的过世而改变了。父亲死后，他们母子三人相依为命，皇商的差事也就落到了薛蟠头上，可惜薛蟠老大无成，薛家的境况一落千丈。

  终日惟有斗鸡走马、游山玩水而已。虽是皇商，一应经济世事，全然不知，不过赖祖父之旧情分，户部挂虚名，支领钱粮，其馀事体，自有伙计老家人等措办。……谁知，各省中所有的买卖承局、总管、伙计人等，见薛蟠年轻不谙世事，便趁时拐骗起来，京都几处生意，渐亦销耗。

  这位字"文起"的薛蟠，却是不学无术，能把"唐寅"念成"庚黄"，而且这位阿呆兄的记性是真好，连他从江南给家人"特特的带来"的礼物，放了一二十天才想起来。哥哥靠不住，宝钗只得专心家事，为母亲分忧。在宝钗的身上，早早地就多了一份家庭重担。她很少表露内心的孤独、无奈，只和黛玉说过这样的私房话："我虽有个哥哥，你也是知道的；只有个母亲，比你略强些。咱们也算同病相怜。"
  不知不觉，宝钗在被迫成长的过程中，把无忧无虑的童年弄丢了。
  这个闺阁女子不仅懂得生意，认识当票，甚至连市场上的人参如何掺假都知道得一清二楚。第七十七回，王夫人要派人去买人参，正值宝钗在场。

  周瑞家的方才要去时，宝钗因在坐，乃笑道："姨娘且住。如今外头人参都没有好的。虽有一枝全的，他们也必截做两三段，镶嵌上芦泡须枝，掺匀了好卖，看不得粗细。我们铺子里常和参行交易，如今我去和妈妈说了，叫哥哥去托个伙计过去和参行商议说明，叫他把未作的原枝好参兑二两来。不妨咱们多使几两银子，也得了好的。"

特殊的经历使宝钗比同龄人有着更广的见识、更高的情商，她通晓人情，在同龄人还不懂得掩藏情绪时，宝钗已经知道怎么做才符合当时社会的规矩，怎么做在贾府的江湖中才是"对"的，至于自己的真性情，早就悄悄地收了起来。

元春从宫中写来灯谜让大家猜，宝钗一下就猜着了，口中却是边称赞边说难猜。行酒令的时候，黛玉脱口而出的戏词竟然出自禁书《牡丹亭》《西厢记》，宝钗私下提醒黛玉，给她留足了面子。

客居贾府，宝钗的衣食住行丝毫没有皇商之家的奢华，言谈举止也非常低调谨慎，有分寸感。凤姐生病期间，王夫人让探春、宝钗、李纨三人理家，在探春提出大观园的改革方案时，宝钗并不发表明确的意见，只是提些建议，对方案进行完善补充。宝钗提到，承租的婆子们的收入不用入账，让她们有剩余，同时让她们每年分一些钱给不承租的人，利益均沾可以避免那些没有参与承包的人的埋怨。试问，这位胸中有如此大丘壑的姑娘平日里"不干己事不张口，一问摇头三不知"是如何做到的。

大观园里出现了少儿不宜的绣春囊，王夫人下令抄检大观园，考虑到亲戚情面，没有搜宝钗的住所。第二天宝钗就借故搬走了，及时躲开了是非之地。或许,她早就该搬出去了。

在贾府,上有贾母、各位太太,下有一群不是省油的灯的下人,中间是一群性格脾气迥异的姐妹,还有盘根错节复杂的关系,宝钗事事留心、时时在意,处处周全,做一件事,她要考虑自己的身份地位,还要让大家都喜欢,活得实在是太累了。搬出大观园,宝钗也可以稍稍喘一口气,静下来想想自己的事情了。

金玉良缘的婚姻

在宝钗的心底,寄居贾府是一件尴尬的事情,更令她感觉尴尬的是自己的婚姻。

古代女子在行完笄礼后,可以出嫁了。宝钗已是将笄之年,也到了待嫁的年纪。

小说中讲金玉良缘之说源自癞头和尚,却难保不是薛姨妈为了长期依傍贾府而杜撰出来的。黛玉就曾嘲笑宝玉:"你有玉,人家就有金来配你;人家有'冷香',你就没有'暖香'去配他?"

宝钗有金锁,宝玉有玉,可那又怎样,聪慧的宝钗不会不知道,宝玉心中惦记的只有黛玉,他只念"木石前盟"。宝钗的心事谁能理解,偏偏薛蟠在宝钗规劝他的时候回撑:

"……你不用和我闹,我早知道你的心了。从先妈妈和我说:你这金要拣有玉的才可正配,你留了心,见宝玉有那劳什骨子,你自然如今行动护着他。"

薛蟠说话不知轻重，一下子把宝钗气怔了，她又怕母亲担心，一个人在自己屋里哭了一夜，宝钗是真的被戳到了痛点，她的泪是为自己的婚姻与尊严而流，自家本是寄人篱下，金玉良缘之说又有"推销"之嫌。

实际上，宝钗有品有貌、贤惠大方、宜室宜家，曹雪芹也曾用"停机德[①]"来评价宝钗，她在封建社会属于绝对合格的大家闺秀，但是她和宝玉的人生追求相去甚远，二人终究是志不同道不合，宝钗永远也不能走进宝玉的精神世界。

在宝钗的生日宴上，唯一引起宝玉兴趣的就是《寄生草》的唱词：

> 漫揾英雄泪，相离处士家。谢慈悲剃度在莲台下。没缘法转眼分离乍。赤条条来去无牵挂。那里讨烟蓑雨笠卷单行？一任俺芒鞋破钵随缘化！

"没缘法转眼分离乍"，一语成谶，虽然二人成了婚，宝玉却在婚后不久就出家而去。可叹宝钗这个薛家最优秀的孩子，过上了李纨式的守寡生活。

[①] "停机德"出自《后汉书·列女传·乐羊子妻》，写的是乐羊子妻停下机子不织布来劝勉丈夫求学的故事。

再读宝钗

年少时读《红楼梦》,总感觉她是宝黛爱情的破坏者,而且太懂人情世故的人,难免让人觉得伪善。

长大了再读《红楼梦》,发现宝钗的婚姻并非由她自主选择,她不过是所属时代的牺牲品。如今的十五六岁的孩子,还在父母的呵护下成长,而宝钗却已经挑起担子,不得不应对周围复杂的人际关系,让人多了一丝心疼。

天真烂漫、不谙世事只能是少年时代的专属,人终究都要长大,随着年龄阅历的增长,我们也会逐渐磨去棱角、蜕去锋芒,学会尊重别人、理解别人的无奈,设身处地为他人着想,不再将喜怒哀乐写在脸上,而是藏在心里。宝钗不过是早早活成了成年人的样子。读《红楼梦》越久,越能理解每个人面对生活的不易。

也说"无情"

在宝玉的生日夜宴上,宝钗抽到的花签是"任是无情也动人"。一直以来,有很多读者围绕宝钗的"无情"与心机展开争论。

其一,丫鬟金钏儿跳了井,面对自责不已的王夫人,宝钗在旁安慰:

> 宝钗叹道:"姨娘是慈善人,固然这么想。据我看来,他并不是赌气投井。多半他下去住着,或是在井跟前憨顽,失了脚掉下

去的。他在上头拘束惯了,这一出去,自然要到各处去顽顽逛逛,岂有这样大气的理!纵然有这样大气,也不过是个糊涂人,也不为可惜。"

宝钗的分析极为理性,言语中却看不到对逝去生命的惋惜。或许在多年纷杂的家务中,她已经养成了第一时间寻求解决方案的习惯。

其二,宝钗对于柳湘莲出家事件的表现也异于常人。

柳湘莲因为怀疑尤三姐的贞洁而提出退婚,尤三姐自尽,柳湘莲悔恨交加,随道士而去,不知所往。柳湘莲对薛蟠有救命之恩,薛家正帮助柳湘莲操持婚事,却传来这样的消息,薛蟠大哭了一场,薛姨妈也为二人深感可惜。

宝钗对这段生死情事并不在意,说这都是前生命定,不必伤感,倒是该酬谢帮哥哥贩货的伙计们,安排请客吃饭了。如此淡定、务实,令人心惊。有时候,太过冷静就近于冷酷,太过理性就近于无情。

不过,这并不妨碍我们记取宝钗的那些"动人"之处。这世间从无完人,曹雪芹笔下的宝钗也是如此。

红尘中行走着实不易,至情至性让人感觉真实,世事洞明、人情练达亦是生存的法宝,悦人亦悦己才是最高境界。如果我们能够时常省悟自身,既保留着真性情,又能像宝钗一样柔软温润地嵌入红尘,岂不更好?

如此,宝钗也开启了我们的成人礼。

■ 问题少年的诞生

中国古代社会宗法制度森严，强调"嫡庶不分则宗室乱"。早在商朝时期，人们就已经有了清晰的嫡庶观念。

首先，正妻所生的嫡出子女与妾所生的庶出子女的地位明显不同。其次，即便是同母所生，孩子的命运也会受到自己出生时母亲身份的影响。相传商纣王有个同父同母的哥哥叫微子启，纣王的父母都想立微子启为太子，但有大臣据法力争，认为生微子启时他的母亲为妾，生纣王时他的母亲为妻，有妻的儿子在，就不能立妾的儿子为太子。所以，后来纣成了商王。

西周时期，宗法制得到了进一步的完善，其主要精神为严嫡庶之辨，实行嫡长子继承制。这种制度对此后的中国社会产生了深远的影响。在封建家庭中，庶出子女的地位与嫡出的子女差别很大。

在《红楼梦》中，贾府是一个典型的封建一妻多妾制的大家庭，我们不妨走进小说，看看那些在"拼娘"时代被烙上庶出印记的孩子。

先猜个谜语

在古代殿阁屋脊的最前端，往往站着一个形似兽头的装饰物——螭吻[①]。相传螭吻是龙的第九个儿子，因为它总爱站在高处东张西望，

[①] 明代陆容在《菽园杂记》中有这样的记述："螭吻其形似兽，性好望，故立屋角上。"此外，明代杨慎在《升庵外集》中介绍龙的九子时也提道："二曰螭吻，形似兽，性好望，今屋上兽头也。"

并且喜欢吞火，所以古人多把它安放在屋脊上，压避火灾。

在《红楼梦》中，贾环作的灯谜就与它有关。贾府过元宵节，宫中的元妃差人送出灯谜让大家猜，同时让每人也作一个灯谜送进宫去，结果，贾环的灯谜让元妃发了蒙。

……且又听太监说："三爷所作这个不通，娘娘也没猜，叫我带回问三爷是个什么。"众人听了，都来看他作的是什么，写道是：

大哥有角只八个，二哥有角只两根。大哥只在床上坐，二哥爱在房上蹲。

众人看了，大发一笑。贾环只得告诉太监说："是一个枕头，一个兽头。"

小说这一回的回目名是"听曲文宝玉悟禅机，制灯谜贾政悲谶语"。谶语是迷信的人所认为的事后应验的话。贾府众人所制的灯谜无不暗示了自己的命运和贾府的败亡结局，那么，贾环的"大哥、二哥"灯谜背后又隐藏着怎样的谶语呢？

旧时的枕头以六个面的长方体居多，所以，"大哥有角只八个，大哥只在床上坐"的谜底是枕头，实际上是在影射宝玉，因为宝玉爱亲近女孩子，喜欢在内帷厮混，而且在外人眼中，宝玉就像绣花枕头一样，外表光鲜，却不爱仕途经济学问。

"二哥爱在房上蹲"的谜底是兽头，这指的是贾环自己，蹲在房上的兽头有"好望"的习性，贾环与赵姨娘平时喜欢探听各种小道消息，而且贾环也像兽头一样"吞了不少火"，这与他的身份和生活环境有关。

庶出的孩子

同为贾政之子，宝玉是正妻王夫人所生，嫡出，贾环是小妾赵姨娘所生，庶出。这哥俩儿都是"爷"，实际生活境遇却相差很多。

贾母儿孙众多，宝玉是她的命根子，有什么稀罕物件、新鲜吃食也都是第一时间赏给宝玉。韩非子曾说过："为人主而大信其子，则奸臣得乘于子以成其私。为人主而大信其妻，则奸臣得乘于妻以成其私。"何况那贾家上上下下都长着富贵眼睛，在贾母这一风向标下，宝玉被宠得"凤凰"一般。在小说中，同样嫡出的贾兰因为年幼，很少露面，基本可以忽略不计，其他那些庶出的孩子都生活在宝玉的光环之下。

第二十四回，宝玉来见邢夫人，贾环、贾兰也来了：

> 正说着，只见贾环、贾兰小叔侄两个也来了，请过安，邢夫人便叫他两个椅子上坐了。贾环见宝玉同邢夫人坐在一个坐褥上，邢夫人又百般摩挲抚弄他，早已心中不自在了，坐不多时，便和贾兰使眼色儿要走。贾兰只得依他，一同起身告辞。宝玉见他们要走，自己也就起身，要一同回去。邢夫人笑道："你且坐着，我还和你说话呢。"宝玉只得坐了。邢夫人向他两个道："你们回去，各人替我问你们各人母亲好。你们姑娘、姐姐、妹妹都在这里呢，

闹的我头晕,今儿不留你们吃饭了。"贾环等答应着,便出来回家去了。

同样是来向邢夫人请安,贾环、贾兰坐在椅子上,宝玉在炕上和邢夫人坐一个坐褥,邢夫人还百般摩挲抚弄他。同是告辞,邢夫人不让宝玉走,还要和他说话。难怪贾环早已心中不自在了。想想看,十几岁的少年怎能不敏感?

凤姐说贾环是"上不得高台盘的慌脚鸡",他又有什么机会上高台盘呢?人们永远众星捧月般围着宝玉,谁又会在乎他一个小小的庶出的孩子。伤害有时候是对比出来的。

长期生活在这样的环境下,贾环必然会有自卑心理,他常说的话是"我拿什么比宝玉呢。你们怕他,都和他好,都欺负我不是太太养的"。这道出了他心中的不满与委屈,也道出了嫡庶制度的伤害。

问题少年的家长

平时,贾环也没有享受到正常的父爱与母爱。首先是父亲角色的缺失,贾政只看到贾环"人物猥琐,举止荒芜",却很少对儿子正确引导、认真指教,和贾环接触最多的生母赵姨娘更不用说了。

一次,贾环和莺儿等人耍钱,贾环耍赖,宝玉说了他几句,贾环回到家:

> 赵姨娘见他这般,因问:"又是那里垫了踹窝来了?"一问不

答,再问时,贾环便说:"同宝姐姐玩的着,莺儿欺负我,赖我的钱,宝玉哥哥撵我来了。"赵姨娘啐道:"谁叫你上高台盘去了?下流没脸的东西,那里顽不得,谁叫你跑了去讨没意思!"

贾环没有将自己耍赖的事情如实相告,反说别人欺负他,昏聩的赵姨娘不问青红皂白就说了这样一番话,不仅不能起到任何正面的引导作用,反而会让贾环以为地位高的人一定会欺负地位低的,也让他更加仇恨宝玉、仇视身边的一切。

对于这样一件小事,赵姨娘尚且如此,可想而知,贾环要真受了什么委屈,赵姨娘会挑起多大的风波来。在小说中,蔷薇硝事件就引发了一场大战。

贾环向小戏子芳官要蔷薇硝想送给彩云,芳官却给了他茉莉粉,再看芳官给贾环茉莉粉时的动作:"芳官便忙向炕上一掷。贾环见了,只得向炕上拾了,揣在怀内"。不要小看这个举动,贾府也是讲究尊卑高低的等级秩序的,芳官不过是个戏子出身的小丫头,她竟敢糊弄主子?而且,即便男女授受不亲,她也不应该将东西扔到别处让贾环去捡。作者这样写无非是想告诉我们,连下人们都瞧不起贾环。

当贾环得知芳官偷梁换柱时,没有生气,反和彩云说茉莉粉也很好,留着用吧,怎么都比外头买的好。至此,贾环还是心情好的,说的这番话也颇具肚量。

不过,赵姨娘又跳出来"兴风作浪"了,她先是把贾环骂得低了头,又逼着贾环去闹。贾环不去,赵姨娘便拼尽全力要为他讨回公道,具体行动就是去找芳官打架,结果却被一群小戏子围殴,越发被人耻笑。

印度有句谚语：面对三寸大的问题，产生三米多的反应，然后生出三十米长的情绪，又制造出三百米的纠纷。赵姨娘就是这样的人。

其实，赵姨娘说的也不全是夸大其词，贾府的下人们看人下菜碟的事情肯定是有的。但就当时的社会伦理规范来说，嫡出的宝玉，得到的宠爱自然要多一些；贾环作为庶子，得到的自然少些。即便是孩子真的受了委屈，一位正常的母亲也应该努力地给孩子开解，而不是整天地冷言嘲讽、斥责怒骂、灌输仇恨。

赵姨娘不仅做出来的事不叫人敬服，和儿子的关系也远谈不上母子情深。在小说中，"（宝玉）见了王夫人，……便一头滚在王夫人怀里。王夫人便用手满身满脸摩挲抚弄他，宝玉也扳着王夫人的脖子说长说短"，这样的母子情深，贾环在赵姨娘那里从未得到过。

在这个少年身边，不仅遍布着外人的冷眼，还有一个满腔怨毒的妇女抓住一切机会给他洗脑：别人都看不起我们、欺负我们。日复一日，年复一年，这个少年吞咽下的"火"太多，一有机会就要吐出来报复。

吐火的少年

第二十五回，贾环故意把燃着的油灯推倒烫伤了宝玉，古人在房脊上安设兽头的目的是压避火灾，曹雪芹却反其道而用之，设计了贾环这个"兽头"引火害人的情节。

见宝玉被烫伤,王夫人怒骂赵姨娘:"几番几次我都不理论[1],你们得了意了,越发上来了!"可见,赵姨娘和贾环陷害宝玉已经不止一两次了。

另,第三十三回,王夫人的大丫鬟金钏儿跳井而死,又是贾环向贾政告密并且诬陷宝玉奸污母婢,差一点要了宝玉的性命。

> 才回身,忽见贾环带着几个小厮一阵乱跑.贾政喝令小厮"快打,快打!"贾环见了他父亲,唬的骨软筋酥,忙低头站住。贾政便问:"你跑什么?带着你的那些人都不管你,不知往那里逛去,由你野马一般!"喝令叫跟上学的人来。贾环见他父亲盛怒,便乘机说道:"方才原不曾跑,只因从那井边一过,那井里淹死了一个丫头,我看见人头这样大,身子这样粗,泡的实在可怕,所以才赶着跑了过来。"贾政听了惊疑,问道:"好端端的,谁去跳井?我家从无这样事情,自祖宗以来,皆是宽柔以待下人。——大约我近年于家务疏懒,自然执事人操克夺之权,致使生出这暴殄轻生的祸患。若外人知道,祖宗颜面何在!"喝令快叫贾琏、赖大、兴儿来。小厮们答应了一声,方欲叫去,贾环忙上前拉住贾政的袍襟,贴膝跪下道:"父亲不用生气.此事除太太房里的人,别人一点也不知道。我听见我母亲说……"说到这里,便回头四顾一看.贾政知意,将眼一看众小厮,小厮们明白,都往两边后面退去。贾环便悄悄说道:"我母亲告诉我说,宝玉哥哥前日

---

[1] 甲戌侧批:补出素日来。

在太太屋里，拉着太太的丫头金钏儿强奸不遂，打了一顿。那金钏儿便赌气投井死了。"话未说完，把个贾政气的面如金纸，大喝"快拿宝玉来！"。

听完贾环的汇报，贾政怒发冲冠，将宝玉打了个半死。

贾环的此次告密并非蓄谋已久，他是在院子里疯跑的时候撞上了贾政，贾政喝住他质问时，趁机嫁祸给了宝玉。但是，即便不是主动告状，也可以看出他对宝玉的仇恨已经深入骨髓，一旦有机会就会攻击心中的敌人。

贾环描绘金钏儿死时的惨状，有夸张的不实之词，他说宝玉强奸不遂逼死金钏儿也属于诬告。可是，他说金钏儿的死因却是"我母亲告诉我"的，可见，赵姨娘早就抓住金钏儿事件在背后诋毁宝玉了。如果说贾环是在吐火，赵姨娘则是背后的助燃者。

在贾环歹毒行为的背后，我们看到的是贾府根深蒂固的嫡庶之争和更深层次的妻妾矛盾。不过，年纪轻轻就被种下了仇恨种子的贾环，也是一个受害者。

爱我，我可不信

不记得谁说过：凡是《红楼梦》里不喜欢贾宝玉的人，我都高看一眼。我想加一句，不喜欢宝玉的丫鬟更值得高看。

宝玉是贾府的"凤凰"，又颇会怜香惜玉，不知有多少丫鬟挤破头都想到宝玉身边。王夫人的大丫鬟彩云却偏偏不喜欢宝玉，反而对贾环情有独钟。

彩云经常私赠贾环珍贵的东西。一次，彩云从王夫人房中偷了些玫瑰露给了贾环，最终却被牵扯导致事情败露，彩云一力承担罪责，宝玉钦佩彩云的敢作敢当，帮她掩盖了罪责。

赵姨娘正因彩云私赠了许多东西，被玉钏儿吵出，生恐查诘出来，每日捏一把汗打听信儿。忽见彩云来告诉说："都是宝玉应了，从此无事。"赵姨娘方把心放下来。谁知贾环听如此说，便起了疑心，将彩云凡私赠之物都拿了出来，照着彩云的脸摔了去，说："这两面三刀的东西！我不稀罕。你不和宝玉好，他如何肯替你应。你既有担当给了我，原该不与一个人知道。如今你既然告诉他，如今我再要这个，也没趣儿。"彩云见如此，急的发身赌誓，至于哭了。百般解说，贾环执意不信，说："不看你素日之情，去告诉二嫂子，就说你偷来给我，我不敢要。你细想去。"说毕，摔手出去了。

为什么危机化解了，贾环反而不高兴？其实是他敏感多疑的性格作祟，一来他认为宝玉不可能无缘无故地帮彩云，二来他对彩云也没有完全的信任，任彩云如何发誓他也不信。这件事情后，两人情断。可怜彩云的一片痴心。这是彩云的悲哀，又何尝不是贾环的悲哀。

在贾环生活的环境中，他是被人忽视的，更是缺少爱的，他眼中的世界充满尔虞我诈、各种算计，他不能理解人与人之间可以无功利地相处，即便遇到了真心对他好的人，他也会有各种怀疑。他永远是一个浑身紧张的小兽，时刻准备着对敌人进行反击。

有人说，每一个问题少年的背后都有一块适合他们出现问题的土壤。嫡庶制度对于正常少年心灵的伤害不容忽视，贾环身边的人对他的影响也很关键，他的年龄还无法抵御这些负面影响。

贾环只是个十几岁的孩子，因为时代背景不同，我们现实生活中的孩子不会有和他一样的故事，但是可能和他有着相似的青春，也被一些难言苦楚的阴翳遮住了天空。这种情况下，缺少爱与积极引导的孩子，极容易偏执地迷失在泥潭里。贾环的成长经历值得我们对照、反思、自省。

■ 原生家庭的痛与解

在中国古代神话传说中，凤凰是百鸟之王，和龙一样都经常被用来象征祥瑞。人们也常以"马中赤兔，人中龙凤"来代指杰出的人物。《红楼梦》中，涉及很多凤凰式的人物。贾元春飞到宫中做了"金凤凰"，宝玉被众人宠得"凤凰"一般，女中豪杰王熙凤是"冰山上的凤凰"。另外，还有一只"老鸹[1]窝里的凤凰"——探春。

---

[1] 乌鸦。

三姑娘生在老鸹窝

在贾府,探春在元、迎、探、惜四姐妹中排行第三,人称三姑娘。黛玉眼中的探春是这样的:

> 削肩细腰,长挑身材,鸭蛋脸儿,俊眼修眉,顾盼神飞,文彩精华,见之忘俗。

小厮兴儿则这样介绍探春:

> "三姑娘的混名儿叫'玫瑰花儿':又红又香,无人不爱,只是有刺扎手。可惜不是太太养的,'老鸹窝里出凤凰[①]'。"

一个能让世外仙姝黛玉"见之忘俗"的女子怎么会生在老鸹窝?这要从探春的出身说起。探春的父亲是贾政,她的生母是贾政的小妾——赵姨娘,探春和贾环是庶出的亲姐弟。

赵姨娘是《红楼梦》中的一朵中的奇葩,她为人"阴微鄙贱",不能安分、谨慎地遵守嫡庶有别的封建秩序,经常惹是生非。

第六十回,芳官用茉莉粉代替蔷薇硝给了贾环,赵姨娘马上冲进大观园找芳官复仇。

时值宫中的老太妃驾薨,贾府的主子们入朝随祭,凤姐虽然因病

[①] "老鸹窝里出凤凰"是一句民间俗语,比喻在卑微的环境中出了高贵的人物。

留守，也是自顾无暇。赵姨娘的想法是"趁着这会子撞尸的撞尸去了，挺床的便挺床，吵一出子，大家别心净，也算是报仇"。一时大观园内硝烟四起，赵姨娘与小戏子们战成一团，后来探春赶到，叹着气把赵姨娘劝走。贾府姨娘众多，偏偏自己的亲娘活成了笑话。

在赵姨娘的眼中，儿女都是她获取利益的筹码。探春和宝钗想吃油盐炒豆芽儿，派人给小厨房的柳嫂送去了五百钱，主子如此明白体下令柳嫂感激不尽。谁知赵姨娘知道后气不忿，反说太便宜了小厨房，隔几天就派小丫头去小厨房要这要那。

赵姨娘不招人待见，贾环也是不思进取还总想着迫害宝玉，属于老鸹窝里养出的小老鸹。一个庶出的女子，有着如此昏聩的母亲和不知好歹的弟弟，可以说，探春的起点并不高。

打好一副烂牌

幸运的是，与贾环完全在被赵姨娘覆盖的成长环境不同，探春自幼跟随贾母长大，她和其他姐妹一起读书，一起玩耍。她丝毫没有被赵姨娘影响，反而出落得爽朗大气。

探春住在大观园中的秋爽斋，三间屋子并不曾隔断，屋内摆设也都宽大：花梨大理石大案、斗大的汝窑花囊、大幅的字画、大鼎、大官窑的大盘，再看案上，擦着各种名人法帖、数十方宝砚、各色笔筒，笔则插得如树林一般……这些大气的摆设无不体现了探春的阔朗性情与大家风范。

大观园中的公子、小姐们，大都喜欢作诗，探春便带头成立了海

红楼梦中事　　111

棠诗社，和大家一起为争奇斗艳的大观园增添了诗情画意。

探春不仅文采飞扬，在待人接物上心思也颇为细腻。

第五十回，贾府众人在芦雪广作诗，宝玉作诗挨罚，出去折来了一枝红梅。大家都忙着欣赏红梅的时候，唯独探春想到宝玉出门受了冷气，"早又递了一钟暖酒"。后来，贾母也来凑热闹，孙媳妇李纨上前伺候，是媳妇的本分，在场有诸多女孩子，唯有探春另拿了一副杯箸，亲自斟了暖酒奉给贾母。

中秋节，贾府众人在凸碧山庄赏月闻笛。半夜，众人熬不住都散了，贾母也睡眼蒙眬，姑娘中只有探春一人在此相陪，连贾母都慨叹："只是三丫头可怜，尚还等着。"这样乖巧、体贴的女孩子谁不喜欢？

众所周知，贾政的正妻王夫人颇为讨厌赵姨娘和贾环，但庶女探春却凭借其机敏赢得了王夫人的信任。

第四十六回，贾赦要纳贾母的大丫鬟鸳鸯为妾，邢夫人为丈夫说媒，鸳鸯跑到贾母处哭诉，贾母气急，竟然数落起了王夫人。探春是个有心的人，她很快就看清了形势：作为婆婆的贾母责怪儿媳王夫人，王夫人有委屈也不敢分辩，薛姨妈、凤姐、宝钗作为王夫人的亲戚不好出面，宝玉、李纨辈分都低不敢劝解，迎春老实、惜春又小，正是用人之际。探春便笑着对贾母说："这事与太太什么相干？老太太想一想，也有大伯子要收屋里的人，小婶子如何知道？"这句话虽然简短却切中要害，贾母一下就明白了过来，忙说自己老糊涂了。探春出手相救，王夫人怎能不感激？

理家之才

第五十五回，凤姐积劳成疾流产了，王夫人让李纨、探春、宝钗三人临时管家。

在这"三驾马车"中，李纨尚德不尚才，是有名的佛爷，管不住下人。宝钗是客，又是事不关己不开口的性格。所以，探春是治家的主力。谁知，上任之初，她就遇到了棘手的问题。

在处理赵姨娘弟弟赵国基的安葬费问题时，探春本想按照贾府旧例秉公办理，不料，想借机谋利的赵姨娘却来大吵大闹。

赵姨娘气的问道："谁叫你拉扯别人去了？你不当家我也不来问你。你如今现在说一是一，说二是二。如今你舅舅死了，你多给了二三十两银子，难道太太就不依你？分明太太是好太太，都是你们尖酸刻薄！可惜太太有恩无处使。姑娘放心，这也使不着你的银子，明儿等出了阁，我还想你额外照看赵家呢。如今没有长羽毛，就忘了根本，只拣高枝儿飞去了。"

探春并非无情的人，只是这赏银关系到处理主奴关系、等级关系等多重矛盾，而且探春深谙治家之道：公正严明才能树立权威。赵姨娘丝毫不体谅女儿的难处，为了多得几两烧埋银子当众和女儿大吵大闹，倒是探春深明大义，孰轻孰重，拎得清楚。凤姐得知事情的原委后，连声称赞："好，好，好，好个三姑娘！"

贾府的众多姐妹一起去赖家花园玩，唯有探春能从闲话中发现问

红楼梦中事　113

题,进而找到了大观园改革的灵感。

> 探春道:"我因和他家女孩儿说闲话儿,谁知那么个园子除他们带的花儿、吃的笋菜鱼虾之外,一年还有人包了去,年终足有二百两银子剩。从那日我才知道,一个破荷叶、一根枯草根子,都是值钱的。"

随后,探春等人策划了"大观园承包责任制",让园里的果木花草也能产生经济效益。同时,又把府里的重复开销一一取缔,开源与节流并举,给积弊甚深的贾府带来了一丝生机。

偌大的荣国府,各种事情既烦琐又复杂,尤其是关系到人事问题,连杀伐决断的凤姐都要反复思量,探春一个姑娘理家谈何容易?

一天,管事媳妇林之孝家的来向探春汇报,说园内一个下人的"嘴很不好",应该撵出去。看探春的应答:

> 探春道:"怎么不回大奶奶?"林之孝家的道:"方才大奶奶往厅上姨太太处去,顶头看见,我已回明白了,叫回姑娘来。"探春道:"怎么不回二奶奶?"平儿道:"不回去也罢,我回去说一声就是了。既这么着,就撵他出去,等太太回来再回:请姑娘定夺。"探春点头,仍又下棋。这里林之孝家的带了那人出去不提。

面对错综复杂的人事问题,聪慧的探春首先想到的是上下级关系,因为她深知自己是临时管事的,由此可以看出探春不仅处事谨慎,而且分寸感极强。

在封建家庭中,嫡出与庶出孩子的待遇有着很大的差别。因为庶出孩子的生母多出身低贱,地位低下,人们往往会因为轻视其母,也轻视其子女,何况探春还摊上了赵姨娘这样一位生母。可是,探春这位庶出小姐,却赢得了贾府众人的认可。凤姐称赞探春事事明白、言语谨慎,又知书识字,比自己更有能力。贾母也非常赏识探春,南安太妃来访,贾母安排她与湘云、黛玉等人同去见客。

另,第七十回,有这样一段描写:

次日乃是探春的寿日,元春早打发了两个小太监送了几件顽器。合家皆有寿仪,自不必说。饭后,探春换了礼服,各处行礼。

看来,探春的生日,皇妃元春牢记在心,早早地派人送来了寿礼,礼物未必多么贵重,难得的是这份荣耀,而且贾府合家皆有寿仪。可见,宗法世界也有情,出身固然重要,但并不决定一切。不管出身如何,只要品行端正、德才兼备,一样受人尊敬,探春就是最好的例子。

千年不绝一巴掌

对探春而言,庶出的身份一直是她解不开的心结。探春并不想斩断与赵姨娘的联系,只是不愿下人们在背后非议自己庶出的身份。赵姨娘却总是将此挂在嘴边,探春为此非常苦恼:"谁不知道我是姨娘养的,必要过两三个月寻出由头来,彻底来翻腾一阵,生怕人不知道,故意的表白表白。"

越是缺少什么就越是在乎什么,探春特别希望得到正统世界的认可与尊重。所以在很多时候,她偏偏要端出主子的架子来。在探春理家一节有她洗脸的描写。

因探春才哭了,便有三四个小丫鬟捧了沐盆,巾帕,靶镜等物来。此时探春因盘膝坐在矮板榻上,那捧盆的丫鬟走至跟前,便双膝跪下,高捧沐盆,那两个小丫鬟,也都在旁屈膝捧着巾帕并靶镜脂粉之饰。平儿见待书不在这里,便忙上来与探春挽袖卸镯,又接过一条大手巾来,将探春面前衣襟掩了。探春方伸手向面盆中盥沐。

看这一举一动,尽显贵族小姐的威严与尊贵。

在贾府的这些小姐中,唯有探春对"主子、奴才"的字眼儿非常敏感,她时常刻意地区分主子、奴才。探春送给宝玉一双鞋,赵姨娘埋怨她为何不给亲兄弟贾环做鞋穿,探春听后的第一反应:"怎么我是该做鞋的人么?"

一个人生来就有的东西是无法改变的,谁能理解这个庶出女孩争强好胜之下的委屈和无助呢?在抄检大观园一回,当被奴才冒犯时,探春又以其果断出手的一巴掌,打出了庶出小姐的尊严。

大观园里出现了少儿不宜的绣春囊,王夫人下令,凤姐、王善保家的等人连夜抄检大观园,别的姑娘都吓得不知所措,或漠视或把丫鬟推出去逃避,唯独探春尽到了主子维护下人的责任,她让众丫头秉烛开门而待，而且公然对抗执行者，"我的东西倒许你们搜阅，要想搜我的丫头，这却不能"。我的地盘我做主，我的丫头不能动，探春姑娘是何等霸气。想来，有这样一位为下属撑腰的上司，下属们一定会跟着她风里风里来，雨里雨里去。可那王善保家的依仗着自己是邢夫人的陪房，根本没把这个庶出的姑娘放在眼里，还偏要往枪口上撞一撞。

那王善保家的本是个心内没成算的人，素日虽闻探春的名，她自为众人没眼力没胆量罢了，那里一个姑娘家就这样起来；况且又是庶出，他敢怎么。他自恃是邢夫人陪房，连王夫人尚另眼相看，何况别个。今见探春如此，他只当是探春认真单恼凤姐，与他们无干。他便要趁势作脸献好，因越众向前拉起探春的衣襟，故意一掀，嘻嘻笑道："连姑娘身上我都翻了，果然没有什么。"凤姐见他这样，忙说："妈妈走罢，别疯疯颠颠的。"

见王善保家的冒犯探春，凤姐让她赶紧走，话没说完，只听"啪"的一声，探春的巴掌早落到了王善保家的脸上。探春这朵"玫瑰花"有刺儿可不是说着玩的，这一记耳光扇到了狗仗人势的奴才脸上，真是令人拍案叫绝。

王蒙评价探春的这一巴掌：金声玉振，响彻乾坤，余音绕梁，千年不绝！这位庶出的小姐以其痛快的一掌宣告了自己的不容侵犯。

大侠金庸曾写某位女子，"这位姑娘花容月貌，可是我一想到她便浑身寒毛直竖，害怕得发抖"。试想，探春这一掌下去，不仅王善保

红楼梦中事　　117

家的会记忆终生，其他仗势欺人的奴才也会望而却步吧。

谁说女子不如男

面对抄检大观园这种"窝里斗"的行为，探春深感痛心：
"大族人家，若从外头杀来，一时是杀不死的。这可是古人说的，'百足之虫，死而不僵'，必须先从家里自杀自灭起来，才能一败涂地！"

这番话可谓是振聋发聩，在贾府，像宝玉之辈还在慨叹："谁都像三妹妹好多心。事事我常劝你，总别听那些俗话，想那些俗事，管安富尊荣才是……"探春一介女流，竟有如此见识，能说出这样一番有家族责任感的话来，怎不令贾府的那些男子汗颜？

都说要居安思危，像贾府这样的大家族，一旦哪一天不再受皇恩，也出不了几个能光耀门楣的进士，恐怕谁也救不了它。探春深感自己一个闺阁女子的无力，不能沙场建功，不能效力朝堂，她经常说："我若是个男子，早出去立一番事业"，曹公也为探春深感叹息，她虽然是才自清明志自高，却终究抵不过生于末世运偏消。此时的贾府已是千疮百孔，风雨飘摇。

最终飞到了何方

一直以来，贾府众人都很为探春这个庶出小姐将来的生活担忧。在刘姥姥游览大观园一回，众人到了探春的住所，贾母指着后院让大家看:"后廊檐下的梧桐也好了,就只细些。"另外,探春放的风筝是软翅子大凤凰。凤凰非梧桐不栖,檐下梧桐细,天上凤翅软,这些都隐喻着庶出的身份日后给探春带来的困境。

凤姐也曾为探春感到遗憾:

"只可惜她命薄,没托生在太太肚里。……虽然庶出一样,女儿却比不得男人,将来攀亲时,……多有为庶出的不要的。"

贾母和凤姐的担忧不无道理。在那个讲究嫡庶尊卑的年代,豪门公侯之家极为看重女子的身份,嫡出女子会比庶出女子嫁得好得多,尤其是在门当户对的婚姻里,嫡出女子嫁过去是正室,而庶出的却多是做妾,或做填房。由于这一现象非常普遍,许多文学作品中都有类似的桥段。在《甄嬛传》中,庶出的乌拉那拉氏宜修先嫁入王府,却只能是侧福晋,待生下孩子后才能被扶正,而她的姐姐纯元是嫡出,后入王府却直接成了福晋。不过,探春并没有表现出对自己婚姻的忧虑,可能是因为在婚嫁的问题上,封建社会的女子都少有发言权吧。

探春最后的结局怎样呢?

宝玉过生日时,大家聚在一起喝酒抽花签,每个人抽到的花签,都暗示了其最后的命运。探春的签是这样的:

众人看上面是一枝杏花,那红字写着"瑶池仙品"四字,诗云:日边红杏倚云栽。注云:"得此签者,必得贵婿,大家恭贺一杯,共同饮一杯。"众人笑道:"……我们家已有了个王妃,难道你也是王妃不成。大喜,大喜。"

通过花签的暗示，再结合"清明涕泣江边望，千里东风一梦遥"的判词来看，探春最终远嫁并成了王妃。

古代山高路远，交通不便，女子在出嫁之后不能再回娘家的不在少数，"分骨肉"即在眼前。

一帆风雨路三千，把骨肉家园，齐来抛闪。恐哭损残年，爹娘休把儿悬念。自古穷通皆有定，离合岂无缘？从今分两地，各自保平安。奴去也，莫牵连。

在87版电视剧《红楼梦》中，设计了探春远嫁的场景。探春临别上船时冲着赵姨娘喊了一声"娘"，多少牵挂，多少无奈，令人闻之落泪，多年的芥蒂也随之烟消云散。原生家庭所有的负赘全可抛却，唯一丢不掉的是溶于骨血的亲情。

"从今分两地，各自保平安"，探春就像自己的那个软翅子大凤凰风筝一样，远离亲人，茫茫然地飞向了远方……

对于探春的离去，脂砚斋这样评价，"使此人不远去，将来事败，诸子孙不致流散也"。脂砚斋能做出这样的评价，是相信在贾府的危难之际，有家族责任感的探春定能凭借超人的智慧和勇气，拼尽全力为贾府寻找重生的机会。探春远嫁实乃贾府之哀，但相比于其他的亲人，在贾府败落之后，不是死于非命就是流落街头，远嫁的探春又是幸运的。

究竟探春去了哪里？有研究者认为，探春远嫁海外，也有人认为是去异邦和番了。不管怎样，相信探春这只远走高飞的凤凰，一定会找到自己的梧桐树,因为原生家庭的痛从未成为她拒绝成长的借口,她自重、上进,也有足够的能力开启新的人生。

任何人都无法选择生在哪里,却可以选择怎么活。

英雄不问出处,其实是上天对身正勤勉自救者最大的眷顾。

■ 迷惘的读书郎

中国古代的"国考"叫作科举。这种开创于隋朝的选拔人才的制度,不知为多少人提供了步入仕途的机会。十年寒窗无人问,一朝成名天下知。

旧时,在七夕这天,女子们的活动主要是拜织女乞巧,男子们则要另设香案祭拜魁星①。相传魁星为掌文运之神,农历七月初七是魁星的生日,读书人多在此日祈求魁星保佑自己科考中举。

《聊斋志异》中有一个关于魁星的故事②。郓城人张济宇,在夜里以为自己见到并叩拜了魁星,就自负地认为是科考第一的预兆,谁知后来竟落拓无成,还追问魁星"何以不为福而为祸"呢?殊不知,科

---

① 魁星,本作奎星,北斗第一星,汉代《孝经援神契》有"奎主文章"之说,后遂以此星为掌文运之神。古代称士子中状元为"大魁天下士"或"一举夺魁"。在封建社会,参加科举考试是文人的首要大事,很多地方都有魁星楼、魁星阁等建筑物。

② 据《聊斋志异》记载:郓城张济宇,卧而未寐,忽见光明满室。惊视之,一鬼执笔立,若魁星状。急起拜叩。光亦寻灭。由此自负,以为元魁之先兆也。后竟落拓无成;家亦雕落,骨肉相继死,唯生一人存焉。彼魁星者,何以不为福而为祸也?

红楼梦中事

考艰辛，没有十年寒窗的勤勉苦读，再多的魁星也是无力相助的。

在《红楼梦》中，魁星这种文化元素也被曹雪芹信手拈来，编织在一个读书郎的生活中。我们不妨看看这个读书郎的求学故事。

金魁星的期许

在《红楼梦》众多的人物中，秦钟如昙花一现。

秦钟是嫁入宁国府的秦可卿的弟弟。秦钟在姐姐家认识了宝玉，二人一见如故，宝玉邀请他一同到贾府的私塾读书。

贾府众人在初次见到秦钟时都送礼物给他，凤姐送的是一匹尺头、两个小金锞子①，金锞子上刻着"状元及第"的字样。贾母给秦钟的礼物是一个荷包和一个金魁星，取的是"文星和合"之意。将祈祷文星保佑高中状元的礼物送给正在上学的少年，真是再合适不过了。

秦业得知儿子能进贾府的私塾读书非常高兴，一来他正想求亲家贾珍，把儿子送到贾府的私塾，可巧就有了宝玉的邀请。二来在贾府私塾里司塾的是老儒贾代儒，秦业认为儿子去那儿可以学有进益。欣喜之余，秦业却为给老师的贽见礼②犯了愁。

秦家是清寒之家，秦业官居营缮郎③，估计薪水肯定不高，否则秦业不会为给老师的见面礼发愁。

---

① 金锞子，是古代作货币用的小金锭，上边都铸有吉祥字样。
② 旧时学生拜见老师时所送的礼，封套上要写"贽敬"二字。古代的学生在与教师初次见面时，都需要赠送礼物以表敬意。
③ 明清两代的工部均设有营缮司，主管皇家宫廷、陵寝的建造、修理等事，但营缮司并无营缮郎这一职位，可能是曹雪芹据营缮司而虚构出了"营缮郎"。

为了儿子读书这一终身大事，秦业最终东拼西凑，恭恭敬敬地封了二十四两银子的拜师礼，把秦钟送进了贾府的私塾。二十四两银子在当时不是小数目，在与《红楼梦》同一时期的小说《儒林外史》中，乡村塾师带着十几个孩子，一年的束脩才十二两。秦业一下子就拿出了二十四两银子，一是考虑到亲家的面子，二也体现了自己希望儿子专心读书，学有进益的拳拳之心。可惜他并不了解贾府学堂的真实情况。

如此上学

在秦钟上学之前，贾母曾嘱咐他，只和宝玉在一起，别跟着那些不长进的东西学。贾母对学堂的情况只是略知一二。

在贾府私塾读书，待遇极好。贾府的亲支嫡派孩子上学，不仅不需要交学费，每人每年还额外给八两银子，专门用于"一年学里吃点心或者买纸笔"。本族各种旁支亲戚们的孩子，都想方设法来蹭学，人多了难免鱼龙混杂。

贾府学堂的硬件设施不错，却疏于监管。

第九回，作者用整回篇幅描写了秦钟和宝玉上学之后的情形。谁也不会想到诗礼簪缨之家的学堂中竟会盛行"男风"，"恋风流""闹学堂"等情节也都能说明这里的学习氛围是何等不堪。

在一群不学无术的富二代、富三代中，秦钟完全迷失了自己。小说中描述，秦钟、宝玉、香怜、玉爱四人不认真听讲，虽然"四处各坐，却八目勾留，或设言托意，或咏桑寓柳，遥以心照，却外面自为避人眼目"。

老师贾代儒有事的时候就让自己的孙子贾瑞代课,贾瑞就是那个想吃凤姐天鹅肉的人。这样一个"图便宜没行止的人",自然约束不住这些纨绔子弟。一天的自习课上,一群人大打出手,

贾瑞急的拦一回这个,劝一回那个,谁听他的话,肆行大闹。众顽童也有趁势帮着打太平拳助乐的,也有胆小藏在一边的,也有直立在桌上拍着手儿乱笑,喝着声儿叫打的。

堂堂钟鸣鼎食之家的学堂被闹得乌烟瘴气,真是令人瞠目结舌。

畸恋

在贾府的学堂里,秦钟不仅书没读成,还沾染了许多不良习气。秦钟把学堂里不干不净的话告诉了姐姐,秦可卿本已身患重病,又见弟弟如此不争气,万念俱灰,不久死去。

在为姐姐送葬的途中,秦钟在休息的村庄看见了纺线的二丫头,他马上提醒宝玉"此卿大有意趣",这哪里还有刚到贾府时腼腆文雅少年的样子,俨然是个色鬼。

到了贾府的家庙铁槛寺,秦钟不为姐姐守灵,反而跑到馒头庵和小尼姑智能鬼混。后来,智能偷偷去秦家探望秦钟,二人的事情被秦业发觉。直到此时,秦业才知道儿子究竟从贾府的学堂中学了什么,智能被赶跑,秦钟也被父亲痛打了一顿。

智能本是出家人，秦钟也算书香门第的公子，这种畸恋如今看来仍是惊世骇俗的，更何况是在当时的社会环境下。秦业倾全家之力送秦钟入贾府读书，谁知，不仅寒门未出贵子，还闹出了这样的丑事，秦业气得老病发作，三五日就死了，秦钟悔恨交加，不久也溘然长逝。

为谁叹息

秦钟病逝前，跟宝玉说了一番话：

> 秦钟道："以前你我见识自为高过世人，我今日才知自误了。以后还该立志功名，以荣耀显达为是。"

人之将死，其言也善。秦钟的话虽然简短，却寓意深刻。

秦钟短暂的一生有着宝玉的投影。大观园只是曹雪芹勾画的一个世外桃源，日后贾府败落，失去贾府的庇护，被推到前台的宝玉又该如何担起家业重担？秦钟的结局实际上是宝玉未来命运的预演，可惜宝玉并未因此警醒。

明清时期，像宝玉一样不愿意走仕途之路，经常抨击科举的人并不罕见，但在当时的社会环境下，不读书举业不仅影响个人前途，还会危及家族的前程。

君子之泽，五世而斩。世家大族想永葆繁荣是非常困难的。贾府是靠先祖的功德封爵荫及子孙的家族，但祖宗的福泽不能保证后世子孙永远的富贵，贾府亟须转型走科举仕途之路，巩固提高家族的政治地位。

可是，宝玉、秦钟如此读书，想那贾珍、贾琏幼时读书也是这样的状态。贾府子弟完全沉沦于富贵之中，想找一个有志男儿管理家务已属不易，更枉谈让他们进学举业、光耀门楣了。这翰墨诗书之族，已经闻不到什么诗书的气息了。

此外，秦钟的临终长叹，也是作者的悔悟之叹。脂砚斋在贾母赠秦钟"金魁星"处留下这样的批语："作者今尚记金魁星之事乎？抚今思昔，肠断心摧。"

看来，作者在幼年也得到过长辈给的金魁星。曹家出身奴籍，长辈们都期望子孙能高中科举，为家族改换门楣。在家族败落之后，锦衣玉食的生活一夜之间变成了一场梦，作者回首往昔，忧愤、悔恨难免会涌上心头。曹雪芹在《红楼梦》里埋藏着自己的成长遗憾。

看见自己

秦业为了儿子能上名校拜名师东拼西凑，是不是像极了为孩子们提供最好的学业支持的当代的父母？

贾政是封建传统家长的代表，他对宝玉冷若冰霜，厉声斥责，动不动就是"叉出去"。宝玉见父亲就像老鼠见了猫。这种强硬的教育政策收效甚微，宝玉没有丝毫的改变。与贾政的棍棒教育截然相反，贾母对孙子极为溺爱，王夫人受婆婆的影响，对宝玉也不敢严加管教，倒是整天提防着丫鬟们勾引儿子。

类似的翻版故事还在我们的现实生活中上演，不过，教育发展到今天，我们完全可以换一种思维，针对不同孩子的性格特点，时以温柔的春风吹拂，时以适度的威严警醒。更为重要的是，桃李不言，下自成蹊，父母的身教更胜于言传。

看到小说中那个早恋贪玩的少年，是不是想到了自己的少年时代？宝玉对八股应试不感兴趣，读起《西厢记》来却如饥似渴，恰似今天的许多孩子不爱学数理化，却对武侠小说爱不释手一样。为了应付父亲的检查，宝玉连夜突击复习，是不是也像极了我们考试前的临时抱佛脚？

世人谁不曾少年？我们都曾经少年轻狂，对世界、对人生自以为有独到的见解，无视父母、家人的劝诫，结果却在现实中败下阵来。

成长需要付出努力，代价必须自己承担。小说中，贾府这样的富贵之家子弟不读书，家族难逃败落的命运。时至今日，读书依然是改变命运的最公平途径。

寄语青青子衿，且惜灼灼韶华。莫待青丝成雪，再忆繁华少年。

身在职场

> 人的一生，总会遇到形形色色的人，也会在不知不觉间与许多人的命运产生联系。《红楼梦》是一部现实主义杰作。曹雪芹在其短暂的一生中经历了我们难以想象的繁华和败落，在贫穷与富贵的巨大落差中，他饱尝人间冷暖。曹雪芹将他那用洞穿世事的巨眼观察到的世态人情原原本本地展现出来，没有苛责、没有评论，只有以悲悯的眼光看到的众生百态。

■ 求职悲欢

在《红楼梦》中，少年纨绔者居多，贾芸是个例外。

曹公介绍贾芸的长相仅用了寥寥数语："容长脸。长挑身材，年纪只好十八九岁，生得斯文清秀，倒也十分面善"，这个清秀的少年虽然是贾府的本家，可是命运多舛，父亲早亡，家道中落，贾芸和母亲相依为命，属于贾府的穷亲戚。

低保户求职

穷人的孩子早当家，为了摆脱吃家族救济的"低保户"身份，十八九岁的贾芸需要一份工作。家大业大的贾府无疑是最好的求职场所，他三番五次地求了贾琏。

且说贾芸进去见了贾琏，因打听可有什么事情。贾琏告诉他："前儿倒有一件事情出来，偏生你婶子再三求了我，给了贾芹了。他许了我，说明儿园里还有几处要栽花木的地方，等这个工程出来，一定给你就是了。"

贾芸很快就从贾琏的话中提取出信息：首先，原本该给自己的活计被凤姐"截和"给了贾芹。其次，大观园里还有栽花木的工程。贾琏明明怕凤姐，却说凤姐再三求他。贾芸是个聪明人，一下子就明白了自己所托非人，等着贾琏安排工作不知道要等到猴年马月，应该直接找凤姐才对。

可是，怎样才能和凤姐搭上话呢？贾芸直奔舅舅卜世仁家而去。

卜世仁是开香料铺的，贾芸想从他的香料铺子里赊些冰片、麝香作为给凤姐的见面礼。

麝香可是名贵的香料。端午将至，贾府正是置办节礼用香料的时候，冰片与麝香都属于芳香避秽之物，而凤姐的贪财又是众所周知的。

谁知，贾芸刚和舅舅说明来意，卜世仁马上就泼来了冷水：首先，铺子里立了规矩，不许赊欠。其次，铺子里没有这些货，即便有也不能给,因为你没有正经事儿,赊去也是胡闹。

在卜世仁眼中,眼前这个外甥没钱没出息,不能给自己脸上添光彩。还拿贾芹举例,说贾芹"不亏能干"。

听完这番话,贾芸一定心情低落到了极点。贾芹的差事,本该是他的。贾芹也属于贾府的旁系亲属,他的母亲非常精明,擅长公关,求凤姐为儿子安排了这个差事。

贾芸真的是"巧妇难为无米之炊"。他和那个想吃凤姐天鹅肉的贾瑞也没法儿比,贾瑞还有个在贾府私塾里当校长的好爷爷,可以给他安排个代课老师的差事。别说"拼爷爷",贾芸想"拼爹"都没有。父亲去世的时候,他还不懂事。他也不能像贾芹一样"拼娘",不是每个母亲都有那么高的交际手腕儿。

贾芸一直在为差事奔走,努力打点,他三番五次地求了贾琏,可惜贾琏不是实权派。卜世仁不管那些,一切没有结果的努力在他看来都是胡闹。

投胎是一门技术活儿,贵公子宝玉还在贾母的怀里撒泼打滚儿,比他大不了几岁的贾芸却早已挑起了生活的重担,算计着每日的柴米油盐,他深知责任也懂得分寸,父亲留下的一亩地两间房他得守住,再艰难,也不能孤注一掷。

平日里日子虽难过,贾芸也没有三天两头地来舅舅家里讨救济。这次来赊端午节礼,也是讲明了自己是借,"八月里按数送了银子来"。可是,舅舅卜世仁唠叨个没完,并不愿意帮助自己,贾芸只好起身告辞。

卜世仁客套着留外甥吃饭,话音未落,他的娘子出场:

卜世仁道："怎么急的这样，吃了饭再去罢。"一句未完，只见他娘子说道："你又糊涂了。说着没有米，这里买了半斤面来下给你吃，这会子还装胖呢。留下外甥挨饿不成？"卜世仁说："再买半斤来添上就是了。"他娘子便叫女孩儿："银姐，往对门王奶奶家去问，有钱借二三十个，明儿就送过来。"

有一种喜剧是让人笑中带泪的。卜世仁家开着香料铺子，怎么会穷到没饭吃的地步。叹，叹，叹，这卜世仁的老婆更不是人。说到底，作者给卜世仁的女儿取名"银姐"才是点睛之笔。眼见这对沆瀣一气的夫妻演双簧，贾芸说了几个不用费事，就去得无影无踪了。

红楼版梁山好汉

工作被抢，舅舅挖苦，从卜世仁家中出来的贾芸心中烦闷，边走边想，不料一头撞到了一个醉汉。

这醉汉是贾芸的邻居——醉金刚倪二。看到这个名号，首先想到的竟然是《水浒传》，潜意识里只有那些梁山好汉才以这种绰号加姓名的形式冠名。

倪二是个泼皮，以放高利贷为生，在赌场吃闲钱，专爱喝酒打架。这个刚刚催债回来在路上醉醺醺晃悠的"金刚"与贾芸撞了个满怀。

倪二闭着眼睛抓住贾芸，抡拳要打，可叹贾芸并没有因为自己的愤懑而借机发泄，还是彬彬有礼："老二住手！是我冲撞了你。"

倪二睁开醉眼，放开贾芸。攀谈中，倪二知道了贾芸在舅舅家的遭遇，他慷慨解囊，要借给贾芸十五两银子，还声明不要借据，不要利钱。他这样一说，反倒是贾芸犹豫了，世家子弟与市井狂人本属于不同的阶层，何况倪二这样赌博放贷的泼皮无赖，即便今天看来，也是令人避之不及的。

与亦正亦邪的人相处，最考验我们的社交智慧了，而且这世间最难得的从不是锦上添花，而是雪中送炭。贾芸接过了倪二的银子，心想就算倪二酒醒了，管自己要银子，自己求职成功后有钱了再还他便是。

在贾芸求告无门之际，亲舅舅的表现不是人，倪二这位"黑社会"却展现出了义侠风范。设想如果贾芸因为成见拒绝倪二的好意，他的命运就不会有以后那般精彩了。说不定曹雪芹在贫困潦倒之际也得到过倪二似的人物的帮助呢。

年少时，以为世界非黑即白，现实却是，谦谦君子、至亲好友未必都可信可托，"屠狗辈"的人格中也会有闪光点。金钱、利益面前，尤为考量人性，粗鄙外表下的仁善更能凸显人性的可贵，我们不能因为固有的成见而全盘否定一个人。

我们通过倪二借钱这件事也可以看出贾芸的人品。想那倪二常在江湖混，与形形色色的人都打过交道，若贾芸是那种满嘴跑火车的纨绔子弟的话，倪二也断然不会慷慨解囊。

回到家，已过了晚饭时间，贾芸的母亲却还在炕上守着窗户拈线，作者寥寥数笔，就勾勒出了这对母子的清贫。

贾芸怕母亲生气，并没有将自己在舅舅家的遭遇如实相告，只说去贾府等贾琏了，还反问母亲吃饭了没，这看似平常的一句话，却让人心头一暖，鼻头一酸。相依为命的生活已够艰辛，抱怨也解决不了问题，只会增加母亲的烦恼。只言温暖不言殇，这个十八岁的孩子如此孝顺懂事，让人又喜爱又心疼。

拜真佛送礼

第二天一早，贾芸就拿着十五两银子的启动资金开始了行动。他买了冰片和麝香，直奔荣国府。打听到贾琏出了门，贾芸便往后面来，恰逢一群人簇拥着凤姐出来：

> 贾芸深知凤姐是喜奉承尚排场的，忙把手逼着，恭恭敬敬抢上来请安。凤姐连正眼也不看，仍往前走着，只问他母亲好："怎么不来我们这里逛逛？"贾芸道："只是身上不好，倒时常惦记着婶子，要来瞧瞧，又不能来。"凤姐笑道："可是会撒谎，不是我提起他来，你就不说他想我了。"贾芸笑道："侄儿不怕雷打了，就敢在长辈前撒谎。昨儿晚上还提起婶子来，说婶子身子生的单弱，事情又多，亏婶子好大精神，竟料理的周周全全；要是差一点儿的，早累的不知怎么样呢。"

有时如何送礼物，比送什么礼物还重要。

贾芸给凤姐请安，凤姐摆谱摆得很足，连正眼也不看他，继续往前走，可听了贾芸这一番话，凤姐满脸是笑，止了步。真是知己知彼，百战不殆，想那贾芸这一夜没睡几个时辰，在心里彩排过多少遍的功课终于没有白做,凤姐的确是"喜奉承尚排场的"。

随后,贾芸又趁热打铁,说自己从朋友那里得了冰片和麝香,"若说送人,也没个人配使这些……只孝顺婶子一个人才合适,方不糟蹋这东西",真是难为了贾芸,将这样一个子虚乌有的故事编得这样合情合理。

凤姐听了是又得意又欢喜,命人收下礼物。虽然贾芸求职的事情丝毫未漏,可他终于和凤姐搭上了话,这也算初战告捷了。

入职前的考验

次日,贾芸在贾府又邂逅了凤姐,凤姐先是责怪他先找了贾琏,没成,才来送东西求自己。

  贾芸道:"婶子辜负了我的孝心,我并没有这个意思。若有这个意思,昨儿还不求婶子。如今婶子既知道了,我倒要把叔叔丢下,少不得求婶子好歹疼我一点儿。"
  凤姐冷笑道:"你们要拣远路儿走,叫我也难说。早告诉我一声儿,什么不成的,多大点子事,耽误到这会子。那院子里还要种树种花,我只想不出一个人来,你早来不早完了。"贾芸笑道:"既这样,婶子明儿就派我罢。"

凤姐是何许人,几句话既炫耀了自己的能力,又澄清了自己并不是因为收了贾芸的礼物才给他安排工作。随即,她对贾芸进行了考验：

凤姐半晌道："这个我看着不大好，等明年正月里的烟火灯烛那个大宗儿下来，再派你罢。"贾芸道："好婶子，先把这个派了我罢。果然这个办的好，再派我那个。"凤姐笑道："你倒会拉长线儿。罢了，要不是你叔叔说，我不管你的事。我也不过吃了饭就过来，你到午错时候来领银子，后儿就进去种树。"说毕，令人驾起香车，一径去了。

游刃迂回，方为智者。两个高手的对话着实让人上瘾，身为大管家的凤姐怎会将重任托付给等闲之辈呢？贾芸如果真的等明年正月里管烟火灯烛的差事那才叫不开窍呢。

就这样，贾芸在大观园里当上了种花草的包工头，也挖到了职场的第一桶金。领到种树的二百两银子之后，他第一时间按数还了倪二。

有情有义的好"儿子"

在贾芸求职的过程中，还穿插了贾芸和宝玉的交往。宝玉初次见到贾芸，说他像自己的儿子。

贾芸听宝玉这样说，便笑道："俗话说的好，'摇车里的爷爷，拄拐的孙子'。虽然岁数大，山高高不过太阳。只从我父亲没了，这几年也无人照管教导。如若宝叔不嫌侄儿蠢笨，认作儿子，就是我的造化了。"

一句玩笑话，比贾芸还小的宝玉有了"儿子"。

贾芸如此渴求父爱吗？贾芸是在寻找可以投靠的门路。宝玉顺口一说，让贾芸去怡红院找自己，贾芸几次去都扑了空。真正见到宝玉的时候，宝玉谈的是戏子、宴席，贾芸想的是家里的生计，二人的谈话简直就是鸡对鸭讲。或许曹雪芹安排这样的情节，是想进行对比，同姓同辈的两人过的生活有着天壤之别。

后来，贾芸又自称"不肖男"送给"父亲"两盆白海棠，宝玉的确是喜欢赏花弄草的。

贾芸对宝玉的刻意讨好屡遭世人诟病。其实，只有在底层挣扎过的人才会懂得穷人那令人心酸的努力。如果不是生活所迫，谁愿贬低自己，谁愿付出体面与尊严。对凤姐也好，对宝玉也罢，贾芸的表现，不过是生存逼出来的灵活机变。人在世上混，遇到唐僧就得阿弥陀佛，遇到妖魔就得七十二变。世事艰难，对于寒门子弟来说更是如此。

贾芸并非市侩之人，他也是有着侠义心肠的。在贾府败落之后，出手相救的能有几人？刘姥姥算一个，再就是贾芸有"仗义探庵[①]"之举，虽然仗义探庵的具体内容我们不得而知，但脂砚斋读过曹雪芹的原著且能留下这样的批语，可见按作者的原意，在贾府败落之后，他曾设法营救过凤姐、宝玉等人。贾府多败儿，关键时刻能担当大任者难找，偏偏是宝玉的这个"儿子"参与了营救。处世圆融而内心中正、

---

① 根据脂砚斋的批语，贾芸在贾府败落之后，有"仗义探庵"之举。

底色善良、有勇有谋、有情有义有担当,这才是贾芸。可惜,后四十回的续书者没有看懂贾芸,反倒将贾芸划入了拐卖巧姐的"狠舅奸兄"行列。

生活的重量

读贾芸的求职经历,能体味到小人物生存的艰辛与无奈。

大观园中的少爷、小姐们终日都在踏雪寻梅、赋诗赏花。经济基础决定上层建筑,风花雪月都是建立在衣食温饱的基础之上的。大观园外的世界里,有我们每个人都要面临的生存问题。小时候,我们总是被勉励:条条大路通罗马。长大了才发现,有些人生下来就在罗马,而有些人别说去罗马,为了生存就已经拼尽了全部力气。

与许多姓贾的少爷相比,贾芸没有得到命运的眷顾,不过,他没有怨天尤人,而是一直积极地为改变自己的命运做着卑微的努力。为了生计不得不低头,但是,在此过程中他没有损害别人的利益,成功以后又知恩图报,这在任何时代都是正能量。

没有谁的经历经验是完全没有价值的。

如果今天的你,也遭遇了生活的苛待,请记住,一味地心窄钻牛角尖儿也于事无补,唯有直面问题,平和、镇定地随着环境的改变调整自己的策略,才会拥有克服困难的力量。

总有一天,蓦然回首,你会发现,所有的清贫困窘、遇人不淑都像岁月的风雨一样将你打磨得更加温润成熟、柔韧坚定。

■ 衣裳亦有江湖

一直以为,曹雪芹在写《红楼梦》的时候,写服饰是最为得心应手的。曹家三代任职江宁织造,对于名贵的丝织品熟稔于心,曹雪芹在耳濡目染中对于衣料服饰的了解也较常人要多得多。尽管他在《红楼梦》中故意混淆朝代,让小说中的人物一会儿穿上戏装,一会儿又穿上现实中的袍、褂,可他在小说中记录的那个时代的面料、花色等资料,在细节上是真实的。

在《红楼梦》中,提到的织物不少是"上用"、"官用"或者是舶来品,如蝉翼纱、软烟罗、羽纱、洋缎、哆罗呢……除了这些织物,还提到了天马皮、猞猁狲、海龙皮等天然上等的皮毛,至于服饰的款式、工艺更是繁缛复杂,难以尽述。

在小说中,不仅每个人物都有与其身份、地位和性格相符的着装,在这些华美的衣裳的背后,还有许多意想不到的故事。

贾府的太太小姐们爱把衣裳当礼物送人。

贾母赏给宝琴的凫靥裘①,是用野鸭子头上的毛制成,不但制作工艺复杂精细,制作成本也非常高;赏给宝玉的雀金裘则是用金翠辉煌、碧彩灼灼的孔雀金线织成的,据说只有俄罗斯的裁缝才会做;还有送给湘云那件里外发烧大褂子②,亦非凡品。

逢年过节,别人也会送贾母衣裳,可贾母从来不穿,还转赠给刘姥姥两套,衣服的用料款式不必细述,送给诰命夫人的衣裳,必定是

---

① 据沈从文先生考证,这凫靥裘是用野鸭子面颊的毛剪贴重叠做成的。
② 里外发烧大褂子即表里都用毛皮做的大褂子。

价值不菲的。

旧衣引纷争

平日里，女主子们淘汰下来的旧衣裳，有时会顺手赏给丫鬟。一天，王夫人赏了大丫鬟秋纹两件衣裳，秋纹扬扬自得地炫耀，晴雯马上就过来泼了冷水。

"要是我，我就不要。若是给别人剩下的给我，也罢了。一样这屋里的人，难道谁又比谁高贵些？把好的给他，剩下的才给我，我宁可不要，冲撞了太太，我也不受这口软气。"

秋纹这才得知，原来王夫人早就赏给了丫鬟袭人许多。不过是些旧衣裳，值得这么互争长短吗？平日里，贾府的丫鬟们都穿些什么衣裳呢？

在《红楼梦》中，丫鬟这个群体，人物众多，作者透过一些主要人物的视角交代了丫鬟们的穿着。

黛玉看见王夫人屋里的丫鬟穿着红缎袄青绸掐牙[①]背心；在宝玉眼中，丫鬟鸳鸯穿的是水红绫子袄儿，青缎子背心。后来，邢夫人又看见鸳鸯着半新的藕荷色的绫袄，青缎掐牙背心。贾母也曾吩咐将剩余的软烟罗拿出来给丫鬟们做夹背心穿。

---

① 掐牙指的是将锦缎双叠成细条，嵌在衣服或背心的夹边上，仅露少许，作为装饰。

不难发现，这绫袄加背心的穿戴恐怕是贾府丫鬟的工装。丫鬟们外穿背心，一是干活儿方便，二是绫袄的颜色再艳丽，再穿上青缎子背心色彩也暗淡了，这样可以和穿着艳丽服饰的太太小姐们区分开来。封建社会讲究尊卑等级，主、奴在服饰上也是要有差别的。在贾府，有专门的经费为丫鬟们统一置办衣裳，而且在这样的钟鸣鼎食之家，三等的仆妇，吃穿用度已是不凡，丫鬟们的穿戴档次自然也不会低。所以，贾府的丫鬟们并不缺衣裳穿。那么，袭人究竟得了什么好衣服，引发了众人的羡慕嫉妒恨呢？

第五十一回，袭人一口气儿全穿了出来。

时值袭人要回家探母，凤姐让她临走前到自己这里来。

半日，果见袭人穿戴来了，两个丫头和周瑞家的拿着手炉与衣包。凤姐儿看袭人头上戴着几枝金钗珠钏，倒华丽；又看身上穿着桃红百子刻丝银鼠袄子，葱绿盘金彩绣绵裙，外面穿着青缎灰鼠褂。凤姐儿笑道："这三件衣裳都是太太的，赏了你倒是好的。但只这褂子太素了些，如今穿着也冷，你该穿一件大毛的。"袭人笑道："太太就只给了这件灰鼠的，还有一件银鼠的。说赶年下再给大毛的，还没有得呢。"

袭人一亮相，就是华美的皮草风。桃红百子刻丝[①]银鼠袄，与凤

[①] 刻丝，又叫"缂丝"，是一种古老的丝织工艺，织成物的图案和花纹，犹如镂刻而成，古人形容缂丝"承空观之如雕镂之像"。刻丝完全是由手工织成，一个工人一天只能做二到三厘米，素有"一寸刻丝一寸金"之说。

姐穿的五彩刻丝石青银鼠褂应该是类似的款式，都是用精细的刻丝工艺做成的裘皮服装。她外面穿的青缎灰鼠褂也是贵重的皮货，日常只有贾府的上层主子们穿用。凤姐有件石青刻丝灰鼠披风，宝玉也有灰鼠长袄，尊贵的贾母在雪天出行的时候，也戴着灰鼠暖兜。

在作者生活的年代，统治者极力维护骑射民族以皮为衣的习俗，对裘皮服装相当重视。上等皮毛在当时是贵族阶层的专宠。王夫人将名贵的皮衣赏给袭人，说明袭人在她心中的地位与其他丫鬟不同。晴雯等人之所以嫉妒袭人，衣物贵重是一方面，更为重要的是，她们看不惯与自己同为丫鬟的袭人这么"得脸"。在贾府，太太的旧衣裳赏给谁、赏什么样的，的确是有玄机的。

准姨娘与姨娘

袭人名义上是怡红院的大丫鬟，实际上却是宝玉的准侍妾。她的长相不算美，性格却沉稳大方，平时尽职尽责，将宝玉的生活打理得井井有条。从主子的角度来看，袭人是一个难得的好奴才。对于离经叛道、厌恶仕途经济的儿子，王夫人很是担心，谁不想生子如孙仲谋呢？袭人经常劝导宝玉读书，向王夫人请示、汇报工作也是从如何维护宝玉的角度出发。为此，王夫人极为器重袭人，让她暗暗地享受着准姨娘二两银子的待遇。

凤姐最能体察王夫人的心思。何况，袭人的吃穿用度水准代表着贾家的颜面，所以，虽然袭人是去探望病重的母亲，凤姐却吩咐她要穿几件有颜色的好衣裳，大大地包一包袱衣裳拿着，包袱要拿好的，手炉也要拿好的。

临行前，穿戴整齐的袭人来接受凤姐的检验，凤姐见她穿的青缎灰鼠褂虽然名贵，颜色却太素，马上让平儿把自己的石青刻丝八团天马皮①褂子拿来给她。这天马皮褂子属于细密厚实的大毛衣物，又搭配"刻丝八团"的贵重绣品，再加上这件褂子原本是凤姐的，袭人这才叫得了大彩头呢。

随后，凤姐又给了袭人一个玉色绸里的哆罗呢②包袱，里面包了件大红猩猩毡③的雪褂子。袭人穿着名贵的皮衣，拿着用进口布料做成的包袱，真是贵气十足。说来说去，这哪里是赏赐的几件衣物呢？这分明是袭人特殊身份的公示。

诸事妥当，花枝招展的袭人终于坐着大车回家了，凤姐又安排六人同坐大车护送，另有一辆小车上坐着两个丫鬟伺候。想来，对平凡的袭人家来说，袭人此行的威仪，与元妃省亲给贾府的震撼差不多吧。

贾府的姨娘回家都会有如此待遇吗？第五十七回，有一段对赵姨娘回娘家的描写。

恰逢赵姨娘的兄弟赵国基去世，她要带着自己的丫鬟小吉祥回家奔丧。赵姨娘来找黛玉的丫鬟雪雁，想给小吉祥借月白缎子袄儿穿。

月白色属于素色，适合送殡的场合穿，缎子袄儿又不失华贵，符合赵姨娘这个贾府姨娘的身份。可是，雪雁这个小丫头虽然一团孩气，

---

① 据《榆巢杂识》记载：千羊之皮，不如一狐之腋。古所谓"狐白裘"，即集狐之白腋，今名"天马皮"。

② 清初，外国使节来中国，常向清帝进献哆罗呢。据《大清会典事例》记载：顺治十三年，荷兰国进物中有哆罗绒，康熙六年又进哆罗呢和哆罗绒。

③ 大红猩猩毡据说是用猩猩的血染的布料，永不褪色。

心眼儿却不少。她分析，每个丫鬟都有一两件这样的月白缎子袄儿，赵姨娘之所以来找自己借衣裳，是因为外边送殡的地方脏，"恐怕弄脏了，自己的舍不得穿，故此借别人的"，所以，雪雁借口自己的衣裳都是紫鹃收着婉拒了。

如果真像雪雁分析的那样，赵姨娘的人品格局可见一斑，由此事也可以看出赵姨娘在贾府的地位。在她有事需要出门的时候，没有人为她置办行装，还得自己四处张罗。要是赵姨娘知道袭人这个还未"晋升"的姨娘，竟那样风光地衣锦还乡，恐怕又会嫉妒得红了眼。

在大观园的世界里，人与人的身份地位不同，关注的事物、看问题的角度也不一样。在主子们风花雪月的背后，有我们不了解的底层群体，她们对于公子小姐们得了元妃、贾母的什么赏赐不感兴趣，她们只关注自己所属的阶层，谁比谁多得了一个钱、一碗菜或者一件衣裳，都能让她们喧嚣许久。

"狐狸精"与"哈巴狗"

当晴雯等丫鬟嘲笑得了好衣裳的袭人是"西洋花点子哈巴儿"时，袭人笑骂："你们这起烂了嘴的！得了空就拿我取笑打牙儿。一个个不知怎么死呢。"冥冥中，这似乎暗示了晴雯的命运。

后来，晴雯顶着"狐狸精"的罪名被逐出了大观园，不久便病死了。

在晴雯离开大观园的时候，王夫人还下令，只允许她把自己的贴身衣服带出去，其余留下，给"好的丫头们"穿。可见，晴雯在王夫人的心目中，不是个好丫头，没有资格穿好衣裳。

晴雯原是贾母的丫鬟，因为容貌俏丽又针线一流，深得贾母喜爱。贾母有意培养她为宝玉的侍妾，才把她派到了宝玉房中。这样一位前途大好的姑娘为何落得如此结局？

晴雯对宝玉的事最上心。宝玉想把写的字贴在门斗上，晴雯怕小丫头贴歪了，亲自爬高去贴，冻得手指僵冷；贾政要检查宝玉背书，宝玉突击复习，晴雯熬夜伺候，还替宝玉想办法躲过检查；宝玉的雀金裘坏了，晴雯带病为他连夜补好。晴雯为人磊落，对宝玉的感情非常单纯，但是，晴雯没有认识到贾府职场的复杂性，对于看不惯的人和事，她向来直言不讳。

晴雯指责丫鬟小红四处闲逛，小红分辩说是替凤姐传话去了，晴雯劈头盖脸地讽刺她"攀高枝儿"。小丫头坠儿偷了虾须镯，爆炭脾气的晴雯从病床上爬起来，用一丈青簪子猛戳坠儿，别人劝说等首席大丫鬟袭人回来解决，晴雯一刻也不能等，非要立即将坠儿撵出去。听见袭人跟宝玉称"我们"，晴雯当众戳穿袭人和宝玉的亲密关系。其实许多事，本与晴雯无关，许多话，她也可以不说。

"风流灵巧招人怨；寿夭多因诽谤生"，谁都知道，王夫人厌恶晴雯、将晴雯撵出去，背后是有小人推波助澜的，而且是一群小人。

谁得了太太赏的新衣裳

对于王夫人这位更年期的母亲来说，没有什么比清除儿子身边"狐媚惑主"的丫鬟更为重要的了。丫鬟金钏儿就犯了"勾引"宝玉的错误。

王夫人在里间凉榻上睡着，金钏儿坐在旁边捶腿，也乜斜着眼乱恍。宝玉轻轻的走到跟前，把他耳上带的坠子一摘。金钏儿睁开眼，见是宝玉，宝玉便悄悄的笑道："就困的这么着？"金钏抿嘴一笑，摆手令他出去，仍合上眼。宝玉见了他，就有些恋恋不舍的，悄悄的探头瞧瞧王夫人合着眼，便自己向身边荷包里带的香雪润津丹掏了一丸出来，便向金钏儿口里一送。金钏儿并不睁眼，只管嗑了。宝玉上来便拉着手，悄悄的笑道："我明日和太太讨你，咱们在一处罢。"金钏儿不答。宝玉又道："不然，等太太醒了我就讨。"金钏儿睁开眼，将宝玉一推，笑道："你忙什么！'金簪儿掉在井里头，有你的只是有你的'，连这句话语难道也不明白？我倒告诉你个巧宗儿，你往东小院子里拿环哥儿同彩云去。"

究竟贾环和彩云在东小院里做什么，我们不得而知，王夫人的巴掌却是结结实实地落到了金钏儿的脸上。王夫人不顾金钏儿的苦苦哀求，把她撵回了家。不久就传来了金钏儿跳井的消息。

王夫人为何会如此动怒？金钏儿又为何跳井？

小说中交代，王夫人"忽见金钏儿行此无耻之事，这是平生最恨的，所以气忿不过"。金钏儿在王夫人身边生活多年，竟然不知道主子最讨厌丫头们与宝玉太过亲昵。说不定，最令王夫人挠头的贾政的小妾赵姨娘就是丫鬟上位的。金钏儿不该当着王夫人的面与宝玉轻

红楼梦中事　145

薄,更不该挑唆宝玉去干那种捉贾环和彩云的不入流的事儿。

凡所际遇,绝非偶然。平日里,大胆俏皮的金钏儿也没少和宝玉开过火的玩笑。一次,贾政找宝玉训话,金钏儿见宝玉来了,一把拉住宝玉,问他吃不吃自己嘴上的胭脂。一个丫鬟与主子开这种玩笑,实属不当,何况是在贾政要训话的紧要关头。

常在河边走,怎能不湿鞋?这次,金钏儿撞到了枪口上。谁也不会想到,佛爷似的王夫人动起怒来竟会这样无情。看来,在贾府的职场上,谨言慎行,深知主子的好恶,不触碰底线是基本的生存法则。

身为王夫人的首席大丫头,金钏儿在丫鬟中地位不低,但是她背着勾引少爷的罪名被撵回了家,脸面往哪里搁?即便以后主子开恩,金钏儿能够再回贾府,她又该如何面对人们异样的眼光?金钏儿在家里哭天抹泪,家人也都不理会她。丢了工作,坏了名声,家人漠视,这位天真活泼的姑娘最终走上了绝路。

金钏儿死后,王夫人心存愧疚,赏了五十两银子给金钏儿娘,又想为金钏儿赶制两件新衣裳做装裹。宝钗知道后,拿了自己新做的两套衣服来,还说,金钏儿生前就穿过自己的旧衣裳,身量也合适。可怜这金钏儿,平日里应该也会像别的丫鬟那样,因为得了一件太太小姐的旧衣裳而欢天喜地,这次,她得到了太太赏赐的新衣裳,却再也不会喜笑颜开了。

王夫人就像一位不聪明的更年期母亲,正值青春期的儿子让她整日揪着心,她捕风捉影、简单粗暴,所有不利于儿子"健康成长"的因素,全部剔除,以致防卫过当。

曹雪芹笔下的丫鬟虽然都是底层人物,她们的性格特点却鲜明各异。有的勤勉护主,想在贾府谋得一席之地,是众人眼中的心机 girl；有的心灵手巧,是典型的业务尖子；有的天真活泼,性格率直……她们像极了大观园里青葱的绿植,少了她们,大观园就没了生气。可叹的是,在当时的社会环境下,许多年轻的生命都因不谙世事而付出了惨痛的代价。

任何时代,有人的地方就有江湖。曹公云：世事洞明皆学问,人情练达即文章。这是一个值得一生研习的长命题。此处初步求解：江湖有江湖的规矩,职场有职场的规则,当然,带"潜"字的我们得拒绝。

■ 同是嬷嬷,差距咋这么大呢

在明朝北京的灯市口西街,曾经有一座奶子府,每年锦衣卫都要挑选刚生下小孩的妇女到这里居住,以备皇宫里有皇子或皇女降生,替产妇哺育婴儿。清延续明制,但对于乳母、保母[①]的态度远远超过明代。

清廷竭力提倡以"国语骑射"为核心的民族传统文化,对于乳母、

---

① 保母,负责侍奉、引导皇子女的生活起居和行为举止。因为清代贵族子女自幼缺乏父母的亲自关爱和教育,保母不仅有照顾起居之责,更有启蒙教育之责。

保母的选拔，也带有鲜明的满族传统印记①。相对于乳母，保母的选拔更受重视，乳母只负责喂奶，而保母相当于早期的教引嬷嬷，她们不仅与孩子朝夕相处，还要负责教给孩子语言、礼仪以及接人待物的规矩，等等，所以能够成为保母的内务府妇女必须是一流的好人才。

清宫里建立了空前严密的制度，为防母子串通，皇子、皇女在出生之后，要与生身额娘分开居住，只是在特定的时日才会见面。皇子、皇女均由保母、乳母抚养。

康熙皇帝（玄烨）出生之后，为避痘，与乳母、保母住在紫禁城外的内城家中。幼年的玄烨难得见到父母一面，更少有父母的关爱。在他八岁的时候，皇父去世。在他十岁的时候，生母佟氏病死。佟氏去世后，玄烨昼夜守灵，"擗踊哀号，水浆不御，哭无停声"②，闻者无不落泪。他也曾说过："世祖章皇帝（顺治帝）因朕幼年时，未经出痘，令保姆护视于紫禁城外，父母膝下，未得一日承欢，此朕六十年抱歉之处。"

如此特殊的生活经历让康熙皇帝对于照顾过自己的乳母、保母格外敬重。

曹雪芹的曾祖母孙氏曾做过康熙皇帝的保母。周汝昌先生对此曾

---

① 内务府要在内务府三旗即镶黄、正黄、正白三旗包衣妇人当中挑选擅长满语、熟知满俗的旗人妇女入宫做乳母、保母。当皇子、皇女即将出生的时候，总管太监会指示佐领与内管领上奏适合担任乳母或保母的名册，以供遴选。由于完全符合这些条件的人属凤毛麟角，到了清朝后期，选拔条件不得不逐渐宽泛。

② 出自《清圣祖实录》卷八。

做过论证①。

康熙二年,孙氏的丈夫曹玺被任命为江宁织造。康熙二十三年,曹玺病死在江宁织造任上。后来,康熙皇帝在南巡到南京的时候,不仅亲自到织造署慰问,还派了内大臣去祭奠曹玺。

康熙皇帝在南巡时,曾住到江宁织造府,他在见到保母孙氏(曹寅母亲)时说,"此吾家老人也",同时题字"萱瑞堂"。"萱"是指萱堂,特指母亲的居所,康熙在此题字时以儿子自比。孙氏虽为皇帝的保母,其实也是家奴,康熙皇帝在公开的场合称其是自己的长辈,可见孙氏在康熙心中的地位。在等级森严的封建社会,这件事算得上前所未有的旷典。终康熙一朝,孙氏的娘家、婆家都荣宠不衰。可以说,曹家的腾达与孙氏做过康熙皇帝的保母有很大的关系。

在中国古代,雇人抚育孩子不是皇家的专利。在《红楼梦》中,贾府为姑娘们配置的服侍人员中,就包含各自的乳母外加四个教引嬷嬷②。林黛玉初进贾府,迎春等三位姑娘出来见客,她们各自的奶嬷嬷也一同出场。在钟鸣鼎食之家的贾府,曾抚育过主子的老嬷嬷还有很多。品读小说,你会发现,这些小人物演绎了许多有趣的小故事。

提起《还珠格格》这部电视剧,人人都记得那个扎针的容嬷嬷。

---

① 周汝昌先生从著名史学家邓之诚先生(邓为南京万竹园邓氏后人)出示自藏江都(今扬州)人萧奭于乾隆十七年所撰之《永宪录续编》抄本中得知:"(曹)寅字子清,号荔轩,奉天(今沈阳)旗人。有诗才,颇擅风雅。母为圣祖(康熙)保母,二女皆为王妃。"

② 清代皇子一落生,即有保母、乳母各八人;断乳后,增"谙达","凡饮食、言语、行步、礼节皆教之"。(见《清稗类钞》)世家大族家庭的"教引嬷嬷",其职务与皇宫的"谙达"近似。

容嬷嬷是皇后的乳母，仗着自己的资历，极为嚣张，令人生厌。可她对皇后的忠心疼惜，又令人深深感动。

在《红楼梦》中，嬷嬷是老年女仆的统称，不单指乳母。在贾府众多的奴仆中，乳母是个特殊的群体。

乳母实行责任制

贾府的公子、小姐们自幼都有乳母。最初，这些乳母面对的是金尊玉贵的新生命的托付，孩子的吃喝拉撒，样样都得操心。

孩子长大些，乳母还要转变为家中的仆人继续照顾小主人的衣食住行。林黛玉进贾府时，抚育她的奶娘王嬷嬷已经很老了，仍跟了来。

乳母不仅负责照顾小主子的日常生活，还要对小主子进行教导。小主子如果出了什么不妥的事情，乳母会被第一时间问责。宝玉的乳母李嬷嬷就曾抱怨，有人让宝玉喝了一口酒，结果自己被主子骂了两天。邢夫人看不上贾琮，也是怪他的乳母不给收拾。

当然，乳母的辛劳付出不会白费，诗礼之家的贾府本来就有善待下人的传统，有抚育主子之功的乳母更是被另眼相待，所以，贾府的乳母有银子也有面子。宝玉在过生日的当天有很多仪式活动，祭告天地祖宗、拜谢家中长辈，去奶妈家中感谢养育之恩也在日程之中。

贪吃与贪财

要说贾府地位最高的乳母，得首推宝玉的乳母李嬷嬷。宝玉被宠得"凤凰"一般,李嬷嬷也因为年老多知而成为众人伺候宝玉的主心骨。

一天,丫鬟紫鹃试探宝玉对黛玉的感情,撒谎说黛玉要回苏州去,结果宝玉急火攻心,眼也直了,问话也不回答。众人忙把李嬷嬷请来。

李嬷嬷用指甲掐宝玉的人中,掐了多深,宝玉都没有知觉。她搂着宝玉放声大哭,"可了不得了","我白操了一世心了",这一哭,哭出了李嬷嬷对宝玉母子般的真感情。可见,李嬷嬷是将伺候宝玉看成了自己一生的事业,但是,平日里,李嬷嬷经常倚仗自己喂养宝玉的光辉历史出来生事。可笑的是,李嬷嬷的几次生事都和"吃"有关。

宝玉时常送东西孝敬李嬷嬷,她却不知足。第八回,李嬷嬷拿走了宝玉留给晴雯的豆腐皮包子,又喝了宝玉的枫露茶,气急的宝玉要把李嬷嬷撵走。

宝玉吃了半碗茶,忽又想起早起的茶来,因问茜雪道:"早起沏了一碗枫露茶,我说过,那茶是三四次后才出色的,这会子怎么又沏了这个来?"茜雪道:"我原是留着的,那会子李奶奶来了,他要尝尝,就给他吃了。"宝玉听了,将手中的茶杯只顺手往地下一掷,豁啷一声,打了个粉碎,泼了茜雪一裙子的茶。又跳起来问着茜雪道:"他是你那一门子的奶奶,你们这么孝敬他?不过是仗着我小时候吃过他几日奶罢了。如今逞的他比祖宗还大了。如今我又吃不着奶了,白白的养着祖宗作什么!撵了出去,大家干净!"说着便要去立刻回贾母,撵他乳母。

枫露茶事件后，李嬷嬷没有受到责罚，反倒是无辜的丫鬟茜雪离开了贾府。李嬷嬷的恶劣习性没有丝毫的收敛。

第十九回，李嬷嬷不仅吃了宝玉留给袭人的糖蒸酥酪，还一套一套地数落宝玉：

> 李嬷嬷又问道："这盖碗里是酥酪，怎不送与我去？我就吃了罢。"说毕，拿匙就吃。一个丫头道："快别动！那是说了给袭人留着的，回来又惹气了。你老人家自己承认，别带累我们受气。"李嬷嬷听了，又气又愧，便说道："我不信他这样坏了。别说我吃了一碗牛奶，就是再比这个值钱的，也是应该的。难道待袭人比我还重？难道他不想想怎么长大了？我的血变的奶，吃的长这么大，如今我吃他一碗牛奶，他就生气了？我偏吃了，看怎么样！你们看袭人不知怎样，那是我手里调理出来的毛丫头，什么阿物儿！"一面说，一面赌气将酥酪吃尽。

这糖蒸酥酪即便是元春从宫中赏出来的，也不过是一碗牛奶小吃，为此大闹一场，这哪里是官宦之家乳母该有的举止。

李嬷嬷明明也是奴才，却总要摆老资格，不时地在其他奴才面前耍耍威风，以示自己跟主人的关系不一般，比如她时不时地就要讨伐一下丫鬟袭人。

第二十回，袭人生病蒙头躺着，没看见李嬷嬷进来。李嬷嬷骂她是"忘了本的小娼妇"，"装狐媚子哄宝玉"。宝玉替袭人辩解了两句，李嬷嬷说宝玉护着那"狐狸"，又拉住黛玉和宝钗诉说委屈。最后，还是凤姐过来,用"烧的滚热的野鸡"引诱她,李嬷嬷才脚不沾地地跟着凤姐走了。

与其说李嬷嬷跟随凤姐而去,倒不如说是闻着野鸡的香气而去。可是,凤姐对下人素来严苛,竟然也要让李嬷嬷三分,足可见贾府的乳母确实有些地位。

和这个自恃功高、贪图口腹之欲的李嬷嬷相比,迎春的乳母可谓是胆大包天、罪大恶极。

迎春的乳母不仅好赌,还是大观园里赌博的头儿。贾母在处置聚众赌博的奴仆时,直接将她撵了出去,宣布永不录用。迎春见自己的乳母被撵感觉很是丢脸,探春、惜春都帮她来向贾母求情,贾母说了这样一番话。

贾母道:"你们不知。大约这些奶子们,一个个仗着奶过哥儿姐儿,原比别人有些体面,她们就生事,比别人更可恶,专管调唆主子护短偏向。我都是经过的。况且要拿一个作法,恰好果然就遇见了一个。你们别管,我自有道理。"

这番话透露了这样的信息,贾府的乳母们仗着自己哺育主子的历史,比别的奴才"体面",经常生事。贾母早就想杀一儆百,迎春的乳母正好撞到了枪口上。

这位乳母的儿媳随后又来找迎春,想为婆婆求情,还牵扯出了累金凤事件。原来,迎春的乳母竟然把迎春在重大场合戴的"攒珠累丝金凤"给当掉了充赌本。她的儿媳还振振有词:"你满家子算一算,谁

红楼梦中事 153

的妈妈奶子不仗着主子哥儿姐儿多得些益。"

后来，还是平儿出面，才把金凤赎了回来。在整个过程中，迎春的乳母根本没有露面，这正是作者的不写之写，儿媳妇都能这样，那乳母本人的气焰得有多嚣张。

职场高手们

其实，迎春乳母儿媳的话并非虚言，在贾府，有脸面的乳母确实能够多得好处，贾琏的乳母赵嬷嬷就混得风生水起。

第十六回，赵嬷嬷出场：

> 贾琏的乳母赵嬷嬷走来，贾琏凤姐忙让吃酒，令其上炕去。赵嬷嬷执意不肯。平儿等早于炕下设下一机，又有一小脚踏，赵嬷嬷在脚踏上坐了。贾琏向桌上拣两盘肴馔与她放在机上自吃。凤姐又道："妈妈很嚼不动那个，倒没的硌了她的牙。"因向平儿道："早起我说那一碗火腿炖肘子很烂，正好给妈妈吃，你怎么不拿了去赶着叫他们热来？"又道："妈妈，你尝一尝你儿子带来的惠泉酒。"

一见赵嬷嬷，贾琏、凤姐就忙让她吃酒，又叫她上炕，但是，赵嬷嬷却很有分寸，执意不肯，最终只是坐在了主子的脚踏上。贾琏亲自为她拣了两盘肴馔，凤姐一边让人为赵嬷嬷热火腿炖肘子，一边请赵嬷嬷喝"你儿子"带来的惠泉酒。两位主子对赵嬷嬷礼让有加，折射出贾府对乳母早已融入日常的礼数。

乳子贾琏早已成年，赵嬷嬷这位退休的老同志是来求组织照顾，给自己的两个儿子安排工作的。之前她已经求过贾琏，但是一直没有下文，便转身"投靠"凤姐。

赵嬷嬷深知凤姐掌握实权又喜欢听奉承话。所以她故意绕弯子，说了半天贾琏做事不靠谱，办事还得靠凤姐，最后才点题：

"这如今又从天上跑出这一件大喜事（元春省亲）来，那里用不着人？所以倒是和奶奶来说是正经。"

赵嬷嬷的话不仅说明了来意还拍了凤姐的马屁。凤姐爽快地答应下来，还借机嘲弄贾琏的好色，"拿着皮肉，倒往那不相干的外人身上贴"，此话一出，满屋子的人都笑了。

一边是贾琏，一边是凤姐，这可是考验人的关键时刻，夹缝中的赵嬷嬷应对自如：

>赵嬷嬷也笑个不住，又念佛道："可是屋子里跑出青天来了。要说'内人''外人'这些混账事，我们爷是没有的；不过是脸软心慈，搁不住人求两句罢了。"

贾琏的品性，赵嬷嬷不会不知，她这番话说得不简单，既奉承了凤姐是"青天"，又袒护了贾琏，两位主子，她谁都不得罪，恭维话也说得自然。

在聊到贾府曾经接驾的历史时，赵嬷嬷当即顺承凤姐说："东海少了白玉床，龙王来请金陵王。这说的就是奶奶府上了。"凤姐一向以娘家为荣,这句话无疑又为她的脸上增添了光彩。

最后,凤姐亲自给赵嬷嬷的儿子安排了差事。

人精嬷嬷真清醒

在《红楼梦》中,还有一位赖嬷嬷也非常"体面"。

究竟赖嬷嬷服侍过哪位主子[①],小说中没有明确说明。赖嬷嬷早已退休,她的两个儿子分别在荣、宁二府做管家,赖家也过着土财主的生活,家里有楼房厦厅,也有比大观园小一些的花园。赖家实力雄厚,请得起戏班子,有钱给孙子赖尚荣买官,也有不少服侍的奴仆。

赖家的发达与这位赖嬷嬷有很大的关系。赖嬷嬷情商极高,在人情世故方面修炼得炉火纯青。

赖嬷嬷的年纪虽大,可她每次到贾府,都以奴才的身份自居,礼数也极为周全。主子让她坐下,她要先告罪再坐,主子问话,她也是毕恭毕敬地回答。即便平儿为她倒茶,她也忙站起来接:"姑娘不管叫哪个孩子倒来罢了,又折受我。"这位赖嬷嬷在贾府可是老封君式的人物,却仍然谨守本分低调守礼,哪个主子不喜欢?

再看众人为凤姐的生日凑份子时,赖嬷嬷的反应:

[①] 在《红楼梦》中,嬷嬷是老年女仆的统称,有的嬷嬷是乳母,如李嬷嬷、赵嬷嬷。书中并未直接交代赖嬷嬷是谁的乳母,但通过她的言谈话语中提及当年贾政被父亲教训,语气很是亲切,有学者推断她可能是贾政的乳母。在此,我们将其作为普通的老仆人引入。

贾母先道："我出二十两。"薛姨妈笑道："我随着老太太，也是二十两了。"邢夫人王夫人笑道："我们不敢和老太太并肩，自然矮一等，每人十六两罢了。"尤氏李纨也笑道："我们自然又矮一等，每人十二两罢。"……赖大的母亲因又问道："少奶奶们十二两，我们自然也该矮一等了。"

在贾府的职场中，凑份子也是讲规矩和位次的。虽然掏的是自己的腰包，但掏钱之前也要看看自己够不够格儿，否则就是僭越。赖嬷嬷深谙此道，谦让说，嬷嬷们应该比少奶奶们矮一等。

在主子面前，赖嬷嬷不仅低调守规矩，也善于逢迎。

在贾府，敢在贾母面前开玩笑的人没有几个，赖嬷嬷即是其一。凑份子时，凤姐给贾母拍马屁，提议让邢夫人、王夫人帮贾母分担一些份子钱，赖嬷嬷当即指出，凤姐向着贾母，她替"二位太太生气"，说得贾母和众人都大笑起来。职场中，能在领导面前说笑话还不惹同事反感的人，都不是一般人。

关系的巩固靠的是细水长流，赖嬷嬷经常到贾府陪贾母聊天、打牌，说说笑笑间维护着和贾府的关系。晴雯原本是赖家买来的小丫头，赖嬷嬷非常喜爱她，走到哪里就把她带到哪里，但赖嬷嬷看出贾母喜欢晴雯，就把她送给了贾母，一点儿都不含糊。舍与得的关系，赖嬷嬷非常明白。

别看赖嬷嬷是奴才，她在贾府说话却很有分量。周瑞家的儿子犯了错，凤姐要把他撵出去，赖嬷嬷出面求情。她分析利害，说周瑞家的是王夫人的陪房，要考虑到王夫人的面子。短短几句话点醒了凤姐，

红楼梦中事

也反映出这位嬷嬷平日里处事的周全、圆滑。

虽然两个儿子都是贾府的高管,自家也过着财主一样的生活,但赖嬷嬷并没有被眼前的风光和利益迷惑,她的眼光极为长远。她非常注重下一代的教育,举家倾三代之力,帮孙子赖尚荣实现了从奴才到州官的阶层逆袭。

赖尚荣外任州官,对于赖氏家族而言,这是值得大肆庆贺的事情。赖嬷嬷来贾府请众人去她家庆贺,当大家向她贺喜时,她说了这样一番话:

> 赖嬷嬷向炕沿上坐了,笑道:"我也喜,主子们也喜。要不是主子们的恩典,我这喜从何来?昨儿奶奶又打发彩哥儿赏东西,我孙子在门上朝上磕了头了。"李纨笑道:"多早晚上任去?"赖嬷嬷叹道:"我那里管他们,由他们去罢!前儿在家里给我磕头,我没好话,我说:'哥哥儿,你别说你是官了,横行霸道的!你今年活了三十岁,虽然是人家的奴才,一落娘胎胞儿,主子恩典,放你出来,上托着主子的洪福,下托着你老子娘,也是公子哥儿似的读书写字,也是丫头、老婆、奶子捧凤凰似的。长了这么大,你那里知道那"奴才"两字是怎么写的!只知道享福,也不知道你爷爷和你老子受的那苦恼,熬了两三辈子,好容易挣出你这个东西来,从小儿三灾八难,花的银子也照样打出你这么个银人儿来了。到二十岁上,又蒙主子的恩典,许你捐了个前程在身上。你看那正根正苗的忍饥挨饿的要多少?你一个奴才秧子,仔细折了福!如今乐了十年,不知怎么弄神弄鬼的,求了主子,又

选了出来。州县官儿虽小，事情却大，为那一州的州官，就是那一方的父母。你不安分守己，尽忠报国，孝敬主子，只怕天也不容你。'"

这纯粹是一个奴仆打破固化阶层，实现人生逆袭的励志故事。在等级森严的封建社会，这绝对是能上头条的重磅新闻，但是，赖嬷嬷在讲这段经历的时候，多次提到了主子，话里话外不忘感念主子的恩德。这是非常不容易的，要知道，大部分人在发达了之后就很快忘了自己是谁。

我们发现，以上提到的几位嬷嬷，同样都为贾府服务了大半辈子，在贾府的地位却是千差万别。有的嬷嬷还没熬到退休就被撵走了；有的被主子讨厌，处于被撵走的边缘；有的却混得人见人爱，花见花开。

赖嬷嬷、赵嬷嬷为何"得脸"？除了自身的功劳以外，还与她们的处事原则有关。她们不仅时刻谨记自己的奴才身份以及主子的恩情，知礼守节，而且都深谙主子的心理，哄得主子欢心，自己全家也跟着赚得盆满钵满。我们不必从人性丑陋的角度去苛责她们，这些嬷嬷在处事过程中只利己并未损人，她们圆滑精明的处事方式，不过是在尊卑有序的世俗生活中摸爬滚打多年总结出来的人生智慧。

反观宝玉的乳母，居功自傲、为老不尊，宝玉和她渐渐有了裂痕。迎春的乳母则是奴大欺主、自食其果的典型，真是应了那句话，面子是别人给的，脸是自己丢的。

可见，即便奴仆服侍主子劳苦功高，也要清楚主子、奴才固有的身份之别，当乳子长大以后，乳母应该适时转身退出。如果不懂上司的心理，不懂好自为之，一味仗着过去的情分和功劳倚老卖老，胡作非为，在职场中只会自取其辱。

嬷嬷与家事

众所周知，曹家的腾达与作者的曾祖母曾为康熙皇帝的保母有关，可是，曹雪芹却在小说中塑造了那些不堪的乳母形象，这不是有"自打嘴巴"的嫌疑吗？

这要从曹家特殊的家世说起，曹家本是包衣出身。据史学家研究，自曹雪芹的上祖曹振彦起，曹家开始发迹。此后，又因曹振彦的儿媳、曹玺之妻孙氏做过玄烨（康熙皇帝）保母，曹家与皇室的关系进一步加深。康熙在位期间，曹家备受圣眷。

但是，包衣是一种世袭的身份。包衣虽然可以参加科举考试，也可以当官，但在旗籍上"另册"，和领有者始终存在着主仆关系，子孙也世代为奴。曹家物质上相对富有，其奴才的身份却一直没有变，雍正皇帝就曾骂曹家为"下贱之人"。这种特殊的身份一直是曹家的"隐痛"。

曹家，既是奴仆又是显贵，既卑贱又显赫的矛盾心理对曹雪芹的创作也产生了极大的影响。正如作者借赖嬷嬷之口说道："你知道'奴才'那两个字是怎么写的？"其中含着多少感慨与悲凉？

曹家在多年的皇权荫庇之下，集官位、财富、特权、地位于一身，"世受国恩，与亲臣、世臣之列"，直至雍正年间获罪抄家，曹氏家族的命运发生了巨大的转折。没有皇帝作靠山，一切繁华都随梦而去。

曹雪芹在他短暂的生命中经历了我们无法想象的荣华，也经历了我们无法想象的贫寒。"燕市哭歌悲遇合，秦淮风月忆繁华"。经历了人生的大起大落，遍尝人生百味后，作者对人生有着更为透彻的思考，宝玉的乳母也好，皇帝的保母也罢，终究都是奴才。

试想，如果小说中的贾府，现实中的曹家，子孙后代都能饮水思源，谨记身份，不骄不奢，居安思危，长远谋划，结局是不是都会改写呢？

■ 凤姐不背锅

背黑锅，是代人受过的意思。背黑锅这种现象对我们来说并不陌生，在《红楼梦》中，也有许多人背过黑锅。

宝钗追赶蝴蝶到了滴翠亭，无意中听到小红和坠儿在说悄悄话，是关于小红与贾芸"私相传递"的事，这在贾府可是最大的禁忌。被发现后，宝钗金蝉脱壳，让黛玉背了锅。这滴翠亭事件也成了后人研究宝钗与黛玉关系的一段"公案"。

宝玉是最爱主动背黑锅的人，丫鬟们犯了错误，他都愿意一力承担，使她们免受处罚。在职场中，与己无害、皆大欢喜的黑锅可以背，但更多的时候，我们需要有抵御黑锅的智慧与能力。

在纷繁复杂的大观园，机敏的凤姐也难保不被黑锅击中，但是，她在防御黑锅方面练就了一套独特的战术，今天的我们读来，依然能有所收获。

绣春囊转手有玄机

在《红楼梦》中,贾母房中有一个心性愚顽的丫头名叫傻大姐,她在大观园中掏促织的时候,拾到了一个少儿不宜的绣春囊。

傻大姐不认得上边的图案,猜想是两个妖精打架,正想拿去给贾母看,却迎面碰到了邢夫人。

这绣春囊虽是小物件,却是低级下流之物。大观园里住的,除了宝玉、守寡的李纨以外,都是未出阁的姑娘。在讲究名节的封建社会,这是一件可能会玷污闺中女子名声的大事。

邢夫人吓唬傻大姐不许乱说,随后派自己的陪房王善保家的把绣春囊交给了王夫人。

邢夫人这么做别有用心。荣国府的重心偏向贾政、王夫人这边,而凤姐虽然是自己的儿媳,却一直帮着王夫人管家,邢夫人对此一直非常嫉妒。如今,她要用这绣春囊让王夫人和凤姐难堪。

王夫人见了绣春囊,就像被雷轰了一般。钟鸣鼎食之家的贾府竟然出现了这等有伤风化之物,这还得了?她直接来找凤姐兴师问罪。

王夫人揣测,这绣春囊,大观园里的老婆子们用不着,女孩子们又弄不来,一定是贾琏这个"下流种子"弄来给凤姐的,凤姐把它丢在了大观园里。

真是人在家中坐,锅从天上来。凤姐是又急又愧,登时紫涨了面皮,她依炕沿双膝跪下,含泪诉说:

"太太说的固然有理,我也不敢辩我并无这样的东西。但其中还要求太太细详其理:那香袋是外头雇工仿着内工绣的,带这穗子一概是市卖货。我便年轻不尊重些,也不要这劳什子,自然都是好的,此其一。二者这东西也不是常带着的,我纵有,也只好在家里,焉肯带在身上各处去?况且又在园里去,个个姊妹我们都肯拉拉扯扯,倘或露出来,不但在姊妹前,就是奴才看见,我有什么意思?我虽年轻不尊重,亦不能糊涂至此。三则论主子内我是年轻媳妇,算起奴才来,比我更年轻的又不止一个人了。况且他们也常进园,晚间各人家去,焉知不是他们身上的?四则除我常在园里之外,还有那边太太常带过几个小姨娘来,如嫣红翠云等人,皆系年轻侍妾,他们更该有这个了。还有那边珍大嫂子,他也不算甚老,他也常带过佩凤等人来,焉知又不是他们的?五则园内丫头太多,保的住个个都是正经的不成?也有年纪大些的知道了人事,或者一时半刻人查问不到偷着出去,或借着因由同二门上小么儿们打牙犯嘴,外头得了来的,也未可知。如今不但我没此事,就连平儿,我也可以下保的。太太请细想。"

凤姐先从"物证"开始分析,这香囊做工粗糙,是仿货,自己纵然有,也不是这样低档次的,而且也不会戴在身上四处逛。

撇清自己之后,凤姐又帮王夫人找了三类嫌疑人:奴才中的年轻媳妇,邢夫人、宁国府贾珍之妻常带过来的年轻侍妾,园子里不正经的丫头。

当受到诬陷、质疑的时候,我们的本能是立即否认辩解。可面对判断有误且怒火冲天的上司，凤姐没有硬争，她说自己不敢辩自己没有这样的东西，而后的一至五条却是实实在在地证明了自己没有这样的东西。

凤姐并没有被飞来的黑锅砸晕，她沉着冷静，理硬、语软，一番话说完，王夫人感觉"大近情理"。

随后，凤姐把重心放到解决问题上。毕竟，大观园里出现绣春囊也有治家无方的嫌疑。凤姐为王夫人支招，此事要"胳膊折在袖内"，不能让外人知道，要暗暗查访，借机裁撤丫鬟，既可清理一批"不正经"的，也可以省些开支。

大观园扫黄运动

两人正在商量的时候，邢夫人派王善保家的来打听事情进展。在王善保家的挑唆下，王夫人决定当夜抄检大观园。

结果，却是出乎意料且富有喜感，抄到探春房中，王善保家的冒犯探春，挨了打。到了迎春房中时，查出了大丫鬟司棋与表兄的私情证据，而司棋正是王善保家的外孙女儿。王善保家的搬石头砸了自己的脚，邢夫人偷鸡不成反蚀一把米，那滋味可想而知。

这绣春囊究竟是谁的？小说中始终没有交代，越模糊，被怀疑的人范围就越大，见王夫人"清洗"了怡红院，赶走了晴雯、芳官等丫鬟。

人在江湖飘，哪能不挨刀。职场中行走，我们坚守为人的底线，与人为善，也要留有锋芒，当黑锅来袭时，处变不惊，随机应变，"见锅拆锅"才是硬道理。

■ 躲黑锅是个技术活儿

在《红楼梦》第四十六回,贾赦想纳贾母的大丫鬟鸳鸯为妾,邢夫人为丈夫说媒,凤姐为了不被牵扯进去,运用了超强的抵御黑锅术。

不做先锋

邢夫人找儿媳凤姐谋划说媒的事情,凤姐劝她不要去碰钉子。一来,贾母离了鸳鸯连饭都吃不下。二来,一把年纪的贾赦,不保养身体、不好好做官、整日和小老婆喝酒,贾母对此非常不满。

凤姐委婉地表示,这拿草棍儿戳老虎鼻子眼儿的事,自己可不敢去干。随后,她又劝邢夫人规劝贾赦。

邢夫人不仅不听,反埋怨凤姐,"我叫了你来,不过商议商议,你先派上了一篇不是。也有叫你要去的理?自然是我说去。"

凤姐知道她愚戆,劝也没用,立刻改口,赔笑说自己不知轻重,鼓动她今天就去找贾母提亲。

捆绑同行

邢夫人的策略却是先去动员鸳鸯。她让凤姐先回家,自己吃了晚饭就去找鸳鸯。

身在职场，是需要有黑锅预警能力的。凤姐的"黑锅预警"能力就超强。她分析，如果自己先回去了，邢夫人说媒不成，不仅会怀疑自己走漏了风声，也会恼羞成怒，把自己当成出气筒。所以，凤姐借口说，自己在家中为邢夫人准备了炸鹌鹑，而且邢夫人的车坏了，请她和自己一同过去。

临阵脱逃

二人一起到了贾母这边，凤姐又金蝉脱壳，让邢夫人自己进去找鸳鸯，说自己得换完衣裳再去。凤姐深知说媒这件事情不仅成功率为零还会惹恼贾母，为了避免被怀疑和邢夫人勾结，隔岸观火才是最佳选择。

回到自己家，凤姐和平儿分析，邢夫人说媒不成还会来找自己，平儿不便在场，就让平儿出去逛逛。

及时甩锅

不出所料，邢夫人在鸳鸯那里碰了壁，又来找凤姐商量。这时，鸳鸯的嫂子也来复命，说邢夫人让她去劝说鸳鸯，结果被鸳鸯大骂了一顿，在场的袭人和平儿也抢白她。听完鸳鸯嫂子的汇报，邢夫人当即就怀疑凤姐走漏了风声。

邢夫人听了，因说道："又与袭人什么相干？他们如何知道的？"又问："还有谁在跟前？"金家的道："还有平姑娘。"凤姐儿忙道："你不该拿嘴巴子打他回来？我一出了门，他就逛去了，回家来连一个影儿也摸不着他！他必定也帮着说什么呢！"金家的道："平姑娘没在跟前，远远的看着倒象是他，可也不真切，不过是我白忖度。"凤姐便命人去："快找了他来，告诉他我来家了，太太也在这里，请他来帮个忙儿。"丰儿忙上来回道："林姑娘打发了人下请字请了三四次，他才去了。奶奶一进门我就叫他去的。林姑娘说：'告诉你奶奶，我烦他有事呢'。"凤姐儿听了方罢，故意的还说："天天烦他，有些什么事！"

真是强将手下无弱兵，关键时刻，小丫头丰儿及时救场，她和凤姐一唱一和，"甩锅"给黛玉，给平儿制造了不在场证据，撇清了凤姐。至于黛玉，她是贾母的心头肉，平时又病病歪歪的，谁会因为这点儿小事去找黛玉求证呢？谁都知道惹哭了她，更难收场。所以，此"锅"也不会对黛玉造成不好的影响。这一轮，凤姐主仆配合完美。

先接后推

但是，事情并未到此结束。被逼婚的鸳鸯找贾母哭诉，贾母大发雷霆，竟然指责起了毫不相干的王夫人。幸亏探春提醒，贾母知道自己指责错了，又责怪凤姐不提醒自己。

面对贾母的"甩锅"，凤姐轻松接下，又反手"推锅"给贾母。

凤姐儿道："谁教老太太会调理人，调理的水葱儿似的，怎么怨得人要？我幸亏是孙子媳妇，若是孙子，我早要了，还等到这会子呢。"

众人都知道凤姐是在奉承贾母，但她巧妙地让贾母"下了台阶"，原本尴尬的场面瞬间转为皆大欢喜，这绝对是情商一流的表现。

及至邢夫人来请安，估计贾母要训斥她，为了婆婆的面子，凤姐又及时找借口回避了。

纵观整个事件，面对执拗的上司和成功率为零的说媒任务，凤姐早早拉响了黑锅警报，她分析辗转腾挪，"躲锅""甩锅""接锅""推锅"步步妙招，她的机敏与高情商着实令人赞叹。

如果你在职场中也遇到类似情况，面对不靠谱的上司，还要跟着去执行自带黑锅属性的任务，你会怎么办呢？

■ "超级"助理

今天的社会生活，与《红楼梦》中众人的生活时代相比早已是大相径庭了，但是小说中的人情善恶、处世智慧仍让人有似曾相识之感，或令人警醒，或给人启示。

在《红楼梦》中，凤姐一共带来四个陪嫁丫鬟。按理说，陪嫁丫鬟都应该成为凤姐的左膀右臂，可除了平儿以外，其余死的死，走的走。其中缘由，不外乎凤姐毒辣，贾琏荒淫。

平儿的命运堪忧，套用《甄嬛传》中的一句话来说：容不容得下是凤姐的气度，而能不能让凤姐容下是平儿的本事。剩下的这位平儿姑娘着实厉害。她不仅为凤姐所容，被贾琏收了房，还作为凤姐的助理，游刃有余地行走在纷繁复杂的大观园中，赢得了贾府上下的一致赞叹。

同时，平儿的名字多次出现在小说的回目当中，如"俏平儿软语救贾琏""喜出望外平儿理妆""平儿情掩虾须镯""判冤决狱平儿行权"，足见作者对平儿的重视。这位平儿姑娘究竟有什么独到之处呢？

双重身份

平儿长什么样？刘姥姥眼中的她是花容月貌，李纨眼中的她有着好体面的模样，宝玉认为平儿是极聪明、极清俊的上等女孩儿，可以说，平儿绝对是一位美人。

平儿是有双重身份的。首先，她是贾琏的房中人，也是凤姐的得力助手。与顶头上司分享丈夫，无异于在刀尖上行走。所以，平儿将这一身份基本忽略，甘心做贾琏房中的"摆设"。她从不与凤姐争风吃醋，即便贾琏搂着求欢，平儿也会拿凤姐当挡箭牌，借机跑掉。平儿深知，赢得凤姐的信任才是自己的生存之道。谋生与谋爱相较，她选择前者。

贾琏夫妇一个色鬼，一个醋瓮，平儿谁都惹不起，她想尽办法在中间周旋。

红楼梦中事

贾琏与凤姐的女儿生病，贾琏在分房出去住时与人鬼混。回来后，平儿从他的行李中发现了"罪证"——一缕头发。在凤姐的眼皮子底下，平儿替贾琏藏好，瞒下了这件事。后来贾琏偷娶尤二姐，平儿得知消息后却告诉了凤姐。同是贾琏在外找女人，两件事情的性质截然不同。前者属于拈花惹草，平儿选择息事宁人。后者则可能威胁到凤姐的地位，孰轻孰重，平儿分得清楚。

可是，眼见凤姐折磨尤二姐，平儿又非常难过，她没想到事情会发展成这样。她暗中帮助尤二姐。尤二姐死后，又是平儿偷出二百两银子给贾琏料理丧事用。

本性善良的平儿在凤姐、贾琏身边周旋不仅辛苦，个中苦楚也难以与外人诉说。

凤姐生日当天，贾琏将鲍二媳妇拉到家里鬼混，正好被回家换衣裳的凤姐撞见。就因为听见鲍二媳妇说了平儿几句好话，凤姐怒火中烧，回身就给了平儿两个嘴巴子。平儿气不过，上去撕打鲍二媳妇，惧妻不惧妾的贾琏反而对平儿又踢又打，平儿只能住了手。凤姐见平儿害怕贾琏，越发生气，又打平儿，并命令平儿去打鲍二媳妇。两头受气的平儿要找刀子寻死，此事闹得全府皆知。

哭得哽咽难止的平儿被众人拉进了大观园。宝玉怜悯平儿的遭遇，感叹道：

贾琏惟知以淫乐悦己，并不知作养脂粉。又思平儿并无父母兄弟姊妹，独自一人，供应贾琏夫妇二人。贾琏之俗，凤姐之威，他竟能周全妥贴，今儿还遭荼毒，想来此人薄命，比黛玉犹甚。

后来，深明事理的贾母让贾琏夫妻安慰平儿，面对这天大的委屈，平儿却先给凤姐磕头认错："奶奶的千秋，我惹了奶奶生气，是我该死。"并为凤姐的行为开脱，"……昨儿打我，我也不怨奶奶，都是那淫妇治的，怨不得奶奶生气"。无辜挨打的平儿竟帮凤姐扯起了遮羞布，凤姐惭愧地落下泪来。

这固然有人在屋檐下，不得不低头的无奈，但平儿既能顾全凤姐面子，忍辱负重，又能妥帖周全地善后，着实不易。

我的老板我维护

虽然平儿在家中和凤姐也有矛盾，但在外人面前，她极力维护凤姐的威望和利益，也懂得变通。

凤姐养病期间，探春、宝钗、李纨三人理家。作为凤姐与这三人的联络员，平儿经常和她们商量事情。

面对新的领导班子，管家媳妇们故意刁难懈怠，赵姨娘因为兄弟赵国基的丧葬费问题也来找探春大闹。平儿一进门就看清了事情来由，她一面呵斥吓唬管家媳妇们，一面尽心安抚探春，为她立威。

后来，探春提出了多项改革新政，这可是考验平儿的时候，因为凤姐是前任领导人，一语不慎，不仅可能抹杀凤姐的功绩，也会有不支持新任领导人的嫌疑。结果，探春每说一项，平儿就先表示支持，接着又说出一番凤姐早想改而未改的理由，既不伤探春，又维护了凤姐。

宁国府的尤氏深知平儿的不易，对她说："好丫头，你这么个好心

红楼梦中事　171

人,难为在这里熬。"说到痛处,平儿的眼圈红了,可她知道尤氏对凤姐没什么好感,便忙拿话岔过去了。平儿是聪慧的,在凤姐这样的上司身边,受委屈是难免的,但她不能随便向外人倾诉,尤其不能在不喜欢凤姐的人面前诉说委屈。

高情商的背后是善良

荣国府上下几百人,上至老爷太太下到小厮仆妇,吃穿用度,日常杂事,千头万绪的事情都需要凤姐这位大管家处理。平儿在做助理时也是与上司心意相通,周全细致。

凤姐和贾母打牌,正盘算着多输些钱哄贾母开心,平儿早想到钱可能不够,给凤姐送了一吊钱来。凤姐去宁国府,初次见到了秦可卿的弟弟秦钟,未来得及准备表礼①。平儿知道后,立刻站在凤姐的角度揣测礼物的水准。她深知凤姐和秦可卿关系亲密,就拿了一匹尺头②、两个状元及第的小金锞子送了过去。虽然凤姐说太简薄了些,终究是客套话。对于这份丰厚的见面礼,凤姐还是很满意的。可见,平儿在为凤姐打点人脉关系时,分寸拿捏得极为妥当。

身为凤姐助理的平儿有着极大的权力,她却从不仗势欺人,还时常帮助别人。

平儿看见贫寒的邢岫烟穿得单薄,就在打点给袭人的衣裳时也给她拿了一件。穷苦的刘姥姥准备回家时,平儿也为她精心打点带回去

---

① 旧日赠送或赏赐的礼物。
② 衣料。

的东西，又将自己的两件袄儿、两条裙子、四块包头、一包绒线送给了刘姥姥。诸事交代妥当后，平儿还叮嘱刘姥姥下次来的时候带些干菜就行，这一方面是体恤刘姥姥，扛那么沉的新鲜瓜果来太辛苦；一方面是在安刘姥姥的心，她不希望刘姥姥因为得了贾府这么多东西而内心不安。物质帮助外加精神抚慰，平儿姑娘情商之高，着实令人赞叹。

好人也有原则

平日里，凤姐待下人太严苛，平儿的群众口碑却极佳，只要不耽误正事，她对底下的小厮、丫鬟都很宽容。

第三十九回，一个小厮的母亲生了病，他不敢见凤姐，反而来向平儿请假。

> 平儿道："你们倒好，都商议定了，一天一个告假，又不回奶奶，只和我胡缠。前儿住儿去了，二爷偏生叫他，叫不着，我应起来了，还说我作了情。你今儿又来了。"周瑞家的道："当真的他妈病了，姑娘也替他应着，放了他罢。"平儿道："明儿一早来。听着，我还要使你呢，再睡的日头晒着屁股再来！你这一去，带个信儿给旺儿，就说奶奶的话，问着他那剩的利钱。明儿若不交了来，奶奶也不要了，就越性送他使罢。"那小厮欢天喜地答应去了。

平儿这番话说得不简单。她既说了自己的难处，也告诫小厮们适可而止，但她没有为难那个真有事的小厮。值得注意的是，平儿还给小厮安排了任务、明确了回来的时间，如果凤姐、贾琏问起来，她就可以说自己派小厮传话去了，这也是给自己留了后路。

看来，平儿并不是无原则地做好人，她不仅深谙刚中带柔、恩威并施的理家之道，为人处世时，思虑也很周全。

最能体现平儿处事智慧的还是处理大观园中的纠纷，其一就是荣国府有名的偷盗案——虾须镯事件。

烤几块鹿肉的工夫，平儿的虾须镯就不见了，凤姐暗地里令人查访。后来，怡红院的宋妈拿着镯子来向凤姐汇报，凤姐不在。得知是小丫头坠儿偷的，平儿叮嘱宋妈不能告诉任何人，自己则对凤姐说，镯子是不小心丢在雪地里，找到了。

随后，她又悄悄找到怡红院的大丫鬟麝月，让她们变个法子把坠儿打发出去，还嘱咐不能让爆炭脾气的晴雯知道，以防走漏了风声。

平儿做主将事情给压下来，一是考虑到宝玉的脸面，毕竟自己手下的丫头偷东西，主子也不光彩。二是不愿贾母、王夫人知道此事后生气。三是不愿意负有管教小丫头责任的袭人等大丫鬟难堪。

值得注意的是，在处置偷自己镯子的罪犯时，平儿并没有大动干戈，这样暗中处理，体现了平儿的宽容善良和处世智慧。试想，如果直接把坠儿赶走，闹得尽人皆知，这个小丫头一辈子的名声也就毁了。何况偌大的贾府，人事关系错综复杂，也不能事事都太较真儿。

对比宽厚有格局又活得通透的平儿，赵姨娘因为一包茉莉粉就和小戏子们打群架，因为想多得几两治丧银子，就惹得探春痛哭一场，好不明事理。再看司棋，因为一碗鸡蛋，带着小丫头把小厨房砸了个稀巴烂，何等彪悍，又是何等蛮横。高下立见。

得饶人处且饶人

第六十一回，平儿还处理了一起由玫瑰露、茯苓霜引发的纠纷。

怡红院的小戏子芳官向宝玉要了玫瑰露，送给了小厨房的柳嫂子。为了回报芳官，柳嫂子的女儿柳五儿悄悄来到大观园，想将舅舅给的茯苓霜送给芳官。

恰逢王夫人房中丢了玫瑰露，柳五儿成了嫌疑犯，从小厨房里搜出的露瓶成了"罪证"，茯苓霜也被认为是偷来的。

凤姐当即下令处置柳家母女。柳五儿哭诉冤屈，平儿吩咐暂时将她看守一夜。

许多与柳家母女不睦的人想借机赶走她们，都来游说平儿。平儿没有轻率表态，而是细细查访玫瑰露失窃案的真相，原来是赵姨娘求王夫人的丫鬟彩云偷出来的。

平儿考虑到事情闹起来，会牵扯出赵姨娘，更为重要的是赵姨娘的女儿探春会面子上过不去，但是，此事如果不审出结果的话，以后，王夫人的丫鬟们会越发没规矩了。于是平儿私底下把王夫人的丫鬟叫来警告了一番，彩云也承认了错误。

平儿决定将彩云偷玫瑰露的事隐瞒下来，她和宝玉"合作"，让宝玉将这件事情兜揽过去。

平儿回房向凤姐汇报案情，凤姐不甘心让宝玉背黑锅，要让王夫人屋里的丫头垫着瓷瓦子跪在太阳地下，不给茶饭吃，一日不说跪一日。这时平儿劝道：

"何苦来操这心！得放手须放手，什么大不了的事，乐得不施恩呢。依我说，纵在这屋里操上一百分的心，终久咱们是那边屋里去的。没的结些小人仇恨，使人含怨。况且又三灾八难的，好容易怀上了一个哥儿，到了六七个月还掉了，焉知不是素日操劳太过，气恼伤着的。如今乘早儿见一半不见一半的，也倒罢了。"

平儿没有直接替丫头们开脱，而是从凤姐的角度说了一番肺腑之言，劝她积德行善，保养自己。人人都知道凤姐的强，唯有平儿心疼凤姐的痛，一番话说得凤姐笑了，放手让平儿去处置。

得到了凤姐的授权，平儿让柳氏母女回去仍旧当差：

"大事化为小事，小事化为没事，方是兴旺之家。若得不了一点子小事，便扬铃打鼓的乱折腾起来，不成道理。"

小小年纪就懂得顾全大局，平儿的心胸气度，真是令人赞叹。

面对严苛狠毒的上司，平儿有许多无奈，但她有自己的处事原则和底线，尽可能地为他人、为大局着想。在与上司的意见相左时，也尽力调停斡旋，这都缘于她骨子里的善良。在大观园中，许多纠纷的解决都是这样的流程：平儿—平衡—风平浪静。

中国是人情社会，面子很重要，我们发现在处理这两个案子的时候,平儿权衡各方利益,悄无声息地将问题解决掉,保全了众人情面。曹雪芹以平儿反衬凤姐,凤姐一生聪明透顶,机关算尽,雷霆手段,不懂得饶人处且饶人的道理。殊不知,为人之道,刚者易折。人活一世,要有一个与社会、与他人相容的过程,宽容待人,给别人留面子,也是一种智慧。人生匆匆几十载,不必凡事都太较真儿。

该出手时就出手

过刚易折,过柔则废。懦弱的迎春,总是唯命是从,任人宰割,最终被中山狼折磨致死。处事要刚柔相济,进退有度,可以忍让,但不是无原则的隐忍。温顺的平儿也曾在凤姐面前摔帘而去。

第二十一回,平儿本来是怕凤姐吃醋,才不和贾琏同处一室,结果凤姐还是说了一番捕风捉影的话。

一句未了,凤姐走进院来,因见平儿在窗外,就问道:"要说话两个人不在屋里说,怎么跑出一个来,隔着窗子,是什么意思?"贾琏在窗内接道:"你可问他,倒像屋里有老虎吃他呢。"平儿道:"屋里一个人没有,我在他跟前作什么?"凤姐儿笑道:"正是没人才好呢。"平儿听说,便说道:"这话是说我呢?"凤姐笑道:"不说你说谁?"平儿道:"别叫我说出好话来了。"说着,也不打帘子让凤姐,自己先摔帘子进来,往那边去了。凤姐自掀帘子进来,说道:"平儿疯魔了。这蹄子认真要降伏我,仔细你的皮要紧!"贾琏听了,已绝倒在炕上,拍手笑道:"我竟不知平儿这么利害,从此倒伏他了。"

妾在夫人屋里服侍,干些打帘子①、立靠背、铺褥子的杂活儿是分内之事。这次,受了委屈的平儿不仅没给凤姐掀帘子,反而自己先摔帘子走了,在封建家庭中,平儿这样的举动的确是"疯魔"了。

俏而不争,平而不庸,柔而不懦,知世故而不世故。平儿就是这样从容地行走在大观园里的。

由平儿想到的人生命题

红学家周汝昌曾经说过:"曹雪芹一生都在思考着一个人生命题就是人应该怎样活着?应该怎样与他人相处?"

中国古代哲人认为天地万物都要在"和"的状态下找到自己的位置才能繁衍发育。在《红楼梦》中,平儿的地位和处境最不容易做到"和",但她却做到了。平儿的为人处世观显示出了"中庸""和谐和睦"的处世哲学。大观园里深谙处世哲学的人不少,平儿却多了一份从不让人感觉虚伪的善良。有真情又能够和谐共生才是大智慧,也适用于任何时代。

作者正是通过平儿昭示了自己的生活态度、人生理想。平儿的灵

---

① 打帘子在清代是非常重要的礼节,主人给客人打帘子、下级给上级打帘子、晚辈给长辈打帘子都是很有讲究的。清代军机大臣的首席称"领班",末席则俗称"打帘子军机"。在进出时末席要给同僚们掀开帘子,待大家都进出后自己才跟在最后。在封建家庭中,妾当然要为正妻打帘子。

魂是与曹公真正契合的。

今天的我们，是不是也能从平儿身上学到些什么呢？

■ 小名片里的大学问

现代人对名片并不陌生。名片作为一种社会交往工具，在中国有着悠久的历史。

秦汉时期，人们在削平的竹木片上写上名字制成"谒"或"刺"，用于拜访谒见时通报姓名。后来，随着造纸术的发明，人们开始用纸制作名帖。由于名帖上面一般要写清自己的官职、姓名、籍贯等内容，用于人们在登门拜见时通报，所以名帖又有"名纸""门状""名片"等名称。

明清时期，名帖在社会生活中应用极广，人们在拜见、道谢、请托、道贺时都会用到名帖。

《清稗类钞》中记载着这样一个故事：有个在总督府负责扫地的人与别人结亲，下定时发的名片上大书："钦命头品顶戴兵部尚书、都察院左都御史、总督某地方、节制军门提督军门门下扫地夫愚弟某顿首拜。"亲家看到这名片，张皇失措，拿去与当地士绅商量。士绅想了想说，你家住在关帝庙旁，我自有办法，于是回帖上书"敕封关圣帝君、汉寿亭侯隔壁愚弟某顿首拜"。

这虽然是民间幽默故事，却也反映出名帖在当时社会的影响。在《红楼梦》中，我们也能依稀看到它活跃的身影。

这个宗侄不一般

贾雨村是《红楼梦》中的关键人物,他在宦海的二度崛起与名片有着不小的关系。

贾雨村初入仕途不久即被革职,后来辗转做了黛玉的老师。黛玉的母亲贾敏过世后,贾母派人来接黛玉。贾雨村托林如海代求贾政为他谋个官职,林如海修书一封,安排贾雨村随黛玉一同去贾府。

到了贾府门前,贾雨村整了衣冠,"拿着宗侄的名帖,至荣府的门前投了"。注意,贾雨村的名贴上写着"宗侄"二字,难道他跟贾家有亲属关系吗?

在小说的第二回,贾雨村偶遇旧相识冷子兴,二人曾有这样一番对话:

雨村因问:"近日都中可有新闻没有?"子兴道:"倒没有什么新闻,倒是老先生的贵同宗家出了一件小小的异事。"雨村笑道:"弟族中无人在都,何谈及此?"子兴笑道:"你们同姓,岂非同宗一族?"雨村问是谁家。子兴道:"荣国府贾府中,可也不玷辱了先生的门楣么?"雨村笑道:"原来是他家。若论起来,寒族人丁却不少,自东汉贾复以来,支派繁盛,各省皆有,谁逐细考查得来?若论荣国一支,却是同谱。但他那等荣耀,我们不便去攀扯,至今故越发生疏难认了。"

这段话透露了两个信息:一是贾雨村虽然也姓贾,实际上和贾府没什么瓜葛。二是贾雨村并非不愿去攀附贾府，只是因为他们之间的门第悬殊，攀附不上。

可见，他之所以在名帖上写上宗侄二字，就是为了拉近和贾府的关系，名帖在这里成了他请托、钻营的工具。难怪脂砚斋在此处留有这样的批语："此帖妙极，可知雨村的品行矣。"

后来，贾政"轻轻"就为贾雨村谋了一个复职候缺，不到两个月，贾雨村便补了金陵应天府的缺，上任去了。贾府的能量之大可见一斑。可是，想攀附贾府的人太多了，贾府的各路亲戚想在府内混碗饭吃还得东奔西走，贾雨村怎么这么容易就见到贾政，还得到了举荐呢？

从表面上看，贾雨村此行是为护送黛玉，重任在肩，人未到，林如海的荐书已经到了。妹夫的面子当然要给，所以贾雨村一到，贾政马上接见了他。

贾政承继祖风、礼贤下士，而相貌魁伟、言语不俗的贾雨村也令贾政青目有加，更何况他还是"宗侄"，总之，贾雨村顺风顺水地实现了二次入仕的梦想。

从林如海到贾政，再到四大家族，贾雨村认识到了官场关系网的重要性。为了牢牢抓住贾府这座靠山，他也利用手中职权为贾府办事。在处理薛蟠致死人命案时，他胡乱断案，使薛蟠逍遥法外。当然，他没忘告知贾政和薛蟠的舅舅王子腾"令甥之事已完，不必多虑"。后来他又帮贾赦坑骗了石呆子的扇子。贾雨村已经深谙当时官官相护、权大于法的为官之道了。

红楼梦中事 181

妙玉的仪式感

在《红楼梦》中,还有一个人进了贾府,名帖也发挥了不小的作用。这个人就是妙玉。

妙玉当年进贾府颇费周折。为了迎接元春省亲,贾府忙着采买尼姑、道姑,也想请妙玉,但请不来。

林之孝家的来回:"……外有一个带发修行的,本是苏州人氏,祖上也是读书仕宦之家。因生了这位姑娘自小多病,买了许多替身儿皆不中用,足的这位姑娘亲自入了空门,方才好了,所以带发修行,今年才十八岁,法名妙玉。如今父母俱已亡故,身边只有两个老嬷嬷,一个小丫头服侍。文墨也极通,经文也不用学了,模样儿又极好。因听见'长安'都中有观音遗迹并贝叶遗文,去岁随了师父上来,现在西门外牟尼院住着。他师父极精演先天神数,于去冬圆寂了。妙玉本欲扶灵回乡的,他师父临寂遗言,说他'衣食起居不宜回乡,在此静居,后来自然有你的结果'。所以他竟未回乡。"王夫人不等回完,便说:"既这样,我们何不接了他来。"林之孝家的回道:"接他,他说'侯门公府,必以贵势压人,我再不去的。'"王夫人笑道:"他既是官宦小姐,自然骄傲些,就下个帖子请他何妨。"

为何王夫人在听了林之孝家的汇报之后,果断地命令下帖子去请?

明清时期，下帖子请人是一种表示对对方尊重的礼节。主人虽不亲往，见了帖子就如同"主人自己亲自去请"一样。

在《红楼梦》中，贾敬过生日，南安郡王等公侯府邸都是派人拿着主人的名帖来送寿礼，名帖到了就代表主人亲临。

另，秦可卿生病，贾珍还专门派人拿了自己的名帖去请名医，医生将名帖退回，不是拒绝邀请，是表示不敢承当"主人亲自请"的礼节。

所以，为了给足妙玉面子，王夫人也派人下帖子去请她。后来在贾府的"盛情邀请"下，妙玉终于放下身段，入住了大观园。看来妙玉这样的小清高还是很在乎仪式感的。

槛外人送来粉红帖

在小说中，妙玉还亲手写过一张拜帖。时值宝玉过生日，妙玉派人送来了一张粉红笺纸，上面写着："槛外人妙玉恭肃遥叩芳辰。"

千篇一律的名帖很容易被忘记，讲究的人都要在纸张、字体等方面对名帖进行设计。在清代，贺贴或者平时觐见位尊的人都要用红纸帖[①]。宝玉过生日，处处热闹非凡，身为出家人的妙玉不便参与，她独坐在栊翠庵中，悄悄准备着这张粉红色小笺。

与妙玉相熟的邢岫烟看了这张拜帖，深感不解，因为妙玉落款自

---

① 在清朝，名帖主要分为白纸帖和红纸帖两种，清人汪启淑在《水曹清暇录》中记载："前明门状名纸，皆用白者，通籍后遇元旦贺寿用红，位尊则平时皆用红矣。"

红楼梦中事　　183

称"槛外人"，僧不僧，俗不俗。

带发修行的妙玉自称槛外人，不愿与世人有太多往来，只是这槛外之人，竟将宝玉的生日记得这么清楚，这张粉红色的笺纸上，写满了妙玉与红尘的牵绊。

后来在邢岫烟的建议下，宝玉以"槛内人"的身份回帖。槛内是红尘，槛外是世外，本应空门修行却凡心未泯，对妙玉来说这又何尝不是一种痛苦。

乌庄头的贺年卡

在《红楼梦》中，乌庄头来给贾家送年货时也带来了一张红禀帖。

红禀帖上写着："门下庄头乌进孝叩请爷，奶奶万福金安，并公子小姐金安。新春大喜大福，荣贵平安，加官进禄，万事如意。"

估计乌庄头的红禀帖上写满了他能想到的所有吉利话，难怪贾珍笑道："庄家人有些意思。"贾蓉却笑道："别看文法，只取个吉利儿罢。"乌庄头的红禀帖，就像如今的贺年片。

古代官员们有送名帖拜年[①]的习俗，这种拜年帖就是后来贺年卡

[①] 封建官员在相互拜年时往往不亲自去，而是在大年初一这天，派人到官场中的各往来人家去投名帖拜年。

的雏形。明清时期，送名帖拜年的习俗尤为盛行[1]。可是，乌庄头是来交租的，为何也要送上红禀帖拜年，难道是为了赶赶时髦吗？

贾珍道："你走了几日？"乌进孝道："回爷的话：今年雪大，外头都是四五尺深的雪，前日忽然一暖一化，路上竟难走的很，耽搁了几日。虽走了一个月零两日，因日子有限了，怕爷心焦，可不赶着来了！"贾珍道："我说呢，怎么今儿才来！我才看那单子上，今年你这老货又来打擂台来了。"乌进孝忙进前两步回道："回爷说：今年年成实在不好。从三月下雨，接连着直到八月，竟没有一连晴过五六日；九月一场碗大的雹子，方近二三百里地方，连人带房并牲口粮食，打伤了上千上万的：所以才这样。小的并不敢说谎。"贾珍绉眉道："我算定你至少也有五千银子来，这够做什么的？如今你们一共只剩了八九个庄子，今年倒有两处报了旱涝，你们又打擂台，真真是叫别过年了！"乌进孝道："爷的这地方还算好呢。我兄弟离我那里只一百多地，竟又大差了。他现管着那府八处庄地，比爷这边多着几倍，今年也是这些东西，不过二三千两银子，也是有饥荒打呢！"

乌庄头此行可谓是任重道远，不仅因为下雪路难走，交租来迟了，

---

[1] 清朝褚人获在《坚瓠首集》中记载："元旦拜年，明末清初用古简，有称呼。康熙中则易红单，书某人拜贺。素无往还、道路不揖者，而单亦及之。"有人专门作小令对这种景象进行嘲讽："是日也，片子飞，空车四出。"但是，这种飞片贺年的形式只适用于泛泛之交，真正的下级对上级、晚辈对长辈贺年还是会登门拜贺的。

红楼梦中事　　185

更重要的是想少交些租子,所以,他先奉上了红禀帖,通过它既交代了自己的身份又表达了对贾家的祝福,先哄得贾府老爷高兴。再看他呈上的交租单子,入眼就是"大鹿三十只"。鹿通"福禄寿"中"禄"之意,更是讨人欢喜。最后,乌庄头再报灾情,求贾府老爷开恩减租。

乌庄头头脑灵活,策略与口才也令人佩服,哄得贾珍虽然嘴上嫌东西少,"别叫过年了",但也最终默许。这中间固然有贾珍拘于身份,摆谱儿,不能让人小瞧了的因素在,可这小小红禀帖的作用也是不能小觑呢!

时移世易,名片在当今社会生活中依然发挥着重要的作用。在今人的眼中,《红楼梦》中关于名片的情节,是不是既熟悉又陌生呢?

嫁入豪门

　　嫁妆是指女子在出嫁的时候,娘家为新娘准备的结婚用品。

　　结婚送嫁妆的习俗由来已久。《诗经》中,一位待嫁的女子对男子说:"以尔车来,以我贿[①]迁",意思是你驾着马车快来吧,我带着嫁妆嫁到你家去。

　　古代的嫁妆有"陪妆""妆奁"等多个别称,而且受朝代、地区、生活习惯、经济条件等因素的影响,不同女子的嫁妆也是厚薄不等的。生于豪门贵族之家的女子的嫁妆非常丰厚,包括房产、土地、商铺、奴婢等。普通百姓家女子的嫁妆则相对简单,主要是日常生活用品,如服饰、被褥等。

　　雍正年间,年羹尧将女儿嫁给曲阜衍圣公。年羹尧在济宁州汶上县地方置买田庄四处,计十九顷有零作为女儿的奁田。此外,《客窗闲话》中记载了一位白姓侍卫嫁女,运送嫁

---

① 贿,财也,此处指嫁妆、妆奁。

妆的船绵延四十余里①。相较之下，贫妇的嫁妆则颇为寒酸了，仅是寥寥数件衣饰而已②。

旧时的男女在缔结婚姻时约定俗成了男方出聘礼，女方出嫁妆的婚姻程序。女方希望男方聘礼丰饶，男方自然也希望女方的嫁妆丰厚，所以如果寒门女子无力准备嫁妆，也会出现难嫁的问题。如白居易在《议婚》中所写："绿窗贫家女，寂寞二十余。荆钗不值钱，衣上无珍珠，几回人欲聘，临行又踟蹰。"宋代文学家苏东坡为了让外甥女能够体面地出嫁，还专门借了200贯作为遣嫁之资。

明清时期，随着商品经济的发展，婚姻重财的倾向更为明显。清朝还出现了许多没落的宗室女因为拿不出嫁妆而成了"剩女"的问题。康熙皇帝下令，恩赏四十一位贫困宗女每人一百两银子，资助其出嫁③。

曹雪芹写《红楼梦》是要为闺阁女子作传，他笔下的闺阁女子会带着怎样的嫁妆出嫁，那些嫁妆对她们的生活会有什么影响？

---

① "因爱女远离，盛备奁具，媵以婢仆百余，雇群艘，由水路行。运奁之日，自京至通，四十余里，络绎不绝于道者，翌日始毕"，出自清人吴炽昌的《客窗闲话》。

② "贫人无他长物，止银簪、耳环、戒指、衣裙，寥寥数件而已"，出自清代瞿兑之的《杶庐所闻录》。

③ 出自《康熙朝满文朱批奏折全译》。

■ 算算嫁妆这笔账

在《红楼梦》中,有一个女人最爱炫耀自己的嫁妆,她就是王熙凤。

在第七十二回,凤姐和丈夫贾琏吵架:

> 你们看着你家什么石崇邓通。把我王家的地缝子扫一扫,就够你们过一辈子呢。现有对证:把太太和我的嫁妆细看看,比一比你们的,那一样是配不上你们的。

邓通和石崇分别是西汉初年和西晋时期富可敌国的大富豪,凤姐竟然当面指责"白玉为堂金作马"的贾家是伪富豪,凤姐那扫扫地缝子就够别人过一辈子的娘家究竟有多豪?

凤姐的嫁妆

《红楼梦》中,要说娘家地位煊赫,首推王家的女儿。

"东海缺少白玉床,龙王请来金陵王。"凤姐曾自炫:"我爷爷专管各国进贡朝贺的事,凡有的外国人来,都是我们家养活。粤、闽、滇、浙所有的洋船货物都是我们家的。"不说昔日王家主管洋务的辉煌,当朝,王夫人的兄弟王子腾屡获升迁、扶摇直上。可以说,王家官运亨通、财力雄厚,绝不逊于贾府。

此外,金陵王家擅长与豪门联姻。王家的女儿中,嫁入贾府的有

红楼梦中事　189

贾政之妻王夫人、贾琏之妻王熙凤,而嫁入薛家的薛姨妈则是王夫人的妹妹。第七十回,还有这样一句话,"偏生近日王子腾之女许与保宁侯之子为妻,择于五月初十日过门"。看来,王家的女儿嫁的都是豪门望族,这些强强联合的豪门婚姻会给王家带来极为广阔的社会资源。

总之,王家实力雄厚,王家的女儿在出嫁时的嫁妆自然都会是良田千亩,十里红妆。想来,凤姐嫁入贾府时,极尽奢华的嫁妆让她备感荣耀,否则她也不会在和丈夫吵架时把嫁妆搬出来"御敌"。

王家为凤姐置办嫁妆究竟花费多少不得而知,但是我们可以比照贾府小姐的嫁妆来看一下。

凤姐曾经算过一笔账:

> 宝玉和林妹妹他两个一娶一嫁,可以使不着官中[①]的钱,老太太自有梯己拿出来。二姑娘是大老爷那边的,也不算。剩了三四个,满破着每人花上一万银子。

由于凤姐一直在为贾政、王夫人管家,所以她在算账的时候把贾赦的女儿迎春排除在外,"剩了三四个"无非是指探春等人,凤姐说她们出嫁的话,每人各花费一万两银子也就足够了。一万两银子在当时是什么概念?刘姥姥说,二十两银子足够庄户人家过一年。那么,贾府一个小姐出嫁的花费足够一个庄户人家过几辈子。即便如此,凤姐

[①] "官中"指的是荣国府的总账房,主管荣国府的财政收支。

在和丈夫吵架炫耀嫁妆时也是底气十足,可以想见,凤姐的嫁妆比贾府小姐的嫁妆还要奢华。

除了金银珠宝,凤姐还带来了许多"活的嫁妆"。

清代,大户人家女子在出嫁时,原来服侍的仆人也要随嫁,更有一家子随小姐出嫁作"陪房"的。旧时女子在出嫁之后回娘家的机会很少,让原来的仆人随小姐出嫁,图的是使唤起来得心应手,同时,这些娘家团队的成员也是小姐的心腹。

凤姐精明强干,能在她身边混得如鱼得水的人,也都非等闲之辈。凤姐一共带来四个陪嫁丫头,死的死,嫁的嫁,唯有聪慧又忠诚的平儿被凤姐所容,还成了她的得力助手。帮凤姐放高利贷的来旺夫妇是她的陪房,能将这样私密的事情交给他们,足见凤姐对他们的信任。可以说,凤姐能够游刃有余地管理着荣国府,这些"活的嫁妆"功不可没。

王家给凤姐的嫁妆让她在贾府挣得了面子,凤姐也能稳稳地坐在荣国府大管家的座位上,掐着指头算算操办贾府小姐们的婚事需要多少钱,只是不知道凤姐在算这笔账的时候,是否想过将来为自己的女儿巧姐预备嫁妆?等可怜的巧姐流落到刘姥姥家,待嫁板儿的时候,贾府又有谁还能为她准备嫁妆?

最好的嫁妆

在许多父母看来,女儿再娇贵,一旦嫁人,就成了别人家的媳妇,许多事情都是未知数。为了让女儿能在婆家抬得起头来,大多数父母都会竭尽全力地为女儿准备嫁妆。似乎多备一份嫁妆，女儿的生活就会多一份保障，每一件精挑细选的嫁妆都寄托着父母对女儿的深情。当然，如果遇到贪财的另类父母就得另当别论了。

二姑娘迎春是贾赦的女儿，后来贾赦做主把她嫁给了孙绍祖。众所周知，贾赦贪财，邢夫人悭吝，他们能给迎春多少陪嫁真是难以揣测。

一天，归宁的迎春向王夫人哭诉：

（孙绍祖）"一味好色，好赌，酗酒，家中所有的媳妇丫头将及淫遍。略劝过两三次，便骂我是'醋汁子老婆拧出来的'。又说老爷曾收着他五千银子，不该使了他的。如今他来要了两三次不得，他便指着我的脸说道：'你别和我充夫人娘子！你老子使了我五千银子，把你准折卖给我的。好不好，打一顿撵到下房里睡去。当日有你爷爷在时，希图上我们的富贵，赶着相与的。论理我和你父亲是一辈，如今强压着我的头，卖了一辈，又不该作了这门亲，倒没的叫人看着赶势利似的。'"

我们从迎春的哭诉中发现了问题：孙绍祖一直对贾赦用过他五千两银子的事情耿耿于怀。如果迎春的嫁妆也如王家女儿一样丰厚，远超那五千两银子，贾府也依然保持如日中天的态势，能够做她强大的后盾，孙绍祖还会如此猖狂吗？还真说不准，人力、物力、财力皆丰厚的凤姐也有被色鬼丈夫追杀，满院子乱窜的时候，何况懦弱的迎春？再丰厚的嫁妆也难保女儿的幸福，因为，幸福和物质有关，也无关。

岁月流转，为女儿准备嫁妆依然是父母在女儿婚前的重要任务，而且，随着时代的发展，嫁妆的内容也越来越丰富了，房子、车子、票子不一而足。

其实，父母在竭尽全力为女儿准备最好的物质条件时，也要注重其精神方面的充盈。开阔其眼界，增长其见识，增强其阅世悦人能力，使其独立、智慧，拥有面对一地鸡毛的生活也能云淡风轻地扎出漂亮鸡毛掸子的能力，这才是一个女孩儿最好的嫁妆。不过，这种嫁妆要像女儿红[1]一样经过漫长的酝酿。

正房太太的烦恼

中国古代是实行宗法制的男权社会，夫为妻纲，封建礼教要求妻子对丈夫要恭敬顺从。在旧时的婚房内往往悬挂着这样的匾额，上边朱底金字写着"则百斯男"。"则"，法则。"百"，所有。"斯男"这个男人，意思是一切规定都是为了这个男人，也就意味着为人媳妇不仅要对公婆敬若神明，还要对丈夫唯命是从。

清朝的统治阶层也非常注重妇道，早在清人入关之前，努尔哈赤就曾训诫女儿们："毋陵侮其夫、恣意骄纵，违者罪之。"（《郎潜纪闻》）金枝玉叶尚且要讲究妇道，何况其他官宦人家的女子？

---

[1] 女儿红是著名的绍兴酒。当地人家生了女儿，就会酿酒数坛，埋于地下，待女儿长大出嫁之时将酒取出开封招待亲朋，由此得名女儿红。

《红楼梦》中的贾府是封建官宦家庭的缩影,府里那些正牌夫人凤冠霞帔,前呼后拥,有享不尽的荣华富贵。总之,外人为她们计算的幸福指数非常高,殊不知,在富贵繁华的背后,她们也有难言的心事,"欲戴王冠,必承其重",痛苦也是豪门的福利之一。

醋瓮的诞生

在《红楼梦》中,有个女人集美貌、富贵、才能于一身。

她不仅模样极标致,而且口才绝佳,十个会说话的男人也说不过她。不管多么棘手的场面,大到秦可卿的丧典,小到宝、黛之间的矛盾,只要她出手都能轻松化解。她风趣诙谐,总能用那信手拈来的笑话,哄得贾母笑逐颜开。

这个女人就是王熙凤。她来自富贵、显赫的金陵王家。嫁入贾府,凤姐更是如鱼得水。凤姐的丈夫是贾赦之子贾琏,她的姑母王夫人是贾政的正房太太,精明强干的她又深得贾母的信任,过门不久,凤姐就成了荣国府实际的大管家。

新婚燕尔,凤姐颇得丈夫宠爱,"贾琏戏熙凤"就是他们曾经浓情蜜意的见证,但封建大家庭中的男子都不会只有一个老婆,而且男人大多喜新厌旧。在贾府,连一把胡子的贾赦都左拥右抱,更别说那些年轻的公子少爷了。作者偏偏让争强好胜的凤姐遭遇好色纵欲的贾琏,这本身就预示着闹剧的开场。

按照贾府的规矩,"凡爷们大了,未娶亲之先都先放两个人伏侍的"。所以,在与凤姐成婚之前,贾琏也有两个侍妾。凤姐来了没半年，都给打发了。贾琏即便对哪个丫头多看一眼，凤姐也能当着他的面把她打成烂羊头。

在贾府这样的人家，贾琏这位"爷"跟前连个小老婆都没有，夫人的名声可就不妙了。既然必须有小老婆，还不如把自己信任的平儿给丈夫，既满足贾琏吃着碗里看着锅里的心，也显得自己贤良。不过，凤姐的醋缸醋瓮淹死过多少人，平儿清楚得很，为了不重蹈覆辙，她基本上成了贾琏屋里的摆设。

所谓"贤妻"

在封建家庭中，丈夫要寻欢纳妾，妻子是不能阻止的。如果妻子阻止的话就被认为是"妒"，而男子在七种情况下可以休妻，称为"七出[①]"，"妒"便是"七出"之一。所以，当时的女性对于丈夫纳妾一事，心中纵有万般醋意也只能选择隐忍。基于此，清朝有些游子还会以纳妾为由向家中要钱。有个广东人要去河间，手中没钱，就写信给家中，说自己要纳妾，让妻子寄钱来。其妻的回信颇有意思："当年曾赋'白头吟'，此去何妨别梦寻。郎欲藏娇侬敢妒，只愁筑屋少黄金。"妻子的诗是醋意满满，但钱还是要给的，因为妒忌的罪名实在担当不起。

为了名声，"贤德"的妻子会亲自为丈夫操办，主动把小妾领进门来。《红楼梦》中的邢夫人，知道丈夫贾赦想纳贾母的丫鬟鸳鸯为妾，

[①] 不顺父母、无子、淫、妒、有恶疾、口多言、窃盗。

立刻亲自出马去说媒,这哪里像夫妻,妥妥的铁杆兄弟。最后连贾母都看不下去了,把她数落一顿:

"我听见你替你老爷说媒来了。你倒也三从四德,只是这贤慧也太过了!你们如今也是孙子儿子满眼了,你还怕他,劝两句都使不得,还由着你老爷性子闹。"

邢夫人也属无奈。她这么做,一是为了表现自己的"不妒"之德,二是怯于贾赦的淫威。她这样家道中落的妻子,只有讨得丈夫的欢心,才能在夫家站稳脚跟。可惜愚钝的她只知道一味顺从丈夫却忽略了婆婆的意愿。试想,如果贾赦想要的不是鸳鸯而是别的丫头,说不定邢夫人真会被评为"贤惠"的楷模呢。

在《红楼梦》诞生的时代,平民家庭或许可以一夫一妻厮守终生。而女子但凡嫁给有一定身份地位的男子,便要面临与别的女人分宠或争宠的问题。男权社会对女子的要求是做贤妻,但爱情的排他性,却是出自本能的。

贾雨村的小妾娇杏生了儿子仅半年,他的正妻就"染疾下世"了,这中间有没有什么联系呢?贾珍在娶尤氏之前,也是有妻子的。看着书中描写的贾珍的浪荡行为,似乎还能听到那位染病而死的正妻的幽幽叹息。不知有多少女人会在"妒"与"不妒"的折磨中,伤了心,又伤了身。

男权社会中的婚姻保卫战

刘姥姥曾见过未出阁时的王夫人,着实响快,会待人。在贾府出场的王夫人却是整天吃斋念佛,不大说话,和木头似的。响快人怎么变成了木头人?

表面上看,王夫人和丈夫贾政相敬如宾,可她又为什么留下"平生最恨妖冶之人"的病根呢?对小妾赵姨娘,王夫人有着难言的嫉妒和怨恨,但是,丈夫的感受、身为正妻的声誉,她都要顾及,多年的隐忍岁月已将她原来的风采磨砺殆尽。

凤姐才不会像这些正房太太一样隐忍,她不择手段地控制丈夫,利用平儿拴住风流成性的贾琏只是第一步。

第四十四回,凤姐过生日,贾琏把鲍二媳妇叫到家中鬼混,凤姐亲耳听到鲍二媳妇诅咒她早死,盼着平儿扶正的话,近乎抓狂的凤姐上去撕打鲍二媳妇。贾琏丑事败露,不仅毫无愧意,反而义愤填膺倚酒三分醉,追杀凤姐。凤姐一路狂奔,跑到贾母那里告状。

此时戏已散出,凤姐跑到贾母跟前,爬在贾母怀里,只说:"老祖宗救我!琏二爷要杀我呢!"贾母、邢夫人、王夫人等忙问怎么了。凤姐儿哭道:"我才家去换衣裳,不防琏二爷在家和人说话,我只当是有客来了,唬得我不敢进去。在窗户外头听了一听,原来是和鲍二家的媳妇商议,说我利害,要拿毒药给我吃了治死我,把平儿扶了正。我原气了,又不敢和他吵,原打了平儿两下,问他为什么要害我。他臊了,就要杀我。"

红楼梦中事

凤姐只说，琏二爷要杀她，不敢说出自己吃醋大闹的真相，看来，凤姐深知告知实情就是昭示自己的妒。对于凤姐的申诉，贾母又是怎样解决的呢？

贾母笑道："什么要紧的事！小孩子们年轻，馋嘴猫儿似的，那里保得住不这么着。从小儿世人都打这么过的。"

凤姐过生日，贾母亲自组织大家为她凑份子，这是无上的荣宠。但凤姐受了这样的委屈，原本希望贾母能为她撑腰，可贾母却是和稀泥了事，这个最得宠的孙媳妇在一日之内遭遇了冰火两重天。

清代有个民间故事：一个穷家樵女嫁到了一个富户。丈夫经常在外鬼混，不久就纳了一个娼妓为妾。女子向公婆哭诉，公婆却对她说："汝小家女，眼孔浅耳。而夫大家子，东眠西宿，自是常事，岂如田舍儿止一妇哉！"① 可见，那个年代的道德标准对于男人的寻欢猎艳是无限宽容的。

谁又能理解凤姐的悲哀？她是荣国府高高在上的大管家，却遇到了这样的丈夫，还哭诉无门。更过分的是，在贾敬的丧期，贾琏竟偷娶了尤二姐。

如此种种，让我们得出了启示：在男权社会里，再厉害的女人依然逃脱不了封建夫权的压迫。对于贾琏，凤姐是无计可施，她只有与女人相争。

---

① 出自清代的《右台仙馆笔记》卷四。

不孝有三，无后为大，古代婚姻的目的是"上事宗庙，下继后世"。据记载，清代纪晓岚见自己的孙子结婚一年多了，孙媳还没有怀孕，急不过，把孙媳叫来，命人打了十鞭子。凤姐虽有一女，却始终没有生下儿子。像贾府这样的富贵人家，嫡子是母亲正房地位的保证。贾琏这么风流好色，万一谁为他生下儿子，凤姐肯定会在与那些女人的战争中败下阵来，为此，她不择手段也要打败对手。

见凤姐亲自接尤二姐进府，妥善安顿，合家之人，都暗暗纳罕，不知道她为何这样贤惠起来了。尤二姐心思简单，她认为只要自己以礼相待，凤姐也不敢怎么样。她一头栽进了凤姐设好的陷阱里。

最后，流产后万念俱灰的尤二姐吞金而亡。尤二姐死后，贾琏搂尸大哭不止，且说出了"终久对出来，我替你报仇"的话。自此，凤姐失去了丈夫的爱和信任。尤二姐的死因如果追查起来，凤姐早晚会被清算的。

凤姐的结局

凤姐的判词是这样的：

凡鸟偏从末世来，都知爱慕此生才。一从二令三人木，哭向金陵事更哀。

"凡鸟偏从末世来，都知爱慕此生才"，凤姐是脂粉堆里的英雄，在治家、处事的才能上，贾府那些束带顶冠的男子都不及她。

"一从二令三人木",一般对这句话的理解是贾琏对凤姐态度的三个阶段的变化。由言听计从到逐渐冷落,再到一纸休书将凤姐休弃。凤姐入府之后,处处压人一头,所以凤姐没有想到贾琏会有行使夫权的一天。那时,谁又能来救她呢?

姑母王夫人早已在担忧,如果凤姐再这么妒下去,终有一天自己也救不了她。而到那时,贾母已死,凤姐失去了最大的靠山。凤姐毕竟是荣国府大房的儿媳妇,她最终要面对的是丈夫贾琏、婆婆邢夫人。

凤姐在当家期间,对待下人太严苛,得罪了不少人,借用电影《芳华》中的一句台词:"一旦发现英雄也会落井,投石的人格外勇敢,人群会格外拥挤。"在凤姐落难之际,势必会墙倒众人推。

走投无路的凤姐寻求金陵娘家的救助,结果却是"哭向金陵事更哀"。或是凤姐在求助的时候遭到了拒绝,或是此时的金陵王家遇到了更大的祸事,贾王史薛四大家族是本着一荣俱荣的初衷联姻的,自然也难逃一损俱损的宿命。覆巢之下,安有完卵?当金陵王家自身都难保时,又怎会管一个弃妇?

都说凤姐是机关算尽太聪明,反误了卿卿性命,其实,这是她自己的悲剧,更是那个时代的悲剧。

千百年来,生活在男权世界的中国女性的人生轨迹都是一样的,按照门当户对的原则嫁人婚配,生儿育女,不管丈夫如何卑劣,妻子能做的只有服从。在《红楼梦》中,作者偏偏让这个不把男人放在眼里的凤姐为捍卫婚姻大胆一搏,这也体现了作者对女性命运空前的关注与思考。

可是,男权世界是一张网,再强大的凤姐也不过是在网中挣扎的一只虫,如何拼得过一个世界?

■ 妾的"晋升"之路

妾,最早为女奴。甲骨文中的妾,是双手交叉于前,屈膝跪地的女子。《辞海》对妾的解释是:一为女奴隶;二为旧社会中的小妻;侧室;偏房。现代人俗称为"小老婆"。

中国古代的一夫一妻多妾制度由来已久,成年男子只许拥有一个正式的妻子,但可以有多个妾。而且,自古以来,纳妾就不是富人的专利。《孟子》中齐国有个人很穷,每天都要出去吃坟地的祭品,但他也有一妻一妾。

清朝仍通行纳妾。高官富户妻妾成群的现象极为普遍。

一代大儒纪晓岚有一位夫人、六房小妾,和珅则姬妾无数[1]。另据记载,杭人胡某因为妻妾众多,选谁侍寝都成了问题,他竟然效仿皇帝翻起了牌子[2]。在《儒林外史》中,宋为富也曾亲口说,他们盐商人家,一年至少也要娶七八个妾。

除此以外,关于清代穷人纳妾的记载也有很多。

据《清稗类钞》记载,广东人好蓄妾,仅免于饥寒者就置一姬,

---

[1] 出自清代陈悼的《归云室见闻杂记》。
[2] 据《清代之竹头木屑》记载:杭人胡某姬妾极多,于所居之室,作数长弄,诸妾以次处其中,各占一室,如永巷然。胡不甚省其名,每夕由侍婢以银盘进,盘储牙牌无数,胡随手拈得一牌,婢即按牌后所镌之姓名,呼入侍寝,每夕率以为常。

以备驱使。另外还提到了一个"糟糠之妾"的笑话：

> 计甫草故贫士，尝置一妾，晨夕设食，惟粗粝而已。其夫人张氏戏谑他说："古闻糟糠之妻，不闻糟糠之妾，如何？"

看来，在清代，纳妾并不是遥不可及的愿望，难怪当时贫寒的读书人都将"娶上一房妾"作为四大夙愿①之一。

在《红楼梦》里，贾府的妾的队伍，虽然称不上浩浩荡荡，但也为数不少，这些特殊身份女子的命运尤为引人关注。

贾府中的老爷、少爷都是妻妾成群。在贾母那一辈，宝玉的爷爷有六位姨娘。周姨娘、赵姨娘是贾政的妾，一把胡子的贾赦还买了嫣红做妾，偕鸾、佩凤是贾珍的妾，香菱是薛蟠的妾，平儿、秋桐是贾琏"屋里的"。守寡的李纨也曾对平儿说："想当初你珠大爷在日，何曾也没两个人。"可见，李纨的丈夫贾珠活着的时候也有妾。那么，这些做妾的女子在贾府生活得怎么样呢？

苦瓠子

第四十三回，贾母组织大家凑份子给凤姐过生日，凤姐提醒贾母别忘了两位姨奶奶。

---

① 引自王彦章的《世说清语》，其余的夙愿为戴上一顶帽，坐上一座轿，刻上一部稿。

凤姐又笑道："上下都全了。还有二位姨奶奶，他出不出，也问一声儿。尽到他们是理，不然，他们只当小看了他们了。"贾母听了，忙说："可是呢，怎么倒忘了他们！只怕他们不得闲儿，叫一个丫头问问去。"说着，早有丫头去了，半日回来说道："每位也出二两。"贾母喜道："拿笔砚来算明，共计多少。"尤氏因悄骂凤姐道："我把你这没足厌的小蹄子！这么些婆婆婶子来凑银子给你过生日，你还不足，又拉上两个苦瓠子作什么？"

"姨奶奶"是旧时辈分低的人对于高辈分的妾的称呼。苦瓠子[①]外表光鲜，却是一肚子的苦水。作者将妾与苦瓠子联系在一起，揭示了她们无限悲苦的命运。在贾府，这些苦命女子的来源复杂多样。

身价几何

中国古代，许多大户人家的妾都是买来的。

在清朝，买卖人口是一种非常常见的社会现象。清人入主中原之后，土地、财富日益集中到少数官僚、贵族、地主、富商手中，天灾人祸、苛捐杂税加上高利贷盘剥等诸多因素导致众多的农民、小市民、手工业者破产，他们被迫卖儿卖女。每遇大灾荒，更是各地都有插草

---

① 瓠子的外形酷似葫芦，比葫芦长，嫩时可食用，《本草纲目》记载："瓠有甜有苦二种，苦瓠气味苦、寒，有毒。"苦瓠子含有有毒物质，食用之后会中毒。

标卖妻女[1]的惨象。清初有专门贩卖人口的人伢子,也有专门的人伢子市场,还有人利用灾荒廉价收买幼女,或者拐骗幼女,对她们进行烹饪、刺绣、识字等技能的培训,待养大成人后,或卖为人妾,或卖为奴婢,也有的被卖入妓院、戏班,在扬州地区,这种现象被称为"养瘦马"[2]。在《红楼梦》中,香菱的经历就与"扬州瘦马"类似。

香菱本来是甄士隐的女儿,元宵节出来看灯的时候遭人拐卖。拐子将她养了几年后一主两卖,分别卖给了冯渊和薛蟠。薛、冯两家争买香菱,冯渊被薛蟠打死。贾雨村胡乱判案。最终,香菱成了薛蟠的小妾。后来,薛蟠听信夏金桂的挑唆,毒打香菱,薛姨妈不堪纷扰,要把香菱卖掉,幸亏被宝钗劝下了,否则香菱又会再次被卖。

从丫鬟中提拔

在封建社会,主人还会从婢女中挑选容貌出众者为妾。

贾政曾表示自己看中了两个丫鬟,要分别给宝玉和贾环为妾。贾赦更是看中了贾母的大丫鬟鸳鸯,邢夫人亲自去做鸳鸯的思想工作。

邢夫人道:"你知道你老爷跟前竟没有个可靠的人,心里再要

---

[1] 清康熙年间,黄河十年九灾,百姓流离失所,衣食无着。有人写了一首《流民叹》,描述百姓被迫卖儿卖女的场景:"卖儿博一饱,欲食那得食?最苦是生离,死别亦顷刻。"

[2] 清代扬州的一种社会风俗,指有人专门收买年龄小的女孩子,教授各种技艺长大后卖给富人家做妾做婢。明清之际,张岱在《陶庵梦忆》中记载:"扬州人日饮食于瘦马之身者数十百人。"从中足以看出当时社会买卖人口是常事。

买一个,又怕那些人牙子家出来的不干不净,也不知道毛病儿,买了来家,三日两日,又要夯鬼吊猴的。因满府里要挑一个家生女儿收了,又没个好的:不是模样儿不好,就是性子不好,有了这个好处,没了那个好处。"

邢夫人先是道出了买妾的弊端,随后提出要挑"家生女儿"收房。

贾府的婢女分为两类:"外头的"和"家生的"。袭人是因家境贫寒,被家人卖入贾府为奴,属于"外头的",这类外来的婢女如果签的不是死契,可以被赎出。

鸳鸯的全家都是贾府的世代奴仆,她属于典型的家生女儿。

同样是婢女,显然男主人对于家生的婢女更有处置权,可邢夫人没想到给老爷做妾这么"体面和尊贵"的事情竟然被鸳鸯拒绝了,最后,贾赦还是派人花了八百两银子买了妾。

在封建社会,有的主人也会将婢女赠人为妾。在《红楼梦》中,贾雨村看上了甄家的丫鬟娇杏,转托封肃向女儿甄家娘子要娇杏做二房。封肃见钱眼开,一力撺掇,当夜用一乘小轿把娇杏送到了贾雨村府里。

相较之下,清朝才子袁枚则对婢女的意愿予以尊重。袁枚见好友陶镛因为小妾被夫人赶走,闷闷不乐,就问自己的婢女招儿是否愿意嫁给陶镛,招儿笑着答应了。多年以后再见时,招儿已经有好几个儿女了,也算是成就了一段佳话。

陪嫁丫头收房

在古代,大户人家的小姐在出嫁时,要带着贴身奴婢一起到夫家,所以陪嫁的年轻婢女被男主人收房也是一种常见的现象。《金瓶梅》中的孙雪娥,原来就是西门庆的原配夫人陈氏的陪嫁丫头,后来成了妾。在《红楼梦》里,凤姐的陪嫁丫头平儿也被贾琏收房。

宝玉和宝钗的丫环莺儿曾有过这样一段对话。

宝玉道:"宝姐姐也算疼你了,明儿宝姐姐出阁,少不得是你跟去了。"莺儿抿嘴一笑。宝玉笑道:"我常常和袭人说,明儿不知那一个有福的消受你们主子奴才两个呢。"

无论是宝玉,还是莺儿自己,都认为莺儿会随宝钗出嫁、被收房。当然,陪嫁丫头能不能被男主人收房,也要看具体的情况。凤姐的四个陪嫁丫头,只有平儿被容下了。

交换与赏赐的妾

对于好色公子贾琏来说,一个平儿怎能拴住他的心呢?贾琏不但经常出去鬼混,而且在见了香菱后,老毛病又犯了。凤姐当即表示,用平儿换香菱。难道妾可以随意交换?实际上,在古代,不仅可以以妾换妾,还可用他物来换妾。据传,宋代大学士苏东坡就曾答应朋友用良驹来换自己的美妾春娘,春娘羞愤至极,自杀身亡。

且不论此事真伪，由此可以看出，在古代，妾是可以被随意赏赐或交换的。

贾琏为父亲贾赦办事得力，贾赦把丫鬟秋桐赏他为妾。在清朝，还有皇帝钦赐小妾给大臣的例子。纪晓岚就曾得到过乾隆帝赏赐的宫女，这位大学士自称是"奉旨纳妾"。

同是"奉旨纳妾"，纪晓岚是欣欣然，醇亲王则是不得不纳。慈禧太后的亲妹妹是醇亲王的福晋，夫妻二人感情非常好。但慈禧为了拉拢醇亲王，将秀女颜扎氏赐给他为妾。对于颜扎氏，醇亲王得时刻"敬"着，因为不知道有多少双眼睛在盯着自己，稍有不妥，就可能成为政敌攻击自己的把柄，而对于醇亲王的福晋来说，慈禧太后这么做，明摆着是往自己的嘴里塞辣椒，但她却是敢怒不敢言。

由此联想到了张艺谋的电影《大红灯笼高高挂》，这部电影将一夫一妻多妾制生活中的罪恶展现得淋漓尽致。在漫长的封建社会，不知有多少女子曾在那无力摆脱而又令人窒息的氛围中度过了一生。

妾并不是如今人们认为的介入他人婚姻的"小三儿"。妾是中国古代社会、大众乃至正妻都认同的社会存在，是一个拥有合法身份的特殊群体。她们中的绝大多数人，是因为无力主宰自己的命运而不得不成为妾，而且一旦成了妾，自己的命运又完全由主人家掌控。细思量，也是一群可怜人罢了。

■ 妾与夫人的差异

在古代，妾被称作如夫人。"如"是像、相似的意思。在实际生活中，妾与夫人的待遇却有着天悬地隔般的差异。

妻妾的不同待遇从进门那一刻就开始了。

传统婚姻讲究门当户对，男子在娶妻的时候会考虑两家的社会地位、财力是否相当。所以，在大户人家，正妻的家庭出身都比较高，娶妻也是一件非常重要的事情，既要遵从父母之命、媒妁之言，也要经过正式且烦琐的聘娶程序，称为明媒正娶。

妾的来源比较复杂。总体上看，她们往往来自地位低下的家庭。与娶妻时的张灯结彩、十里红妆的热闹场面相比，纳妾的程序非常简单，无须准备聘礼，也不需要举行什么仪式，只要说好给小妾的娘家多少钱，定好日子，一顶小轿就可以抬进门，还不能从正门进，只能走偏门。

宝玉曾向与自己有肌肤之亲的袭人许诺，以后会有八人轿坐，袭人却说没有那个道理。可见袭人很有自知之明。因为袭人是丫鬟，最好的归宿也就是成为宝玉的小妾，而坐八人轿是正妻才能享用的婚嫁礼仪，堂堂贾府是不可能以娶妻的规制来纳妾的。

此外，在《儒林外史》中，有一段沈琼枝出嫁的描写。

（沈琼枝）说道："请你家老爷出来！我常州姓沈的，不是甚么低三下四的人家！他既要娶我，怎的不张灯结彩，择吉过门？把我悄悄地抬了来，当作娶妾的一般光景。"

看来，悄悄地、不张灯结彩是当时社会认可的纳妾场景。

奶奶、太太别乱叫

妻、妾进了门，首先涉及的就是称呼问题。

清代社会一般称妻为奶奶、太太，称妾为"姨娘""新娘"。这不是简单的称谓问题，而是关系到身份地位的原则性问题。

《儒林外史》中，有这样一段情节：胡偏头的女儿在被卖到来家做妾时不守本分，人们叫她"新娘"，她就骂，要人们称她为"太太"。结果她被正妻打了一顿嘴巴子，赶了出来。

在《红楼梦》中，贾琏在外面偷娶了尤二姐，十分宠爱，命令下人们管尤二姐叫"奶奶"。可就是下人们传来传去的"新奶奶""旧奶奶"之说，才让凤姐发现了这个秘密，为尤二姐招来了杀身之祸。

服饰有讲究

妻、妾在服饰穿戴上也有很大的差别。

据记载，正妻的服饰可以用正色[1]，妾则穿间色[2]。例如，如果丈夫健在，正妻可以穿大红色，妾则不可以。平时，妾及丫头们即便穿红也是水红、银红、海棠红等。正妻的服装可选择牡丹、团寿（字）等大方华贵的图案，妾的衣裳只能选择碎小密集的图案。

---

[1] 正色指的是青、红、黄、白、黑五种纯正的颜色。
[2] 间色指的是用几种正色调和而得到的颜色。

红楼梦中事

另，从发饰上看，正妻多在头顶或脑后盘髻，左右或上下双插钗簪。妾则多梳偏髻，且要偏插相对较小的钗簪。清代，各王府里娶的正妻，在新婚的一个月内，要在旗头的两侧，各系上一绺红线穗子，而小妾则只能在旗头一侧系一绺红线穗子。

吃饭有规矩

传统妻妾关系可以用妻尊妾卑来概括，从某种意义上说，妻、妾也是主仆的关系。

除非特许，妾是不能与正妻同桌吃饭的。《红楼梦》第五十五回，凤姐主动让平儿和自己一起吃饭，但平儿仅"屈一膝于炕沿之上"陪着凤姐把饭吃完。平儿谨守本分，就算凤姐让她同桌吃饭，也不敢平起平坐。

第三十八回，大观园里大摆螃蟹宴：

> 上面一桌，贾母、薛姨妈、宝钗、黛玉、宝玉；东边一桌，史湘云、王夫人、迎、探、惜；西边靠门一小桌，李纨和凤姐的，虚设坐位，二人皆不敢坐，只在贾母王夫人两桌上伺候。……史湘云陪着吃了一个，就下座来让人，又出至外头，令人盛两盘子与赵姨娘周姨娘送去。又见凤姐走来道："你不惯张罗，你吃你的去。我先替你张罗，等散了我再吃。"湘云不肯，又令人在那边廊上摆了两桌，让鸳鸯、琥珀、彩霞、彩云，平儿去坐。

如此热闹的宴席上，没有赵姨娘、周姨娘的身影，虽然湘云让人给她们送了两盘子螃蟹，但由此也可以看出她们在贾府的地位。

可能有人质疑，平儿为何能在这螃蟹宴上桌？

平儿并没有和凤姐坐在一桌，而是和鸳鸯、琥珀等大丫头在一起。平儿是具有双重身份的，她是贾琏的房中人，更是凤姐的陪嫁丫头。所以，这样的桌次安排是符合尊卑有序的规则的。试想，若赵、周两位姨娘出场，既不能和主子们一桌，也不能和丫头们一桌，更为尴尬。

主仆之别

平日里，妾不仅要侍奉正妻，还要为正妻所生的子女服务。一天，宝玉去见贾政：

> 赵姨娘打起帘子，宝玉躬身进去，只见贾政和王夫人对面坐在炕上说话。地下一溜椅子，迎春、探春、惜春、贾环四人都坐在那里。

赵姨娘的亲生儿女探春、贾环都在屋里坐着，赵姨娘却和丫头们站在门外，还要主动为宝玉打帘子。说到底，在主子面前，妾是奴才，赵姨娘在这里行的是主、奴的尊卑之礼。

第二十回，贾环和莺儿吵架，被宝玉说了几句后回到了家，赵姨娘数落贾环下流没脸，"上高台盘"，谁知被凤姐听到了。

正说着，可巧凤姐在窗外过。都听在耳内。便隔窗说道："大正月又怎么了？环兄弟小孩子家，一半点儿错了，你只教导他，说这些淡话作什么！凭他怎么去，还有太太老爷管他呢，就大口啐他！他现是主子，不好了，横竖有教导他的人，与你什么相干！环兄弟，出来，跟我顽去。"

凤姐之所以奚落赵姨娘，是因为贾环虽属庶出，却是主子，而妾是奴才，自然无权教导主子。

在封建家庭中，妾与夫是一种有夫妻之实而无夫妻之名的两性关系。正妻的地位是不可撼动的，妾不过是承担着侍寝任务而已，所以，妾被戏称为"安眠药"。

在《红楼梦》里，贾政的正妻王夫人执掌着家务大权，与丈夫一同出场的镜头，都是正襟危坐，谈论家事。与年近五旬的王夫人相比，显然是那位能打群架的赵姨娘更有精力服侍贾政。她也经常抓住机会，向贾政吹枕边风，贬贬宝玉，顺带为自己的儿子贾环谋些福利。

每月工资多少

据《清稗类钞》记载，有的人家的妾和婢女一样，负责烹调、浣洗、缝纫等事，有的还要干清洁厕所这样的粗活儿。特别是纳妾多的小康人家，把一切活计都分配给她们干，这样，纳了妾还省了雇婢女的开支。那么，贾府的妾又过得怎样呢？

贾府的妾不仅有工资可拿，还有丫头伺候，只不过待遇不能和夫人比。身为正室的王夫人的月钱是二十两银子,赵姨娘却只有二两。凤姐过生日,尤氏在各房凑齐了份子钱后,把周、赵两位姨娘的钱悄悄地退还给她们,二人千恩万谢地收了。为了二两银子千恩万谢,可见两位姨娘的困窘。

第二十五回,马道婆来到赵姨娘的住处,赵姨娘正在粘鞋。赵姨娘抱怨,炕上堆着的零碎绸缎,没有一块是成样的,成样的东西,也到不了自己手里。赵姨娘的境遇不言而喻。

谁是舅舅

妻、妾娘家与夫家的关系也有很大的差异。

旧时的婚姻与权力和财富挂钩,大户人家的男子会按照门第观念娶妻,除了嫁妆丰厚的因素以外,还有人脉方面的考量。有权有势的姻亲们相互照应,那就是更大的社会资源。

但是,妾的母家和夫家没有"合两姓之好"的亲戚关系,妾的亲属也不能列入夫家的姻亲之内。在《红楼梦》中,探春最经典的"无情"之语便与此有关。

当赵姨娘指责探春不在丧葬费的问题上照顾舅舅赵国基时,探春反驳:"谁是我舅舅?我舅舅年下才升了九省检点,哪里又跑出一个舅舅来?"探春还反问赵姨娘:"环儿出去为什么赵国基又站起来,又跟他上学?为什么不拿出舅舅的款来?"

也就是说,赵姨娘的弟弟赵国基虽然在血缘上是探春、贾环的亲舅舅,但是作为妾的家人,他是没有资格和贾府的主子们论亲戚谈辈分的,所以赵国基只能以奴才的身份伺候贾环。而按照封建礼法,妾生的子女要归妻,尊正妻为"嫡母",所以,王夫人是探春的嫡母,王夫人的兄弟九省检点王子腾才是探春的舅舅。

探春的这些话都是当众说的,虽然听起来不近人情却符合当时的社会伦常。

其实,不仅仅是在《红楼梦》中,直至清末,末代皇帝溥仪的弟弟溥杰也曾经感慨地说了这样一番话:

"我的祖母固然是名副其实的亲祖母,但她的娘家人则是王府中的奴才,这就和过去我的伯父叔父也须向溥仪跪拜称臣一样,我们虽是我祖母的亲孙子,却是我祖母的娘家任何人的小主人,奴才是不配和'上边人'作平等来往的。"

这样看来,即使到了封建社会的末期,妾也依然是生活在封建家庭底层的人。

如果用一个词概括妾这个角色的话,那应该是"悲哀"吧。

■ 逆袭,只是个案

在《红楼梦》中,曹雪芹塑造了许多鲜活的人物形象,如宝玉、黛玉、凤姐、宝钗等,其实,除了这些中心人物以外,还有许多小人物对于情节的发展也起着重要的作用,正如海涅所说:"在一切大作家的作品里面根本无所谓配角，每一个人物在他自己的地位上都是主角。"

娇杏这个丫鬟引发了不少研究者的关注，而娇杏的命运一直与贾雨村密切相关。

多看了一眼

贾雨村原系湖州人氏，生于仕宦人家，但到他这一辈时，祖宗根基已尽，人口衰丧，只剩下他一个人。他想进京求取功名，无奈囊内空空，只得寄居在姑苏城的葫芦庙里，以卖文作字为生。甄士隐家住葫芦庙隔壁，娇杏是他家的丫鬟。

娇杏和贾雨村是这样见面的。

> 那甄家丫鬟撷了花，方欲走时，猛抬头见窗内有人，敝巾旧服，虽是贫窘，然生得腰圆背厚，面阔口方，更兼剑眉星眼，直鼻权腮。这丫鬟忙转身回避，心下乃想："这人生的这样雄壮，却又这样褴褛，想他定是我家主人常说的什么贾雨村了，每有意帮助周济，只是没甚机会。我家并无这样贫窘亲友，想定是此人无疑了。怪道又说他必非久困之人。"如此想来，不免又回头两次。雨村见他回了头，便自为这女子心中有意于他，便狂喜不尽，自为此女子必是个巨眼英雄，风尘中之知己也。

娇杏是个聪明的丫鬟，对主人甄士隐说过的话很是留心，所以当时她立刻想到,此人必定是贾雨村。又是主人曾说过他必非久困之人的话,让娇杏很好奇地"不免又回头两次"。贾雨村见娇杏回头,以为对他有意,心中狂喜。

这一回的回目是"贾雨村风尘怀闺秀",娇杏这个丫鬟生得仪容不俗,眉目清秀,对一个寄居僧房、温饱都难解决的落魄书生来说,美女眷顾这种事只能在梦中出现,平时收获的都是白眼,所以,贾雨村认定,眼前这位姑娘慧眼识英雄,他为遇到了"风尘中之知己"而欣喜不已。

人上人

后来,贾雨村得到甄士隐的资助,得以上路并考中进士、做了知府,而甄家不仅丢了女儿英莲(香菱),又因一场大火几乎家产丧尽,甄士隐只得到老丈人封肃家中讨生活,娇杏也跟随主人来到了封家。

贾雨村在上任的路上看到娇杏,以为甄家搬到了这里,派人传唤询问,得知甄家变故,一阵感伤叹息。当然,贾雨村最放不下的还是当年的那位"粉丝"。

> 却说娇杏这丫鬟,便是那年回顾雨村者。因偶然一顾,便弄出这段事来,亦是自己意料不到之奇缘。谁想他命运两济,不承望自到雨村身边,只一年便生了一子;又半载,雨村嫡妻忽染疾

下世，雨村便将他扶册作正室夫人了。正是：偶因一着错[1]，便为人上人。

娇杏先是做了贾雨村的二房，后又被扶正。只因在人群中多看了一眼，娇杏便华丽变身成了"人上人"。

相反，娇杏侍奉的甄家小姐香菱，却被人拐卖落入了薛家，成了薛蟠的小妾。她不知道自己家乡在哪里，更不知道父母是谁，她还在借月抒怀："博得嫦娥应借问，缘何不使永团圆？"造化弄人，昔日的小姐成了小妾，还要受悍妇夏金桂的欺凌。昔日的丫头却成了高贵的正室夫人。有人侥幸至极，有人不幸至极，命运的悬殊令人唏嘘感叹。

侥幸不侥幸

实际上，古代被扶正的小妾，很是少见。不仅在严格的宗法制度上，强调"毋以妾为妻"，许多朝代的律例还严禁小妾转正，如唐朝就明确规定，以妾及客女为妻"徒一年半[2]"。

虽说清代并不禁止将妾扶正，但除非夫人早亡，妾是永远没有机会被扶正的[3]，而且一般的官宦贵族家庭，就算正室夫人死了，妾也没什么盼头。因为男子会再娶，称为填房、续弦，仍旧要按照娶妻的礼

---

[1] 女子私顾他人，是封建礼法所不允许的，故云"一着错"。
[2] 出自《唐律疏议》，徒：徒刑。
[3] 在清代的《右台仙馆笔记》中，有这样的记载，律曰：妻在，以妾为妻，杖九十。若妻已不在，则律无明文，似所不禁。

红楼梦中事

仪来，而妾依旧是妾。在《红楼梦》中，贾赦、贾珍在妻子亡故之后都没有将小妾扶正，而是分别找了邢夫人、尤氏做填房。

那么，贾雨村是在什么样的情况下将娇杏扶正的呢？这要从贾雨村当上知府之后说起：

虽才干优长，未免有些贪酷之弊；且又恃才侮上，那些官员皆侧目而视。不上一年，便被上司寻了个空隙，作成一本，参他"生情狡猾，擅篡礼仪，且沽清正之名，而暗结虎狼之属，致使地方多事，民命不堪"等语。龙颜大怒，即批革职。该部文书一到，本府官员无不喜悦。那雨村心中虽十分惭恨，却面上全无一点怨色，仍是嘻笑自若；交代过公事，将历年做官积的些资本并家小人属送至原籍，安排妥协，却是自己担风袖月，游览天下胜迹。

贾雨村上任不到一年即被革职，丈夫丢了官，新进门的小妾又生了儿子，可以想见贾雨村嫡妻的心理阴影面积之大。半年时间，这位嫡妻就染疾下世了。

为官不成的贾雨村以何为生呢？他"担风袖月，游览天下胜迹"，说得潇洒，不过是个坐吃山空的无业游民。后来，他成了林黛玉的家塾先生。总之，贾雨村当时的身份是很低微的。

贾雨村经历了宦海浮沉，加上嫡妻亡故，正值人生低谷，眼前唯有娇杏与他惺惺相惜。此外，娇杏生了儿子也是加分项，古人极为看重子嗣，何况是人口衰丧，亟须开枝散叶延续家族血脉的贾雨村家？贾雨村与娇杏如"风尘中之知己"之感又再次浮起，娇杏就在这时被扶正了。

试想，如果贾雨村仕途畅达，就算嫡妻病故，他也未必会扶正娇杏。封建婚姻是非常讲究门第的，哪个飞黄腾达的朝廷大员愿意自己的正室夫人是小妾扶正的呢？

如此，与其说侥幸，倒不如说这正妻的位置与娇杏在天时地利人和的情况下相遇了。

由"不俗"所想到的

一直不明白曹雪芹设计娇杏这一人物的用意，难道只是为了说明这个女子"偶因一回顾，便为人上人"的命运特例？似乎作者在最初描绘娇杏这个丫鬟生得不俗的外貌的时候，就已经在暗示她不俗的命运了。

回看整部小说中的女子，除了娇杏，作者还在黛玉、英莲（香菱）、平儿三人身上，用了"不俗"二字，与她们相比，娇杏是个无足轻重的小人物。所以一直有种感觉，在娇杏这个女子身上应该发生一些不俗的事情。

后来，贾雨村在林如海、贾政的帮助之下重新做官，还经常出入贾府，成了贾政的座上宾。总有研究《红楼梦》的人为了强调娇杏、香菱命运的反差，追问当上贾雨村太太的娇杏是否会进贾府去拜会贾府的女眷。不妨假设真有这样的机会，娇杏遇到香菱的话，一定会认出那个眉心中有胭脂痣的姑娘。如果真是这样，娇杏也不枉为一部不俗的传奇。

许多人在品读《红楼梦》的时候，都会津津乐道于娇杏的"回眸"，人生长河中也的确会有因为一个节点的变化而引发连锁反应的时候。其实，与其翘首企盼命运多眷顾自己一些，倒不如在有限的时光里让自己变得更为优秀。至于结果，得之幸运，不得亦淡然，如此，安好。

■ 女怕嫁错郎

在《红楼梦》中，凤姐很忙，在荣国府内管事，防着丈夫找女人。贾琏也很忙，要处理府外事务，还得背着凤姐找女人。

黛玉的父亲林如海病重，贾琏护送黛玉回家。在此期间，秦可卿病逝，凤姐协理宁国府。雷厉风行的凤姐在空降宁国府之初就发表就职演说，整肃风气，协理宁国府也是战功赫赫，丈夫回来后，她自然想炫耀一下。

凤姐先说了管家的困难，自己笨拙胆小，在王夫人"强制任命"下才勉强上任，手下那些管事婆子是何等难缠，随后，她又说自己在贾珍的百般邀请之下去宁国府料理丧事，结果弄得人仰马翻。很明显全是反话，她在邀功，想得到丈夫的认可，自家老婆这么好，就不要去勾搭外人了。可惜，贾琏一直没有说话，倒是香菱引起了他的兴趣：

> 贾琏笑道："正是呢。我才见姨妈去，和一个年轻的小媳妇子刚走了个对脸儿，长得好齐整模样儿。……叫什么香菱的，竟给

薛大傻子作了屋里人。开了脸，越发出挑的标致了。那薛大傻子真玷辱了他！"

提到美女，贾琏一下子暴露了好色本性，凤姐刚才的苦心全白费了。

贾琏艳遇不断，凤姐也知道他是什么货色，但她除了言语上挖苦讽刺，嘱咐小厮们看着，让平儿检查丈夫的行李外似乎没有什么好办法，闹也白闹，没人给她撑腰，所以，凤姐与花心丈夫的斗争不是那么容易取胜的。

在贾琏的众多艳遇中，尤二姐事件最让凤姐震怒，也颇费谋略。

尤二姐是谁

尤二姐是宁国府贾珍之妻尤氏的妹妹，但她和尤氏没有血缘关系，她和尤三姐都是母亲尤老娘改嫁给尤氏的父亲后带过来的"拖油瓶"。

在作者成书的年代，寡妇改嫁是稀罕事，因为按当时主流社会的观念看，丈夫死后，女子应在夫家守节。由此可见尤老娘的名节观念淡薄，也可以看出尤氏父亲的家境不好，否则怎会接受一个带着两个女儿改嫁的寡妇。这样一个小户人家偏偏因为尤氏的关系和贾府有了瓜葛，而尤二姐、尤三姐就是因为经常和母亲到宁国府走亲戚，才结识了贾珍、贾蓉、贾琏之流，也改变了自己的命运。

红楼梦中事　221

接盘侠金屋藏娇

尤二姐与贾琏初次相见是在宁国府。时值贾敬暴亡,贾珍不在家,尤氏到铁槛寺料理丧事,尤老娘带两个女儿以娘家人的身份来帮着看家。

贾琏素日既闻尤氏姐妹之名,恨无缘得见,近因贾敬停灵在家,每日与二姐三姐相认已熟,不禁动了垂涎之意。……无人在跟前,贾琏不住的拿眼瞟看二姐儿。二姐儿低了头,只含笑不理。贾琏又不敢造次动手动脚,因见二姐手中拿着一条拴着荷包的绢子摆弄,便搭讪着往腰里摸了摸,说道:"槟榔荷包也忘记了带了来,妹妹有槟榔,赏我一口吃。"二姐道:"槟榔倒有,就只是我的槟榔从来不给人吃。"贾琏便笑着欲近身来拿。二姐怕人看见不雅,便连忙一笑,掷了过来。贾琏接在手里,都倒了出来,拣了半块吃剩下的掷在口里吃了,又将剩下的都揣了起来。刚要把荷包亲身送过去,只见两个丫鬟倒了茶来。贾琏一面接了茶吃茶,一面暗将自己带的一个汉玉九龙佩解了下来,拴在手绢上,趁丫鬟回头时,仍掷了过去。

贾琏拿眼瞟看二姐儿,尤二姐低头含笑回应,随后贾琏向她讨要槟榔,古有"采槟榔,送情郎"的习俗,贾琏用槟榔试探尤二姐的心意,又拿出了九龙佩相赠,二人心意自明。但与其说二人一见钟情,不如说是这句话说出了真相:

二姐儿又是水性人儿，在先已和姐夫不妥，又常怨恨当时错许张华，致使后来终身失所。今见贾琏有情，况是姐夫将他聘嫁，有何不肯？

尤二姐和张华订过婚，张华家原是皇粮庄头，后来家业败落。在尤老娘的影响下，尤二姐怨恨错许张华，这属于典型的嫌贫爱富，而且尤二姐竟然和姐夫贾珍"不妥"，也和外甥贾蓉不干净，全然不顾什么节操伦理。

可笑的是，贾蓉撺掇贾琏纳尤二姐为二房，就是为了趁他不在的时候去鬼混。可惜，贾琏被美色冲昏了头，完全忘了尤二姐的过往，甘心做起了接盘侠。

在贾珍、贾蓉父子操持下，贾琏与尤二姐的婚事很快就提到了议事日程。贾琏在小花枝巷买了新宅、置办家用、安排仆人，诸事准备妥当，尤二姐进门。

至次日五更天，一乘素轿，将二姐抬来。各色香烛纸马，并铺盖以及酒饭，早已备得十分妥当。一时，贾琏素服坐了小轿而来，拜过天地，焚了纸马。

因为贾敬过世不久，再加上朝中有一位老太妃薨逝，正是"国孝""家孝"期间，还要瞒着凤姐等人，所以婚礼显得比较冷清，但也是抬花轿、拜天地、烧纸马，各种程序折腾完了才入洞房。

新婚燕尔，贾琏对尤二姐十分宠爱，他把尤二姐和凤姐比较："人人都说我们那夜叉婆齐整，如今我看来，给你拾鞋也不要。"贾琏还把所有的私房钱都交给尤二姐保管，也让下人们叫她"奶奶"，大有执子之手与子偕老之态。

贾蓉在说亲的时候说得天花乱坠，贾琏如何好，凤姐有病，治不好了，暂且在外面住着，只等凤姐一死，就把尤二姐接进去做正室。

尤二姐本来就没什么见识，完全被贾琏的温柔和贾蓉画的大饼整晕了。不要忘了，凤姐来自金陵王家，四大家族间的联姻，都牵扯着错综复杂的权力关系。尤二姐出身低微，品行有亏，又是在国孝、家孝期间被贾琏金屋藏娇的，她怎能匹配贾琏正妻的位置？偏偏天真的尤二姐就信了，她沉醉在温柔乡里，殊不知一场灾难已经悄悄袭来。

活不过三集

小丫头们聊天，说"新二奶奶比咱们旧二奶奶还俊呢，脾气儿也好"，平儿一听，就知道此事非同小可，便告诉了凤姐。凤姐震怒。

这次不是拈花惹草，升级了。偷娶，这是对长期强势的凤姐的反击，而且尤二姐如果上位成功，依贾琏的品性很快会有若干个小妾进门。一旦开了纳妾的口子，不管哪个妾生下儿子，都会威胁到自己的正妻地位。凤姐心里充满了深深的危机感，她布下了一张周密的网。

凤姐派人收拾东厢房三间，依照自己正室的样子，装饰陈设，也给尤二姐配备了专门的丫鬟善姐，万事俱备，只待请君入瓮。随后，凤姐亲自去小花枝巷接尤二姐，下人们一听她来了，"顶梁骨走了真魂"，谁都知道凤姐治家有方，害人也有术。

可怜尤二姐在凤姐的出色表演之下，竟然相信了她，倾心吐胆，把凤姐当成知己。尤二姐认为只要自己以礼相待，凤姐也不敢怎样，真是大大低估了凤姐。

凤姐假扮贤良，不仅主动请尤二姐入府，还把她引荐给贾母等人，一时间长辈欣慰、众人称奇。

凤姐一方面派善姐"善待"尤二姐，一方面拿起了法律武器，让旺儿唆使尤二姐许嫁的张华去告贾琏，所控罪名就是"国孝家孝之中，背旨瞒亲……停妻再娶"，当然，怂恿成亲的贾蓉也被一起告了，在封建社会，这可是欺君大罪。

随后，凤姐跑去宁国府撒泼，贾珍一看大事不好，跑了，留下尤氏和贾蓉任凤姐唾骂。在宁国府讹诈了五百两银子后，凤姐再去"抚平"官司。

凤姐在明处做尽"贤良"事，在无人处却不时地捅捅尤二姐的痛处："妹妹的声名很不好听，连老太太、太太们都知道了，说妹妹在家做女孩儿就不干净，又和姐夫有些首尾。"

尤二姐依仗的这个男人——贾琏喜新厌旧的本性很快就暴露出来了，他在得到父亲赏赐的丫鬟秋桐后，对尤二姐渐渐淡了。凤姐又借刀杀人，指使秋桐折磨尤二姐。谁能经得起这样的折磨？孩子被庸医打下后，尤二姐万念俱灰，吞金而亡。

一样不一样

在小花枝巷，平儿初见尤二姐时，有这样一段描写：

平儿忙也上来要见礼。尤二姐见他打扮不凡,举止品貌不俗,料定是平儿,连忙亲身挽住,只叫:"妹子快休如此,你我是一样的人。"凤姐忙也起身笑说:"折死他了!妹妹只管受礼,他原是咱们的丫头。以后快别如此。"

　　尤二姐早就听说过平儿,知道平儿原是凤姐的陪嫁丫头,被贾琏收房。尤二姐认为她们俩都是贾琏"屋里的",应该是一样的人。实际上,二人的身份有区别。

　　尤二姐,平民出身,是贾琏偷娶的二房。平儿,通房丫头,这是一种非常尴尬的身份,可以侍寝,但平时还要像普通丫鬟一样服侍主人。从地位上来看,平儿低于尤二姐。而且,她这个通房丫头还是凭借独到的生存之术才在凤姐身边立足的。

　　对于通房丫头这个职务,平儿缺乏积极性,在她看来,让贾琏喜欢而酸到凤姐,实在是得不偿失。她一味忠心赤胆地服侍凤姐,做凤姐的助理,成了凤姐的一把"总钥匙",所以才被容下了。

　　在及时向凤姐汇报偷娶这件事上,平儿确实尽到了忠诚奴仆的职责,可是,见凤姐疯狂地迫害尤二姐,她又深感后悔。事已至此,平儿只好尽可能地帮助尤二姐。凤姐知道后,骂平儿:"人家养猫会拿耗子,我的猫倒咬鸡!"尤二姐死后,又是平儿偷出二百两银子给贾琏安葬尤二姐。真是难为了平儿,她一直在忠于凤姐与无愧良心之间寻找平衡点。

　　尤二姐死后,平儿大哭不止,有深深的自责,也有物伤其类的感伤,她想起了自己在"钥匙"之外的那个身份,也想起了尤二姐的那句话,"你我是一样的人"。

谁之过

其实，反观尤二姐的死，除却凤姐的因素外，尤老娘、贾珍父子、贾琏甚至尤二姐自己都有责任。如果尤老娘不贪图贾珍的接济，不放任自己的女儿被贾珍父子玩乐；如果贾珍父子不是丧尽天良之人；如果贾琏不喜新厌旧，不被凤姐的"贤良"迷惑；如果尤二姐不选择宁做富人妾，不做穷人妻的人生……

从尤二姐身上，我们看到的是这样一类人：她们家境贫寒又贪图富贵，她们把所有的希望都寄托在男人身上。殊不知，在豪门奢华生活的背后，有艰难、有险恶，也有刀光剑影，更不知有多少女子在那里需要拼尽全力才能活下去，穿上不合脚的水晶鞋踏入豪门，只会是鲜血淋漓。

■《红楼梦》里，有种叫"妒"的妇科病

说到嫉妒，本是人之常情，但古人似乎对妒妇更感兴趣。翻阅典籍，有关妒妇的记载比比皆是。

在封建男权社会，妻子对于丈夫三妻四妾、寻花问柳的行为不仅不能干涉，也不能怨恨，即便丈夫另结新欢，大多数女子的选择也是隐忍，只有少数女子会怨恨，与丈夫、情敌做斗争。于是后者就成了妒妇。

妒妇在古代被称为河东狮。佛家说狮子吼而百兽伏，本指佛祖在众生面前讲法无所畏惧，像狮子大吼一样。古人却以河东狮吼来比

喻妒妇的大吵大闹，足见其对妒妇的"重视"，更有人从"妒"字的结构分析，说看到这个字就会想到"一个手拿扫帚的女人想要自立门户"，这样的女子在封建社会自然会成为千夫所指的异类。

据《香祖笔记》记载，毗陵一士人偷偷纳了妾，安置在别处。士人妻得知后，亲自赶去抓捕。士人仓皇不知所措，便携妾渡江。士人妻追至江边，见天堑阻隔，自己不敢渡江，才回去了。一妻一妾，隔江而治，也成一时笑谈。

在《红楼梦》中，频频可见善妒女子的身影，而且她们所处妒的"境界"各不相同。

谁是情敌

在《红楼梦》中，提到善妒，人们往往首先想到黛玉。

黛玉才思敏捷、心地纯良，但她的小心眼儿却又常常伤人伤己。何况她暗恋的宝哥哥是大观园中的暖男，颇会怜香惜玉，所以，小说中有许多对黛玉拈酸吃醋的描写。

对于与宝玉有"金玉良缘"之说的宝钗，黛玉早就有些悒郁不愤之意，就连大大咧咧的湘云，她也时时处处防范。似乎所有对她与宝玉的爱情造成威胁的人，黛玉都要"妒"。

袭人是贾母派来服侍宝玉的大丫鬟，宝玉喜欢袭人柔媚娇俏，与袭人早就有了夫妻之实。那么黛玉对袭人是什么态度呢？

第三十一回，晴雯和袭人吵架，宝玉要撵走晴雯，恰巧黛玉进来：

袭人听了这话,又是恼,又是愧;待要说几句,又见宝玉已经气的黄了脸,少不得自己忍了性子道:"好妹妹,你出去逛逛儿,原是我们的不是。"晴雯听他说"我们"两字,自然是他和宝玉了,不觉又添了醋意,冷笑几声道:"我倒不知道,你们是谁?别叫我替你们害臊了!你们鬼鬼祟祟干的那些事,也瞒不过我去。——不是我说:正经明公正道的,连个姑娘还没挣上去呢,也不过和我似的,那里就称起'我们'来了!"……晴雯在旁哭着,方欲说话,只见黛玉进来,晴雯便出去了。林黛玉笑道:"大节下怎么好好的哭起来?难道是为争粽子吃争恼了不成?"宝玉和袭人嗤的一笑。黛玉道:"二哥哥不告诉我,我问你就知道了。"一面说,一面拍着袭人的肩,笑道:"好嫂子,你告诉我。必定是你两个拌了嘴了。告诉妹妹,替你们和劝和劝。"袭人推他道:"林姑娘你闹什么?我们一个丫头,姑娘只是混说。"黛玉笑道:"你说你是丫头,我只拿你当嫂子待。"

这段对话的信息量很大。晴雯听见处于妾身未分明状态的袭人竟与宝玉称"我们",醋意大发,讽刺袭人:"连个姑娘[①]还没挣上去呢"。但是,黛玉却主动叫袭人"好嫂子",还对袭人说"我只拿你当

---

① 晴雯口中的"姑娘"显然与日常称呼林姑娘、宝姑娘的意思不同,此处的"姑娘"指的是妾的一种身份。在贾府中,因为纳妾的形式不同,人们对妾有二房、姨娘、姨奶奶、通房丫头、姑娘等多种称呼。在《清稗类钞》中,记述妾的称呼时,也提到了这种"姑娘":富室贵家之妾称姨太太。粤人类多姬侍,辄称之以大姨太太、二姨太太,或仅一太字。其有为大妇所抑而不得此称,或年龄太稚者,均曰姨奶奶。下焉者,则但以本人之姓或名冠于姑娘二字之上,曰某姑娘。

嫂子待"。

后来,袭人被王夫人默许为宝玉未来的妾,黛玉还和湘云一起去向袭人道喜。黛玉为何对袭人如此大度,难道黛玉对她没有妒忌之心吗?

这与黛玉的生活环境有关。

首先,古代实行的是一夫一妻多妾制,大户人家的男子纳妾更是常见的现象。黛玉的父亲林如海与母亲贾敏举案齐眉,却也有几房姬妾。至于贾府,更不必说,在贾府生活多年的黛玉对此是司空见惯。

其次,旧式婚姻讲究门当户对,袭人只是个卑微的丫头,宝玉再喜欢袭人,也只能纳她为妾,而黛玉是林家的小姐,是有希望成为宝玉正妻的人。在当时的社会,妻、妾不属于同一阶层,妻是主子,妾是奴才,中间隔着不可逾越的鸿沟。

看来,黛玉非常清楚,像宝钗、湘云以及张道士提亲的小姐这些有可能成为宝玉正妻的人,才是潜在的竞争对手,才是值得她"妒"的人。不过,脂砚斋对黛玉的"妒"曾有这样的批注:"未形猜妒情犹浅,肯露娇嗔爱始真。"说白了,黛玉如果对那些"情敌"不表现出猜疑嫉妒的话,又怎能说明她对宝玉的感情很深呢?

至于袭人,她对黛玉不构成威胁,所以黛玉并不嫉妒她,但是,袭人对黛玉一直心存芥蒂。

袭人非常关心未来宝二奶奶的人选,因为这涉及她的切身利益。袭人想成为宝玉的妾,也希望大度、容人的宝钗能做宝玉的正妻,毕竟在她的身边,善妒的正妻折磨小妾的例子有很多。

疗妒汤的疗效

薛蟠的小妾香菱在遭遇了夏金桂之后，其悲惨的命运更为雪上加霜。

夏金桂长得鲜花嫩柳一般，却颇具野心，她一心要在薛家做当家的奶奶，压制众人。

为了挟制丈夫，金桂的第一步就是打击香菱。她先是借助陪嫁丫鬟宝蟾把薛蟠的心转移过去，见薛蟠疏远了香菱，她又让香菱去搅黄薛蟠和宝蟾的"好事"，为香菱招来一顿毒打。随后，她让香菱夜间服侍自己，香菱不仅片刻不能安卧，还被嫁祸说谋害金桂，再次遭到了薛蟠的毒打。

香菱饱受虐待，连宝玉都看不下去了，他向道士王一贴讨要治疗女人嫉妒的药方。王一贴胡诌出一剂，美其名曰：疗妒汤。

秋梨一个，冰糖二钱，陈皮一钱，水三碗，梨熟为度，每日清早吃，吃来吃去就好了。今日无效明日再吃，今年无效明年再吃……吃过一百岁，人横竖是要死的，死了还妒什么！那时就见效了。

冰糖雪梨怎么能治疗夏金贵的嫉妒呢？夏金桂的问题和爱情、婚姻的关系不大，她的一系列招数都是为了控制薛蟠，进而控制薛姨妈、宝钗，直至控制薛家。这世间即便有治疗嫉妒的药，于夏金桂也是不管用的。这个野心满满干尽伤天害理事的女人，自己就是一剂毒药。在续书中，夏金桂阴差阳错地被自己下的毒给毒死了。这虽然未必与曹公的原意相符，但也算是个大快人心的结局吧。

妒妇中的战斗机

在小说中，凤姐也被视为善妒的正妻的典型。

凤姐真是不容易，操心费力治家，还得分一部分文韬武略来对付色鬼丈夫和情敌们。除了平儿以外，其余的陪嫁丫鬟死的死，走的走，背后的故事没有讲。或许，作者觉得不用详细交代，因为后边的重头戏还有很多。

凤姐堪称妒妇中的战斗机。贾琏和鲍二媳妇鬼混，凤姐亲自上阵厮打，是何等彪悍。贾琏偷娶了尤二姐，凤姐瞒天过海、请君入瓮、借刀杀人各种计策轮番上阵，对付一个尤二姐绰绰有余。

总之，所有惦记上贾琏的女人，基本都是万劫不复的结局，但在封建男权社会，男人是天，可以妻妾成群、可以寻欢猎艳，这是妻子必须接受的社会规则。最终，凤姐也因"用力过猛"而失去了丈夫的信任，落得"一从二令三人木"的结局。

凤姐为何会如此猛烈地"清君侧"？想来，那不仅仅是因为其要强的性格，也有真情被错付的委屈与不甘。在正常的夫妻关系中，没有哪个女子愿意自己的丈夫和别的女人恩爱生子，正像没有哪个男人愿意把自己的女人拱手让给别人一样。凤姐捍卫婚姻本没有错，错就错在她生错了时代。

时至今日，男子妻妾成群的特权早已湮没在历史的尘埃中，束缚女子的三从四德的枷锁也已分崩离析，但眼见许多女子为了捍卫婚姻而不得不出手斗"小三儿"时，仍有人为这些女子戴上醋或妒的歪帽子，哀叹"女人何苦要为难女人"，别忘了，问题的根源在于：她们身边的男人，太伤人。

■ 娘娘回娘家

一入宫门深似海。在古代，没有皇帝特殊的恩准，皇后、嫔妃是不能回家探望父母的。她们终生都要在宫墙内度过，即便皇帝已死，她们也必须清寡、孤独地守在那里直至了此一生。

清代的皇宫建立了空前严密的制度，嫔妃的家人不能轻易进宫探视[①]，也没有嫔妃可以回家省亲的规定。不过，在《清稗类钞》中，有一段慈禧太后回家省亲的记载，当时慈禧还是妃子，在生下皇子后，咸丰皇帝特批，准许她回家省亲一次。虽然只是从中午到后半晌的几个小时的时间，但在当时已经被认为是亘古未有之"旷典"了。除此以外，就很难见到娘娘回娘家的记载了。相较之下，在《红楼梦》中，宫中的制度非常"宽泛"，嫔妃的家人每月可以进宫探视，嫔妃也可以回家省亲，贾府的大小姐元春在封妃之后就被恩准回了趟娘家。

元春是荣国府贾政与王夫人的女儿，贾宝玉的亲姐姐，先是"因

[①] 据《宫中现行则例》和《钦定国朝宫史》两书的《宫规》一章记载："内廷等位父母年老，奉特旨许入宫中会亲者，或一年或数月，许本生父母入宫，家下妇女不许随入、其余外戚一概不许入宫。"若有"内廷等位遇娠，……有本生父母者许进内照看……"。

贤孝才德，选入宫中作女史去了"，随后又"晋封为凤藻宫尚书，加封贤德妃"。女史、凤藻宫尚书、贤德妃，三步走之后，元春成了万人仰慕的对象。

省亲的缘起

元春出场最多就是在省亲的时候。当今圣上因为服侍皇太后，想到长年深居宫中的嫔妃也会思念亲人，下了一道圣谕："特降谕诸椒房贵戚，除二六日入宫之恩外，凡有重宇别院之家，可以驻跸关防者，不妨启请内廷銮舆入其私第，庶可略尽骨肉私情、天伦中之至性。"

按照小说中的描述，皇上准许嫔妃回家省亲，只要满足一个条件：家中有别院可供娘娘驻跸。消息一出，周贵妃、吴贵妃家立刻开始动工。贾府也没有符合标准的别院，当即大兴土木，修建省亲别院——大观园。直到十月将尽，诸事准备妥当。贾政上奏，皇上恩准："次年正月十五日上元之日，恩准贾妃省亲。"这才有了元春省亲这部重头戏。

迎候凤鸾

正月初八，太监们来贾府监督部署省亲的准备工作，查看元春更衣、休息、受礼、用膳的房间。又有太监巡查各处，围挡隔离禁区，还有太监向贾府人员讲解必须遵守的礼节。府外有工部官员与当地的官兵打扫街道，撵逐闲人。贾赦等人率领众匠人扎花灯、备烟火。到了正月十四的时候,准备妥当。这一夜,贾府上下皆不曾睡。

"至十五日五鼓①,自贾母等有爵者,皆按品服大妆。"看来,贾府的一干人不但通宵未眠,而且在元宵节的清晨四点钟,就已经穿戴整齐,规规矩矩地站在街道两旁迎候凤鸾了。正等得心焦,开道的太监带来了元春省亲的行程安排。

……忽一太监坐大马而来,贾母忙接入,问其消息。太监道:"早多着呢!未初刻用过晚膳,未正二刻还到宝灵宫拜佛,酉初刻进大明宫领宴看灯方请旨,只怕戌初才起身呢。"

这里涉及的"未初刻、未正二刻、酉初刻、戌初"都是古代计时法②。古人讲究良辰吉时,帝王之家在涉及祭祀、省亲等重大的事件上,要严格按照钦天监算好的时间执行,一刻也不能耽误,错过了吉时,不仅有损皇家颜面,也会被天下人耻笑。像元春省亲这样的大事,每一步路更是要根据宫里的安排来行事。按十二时辰计,元妃的出发时

---

① 五鼓,也叫五更。古人把黄昏到拂晓的一夜长度分为五个更次,每个更次相隔两个小时。一更指晚上八时左右,二更指夜间十时左右,三更指夜间十二时左右,即夜半时分(我们平时常说的三更半夜就源于此),四更是凌晨二时左右,那么五更即指凌晨四时左右。

② 古人将一天分为十二个时辰,以子、丑、寅、卯、辰、巳、午、未、申、酉、戌、亥十二地支来记时,具体划分为:子时:23—1点;丑时:1—3点;寅时:3—5点;卯时:5—7点;辰时:7—9点;巳时:9—11点;午时:11—13点;未时:13—15点;申时:15—17点;酉时:17—19点;戌时:19—21点;亥时:21—23点。每个时辰为现在的两个小时,起始点钟为初,中间点钟为正。如酉初为17时,酉正则为18时。每个时辰又分为八刻,一刻为十五分钟。

红楼梦中事 235

间"戌初"应该是 19 点左右。得到了准确通知,贾府众人重新准备黄昏接驾。

哭相见

夜幕降临,浩浩荡荡的仪仗队伍过完后,元春的金顶金黄绣凤版舆缓缓驶来,贾母等人早已跪下迎驾。虽说贾母、邢夫人、王夫人等人在家中都是元春的长辈,但元春贵为皇妃,代表的是皇家,君臣有别,所以贾府众人要下跪行国礼。

版舆将元春抬至专门的院落。在短暂的更衣之后,元春来到行宫,在这里要举行隆重的受礼仪式。父母亲人要向她行跪拜大礼,不受,不符君臣之礼;受,自己于心不忍。一句"免",流程继续。献过三次茶后,元春更衣,乘着省亲车驾去贾母的住处。

> 贾妃满眼垂泪,方彼此上前厮见,一手挽贾母,一手挽王夫人,三个人满心里皆有许多话,只是俱说不出,只管呜咽对泪。邢夫人、李纨、王熙凤、迎、探、惜三姊妹等,俱在旁围绕,垂泪无言。半日,贾妃方忍悲强笑,安慰贾母、王夫人道:"当日既送我到那不得见人的去处,好容易今日回家娘儿们一会,不说说笑笑,反倒哭起来。一会子我去了,又不知多早晚才来!"说到这句,不觉又哽咽起来。

元春先是和贾母、王夫人呜咽对泣,后又忍悲强笑安慰大家,可是她自己又忍不住哽咽起来。回娘家本是一件高兴事儿，元春回娘家为何丝毫没有衣锦还乡的欢愉？

当贾政请安的时候，元春隔帘含泪对父亲说的话给出了答案："田舍之家，虽齑盐①布帛，终能聚天伦之乐；今虽富贵之极，骨肉各方，然终无意趣！"这句话道出了元春对深宫生活的幽怨。

元春表达着对普通人家天伦之乐的向往，谨记臣子身份的贾政只能含泪说些请贵妃业业兢兢，勤慎恭肃侍奉皇上的话，元春也嘱咐父亲以国事为重，暇时保养，切勿记念。

听父亲说宝玉为大观园的亭台轩馆题了名，元春非常高兴，命人带宝玉进来。元春在入宫前与宝玉同由贾母教养。元春怜爱宝玉，亲授读书识字，二人虽系姐弟，却似母子。宝玉行完国礼，元春携手将他揽入怀中，又抚摸着宝玉的头颈说长高了，余下便是泪如雨下。

众醉独醒

这时，尤氏、凤姐等人上来启奏："筵宴齐备，请贵妃游幸。"元春和家人一同游园、宴饮。

为了迎候省亲，贾府耗费了巨大的人力、财力，建成了这天上人间诸景俱备的大观园，在灯火映照之下，好一个琉璃世界，珠宝乾坤。

亲眼看到了大观园内外的奢华光景，元春屡次叹息，太过奢华，又劝"以后不可太奢，此皆过分之极"。在这烈火烹油般的热闹之下，

---

① 齑盐：泛指粗茶淡饭。

贾府上下无不欢天喜地，只有元春是清醒的，她想到了过度奢华背后贾府的超支，为家人将要面临的经济困境担忧。

大观园的石牌坊上写着"天仙宝境"的牌匾，元春马上命人改成省亲别墅。皇帝自称天子，贾府怎可建起天仙宝境？见惯了宫中政治斗争的元春不时地提醒家人注意低调，也是为贾府的前途考虑，毕竟登高更易跌重。

洒泪别

在与贾府众人一同题诗、听戏之后，元春赏赐众人，上至贾母、下至优伶杂役，都有相应的赏物。众人谢恩已毕，执事太监启道："时已丑正三刻，请驾回銮。"时辰到了，要回宫了，元春满眼滚下泪来又勉强堆笑拉着贾母、王夫人的手，一再叮咛，"不须挂念，好生自养……倘明岁天恩仍许归宁，万不可如此奢华靡费了"。贾母等人哭得哽咽难言，元春忍心上舆而去。

那么，元春一共在家待了多久呢？元春回宫的时间是"丑正三刻"，也就是两点四十五分。晚上七点多出发，凌晨两三点钟返回，一共才五六个小时。其间还要除去皇宫到贾府来回路上花费的时间。可见，元妃与亲人相聚的时间只有几个小时，但在那个皇权至上的时代，妃子能被恩准出宫省亲，已经属于天大的荣宠了。至于时间，毕竟皇家规矩多，自然拖延不得。

屏风上的鸟

大观园本是为省亲的元春缔造的,她却只能在这里待几个小时。为了保证贾府的荣华富贵,她还要在宫中继续熬下去。

作者安排元春和贾府太祖爷的生日都是大年初一,实际上也在暗示元春对贾府所起的作用与太祖爷并肩。太祖爷开创了贾府的富贵基业,元春则起到将富贵维持下去的作用。元春成了皇帝的嫔妃,对贾府来说是一笔无形的资产。在派系纷争不断的朝廷中,贾府需要一个靠山。元春带来的皇恩眷顾,是贾府"宁""荣"下去的有力支撑。

被送进宫的女子,都是在为满门荣耀活着。元春也是如此,"含情欲说宫中事,鹦鹉前头不敢言",她就是这样在繁华富贵中压抑着痛苦,也在金碧辉煌中埋葬着自己的青春。回宫之后,善解人意的元春下旨安排宝玉和众姐妹住进了大观园。自此,完成省亲使命的大观园成了这些年轻生命的乐园。

元春的结局怎样?小说中有这样的脂评:"元妃所点之戏[①]剧伏四事,乃通部书之大过节大关键。"其中,"《长生殿》伏元妃之死"。"望家乡,路远山高",有学者研究认为,元春与杨贵妃一样最后因宫廷

[①] 元春在回贾府省亲的时候点了四出戏,《豪宴》《乞巧》《仙缘》《离魂》。其中,《乞巧》是清代洪昇的《长生殿》传奇中的一出,写的是唐玄宗与杨贵妃的悲剧故事。《仙缘》即汤显祖《邯郸记》中《合仙》一出。《离魂》是汤显祖《牡丹亭》改编本中的一出。按照封建礼法,在元妃省亲时,这些戏中的有些情节是不能演的。作者或有通过戏名,暗示贾府和主要人物结局的用意。脂批曾谓:《豪宴》"伏贾家之败",《乞巧》"伏元妃之死",《仙缘》"伏甄宝玉送玉",《离魂》"伏黛玉死","所点之戏剧伏四事,乃通部书之大过节大关键"。

政治斗争暴亡。是的，深宫之中又有几人能笑到最后呢？

　　回首故乡千里外，别离心绪向谁言，短暂的省亲之行将成为她短暂的一生中最为温暖的回忆。

　　张爱玲在《茉莉香片》中，这样描写婚后的冯碧落：

　　"她不是笼子里的鸟。笼子里的鸟，开了笼，还会飞出来。她是绣在屏风上的鸟——悒郁的紫色缎子屏风上，织金云朵里的一只白鸟。年深月久了，羽毛暗了，霉了，给虫蛀了，死也还死在屏风上。"

　　元春像极了屏风上的那只鸟。不，她是一只凤凰，是那些吟唱着深宫悲歌的凤凰之一，而这歌声在红墙内已延续了几千年。

婆媳相处

如果提到家庭中最难处理的关系，许多人都会想到婆媳关系，人们都希望懂事的儿媳遇到开明的婆婆，家庭关系和睦。但就总体看，婆媳关系一直是最微妙最难相处的关系。婆媳关系的处理也一直是个社会性的难题。

中国古代社会的婆媳关系复杂，除了个人因素之外，也有社会因素。首先，古代的婆媳关系是不对等的，在封建社会的"七出"中，排在第一位的就是"不孝公婆"。夫妻关系再好，公婆不满意，媳妇也难逃被休弃的命运。《孔雀东南飞》中的焦仲卿妻就因为被婆婆看不顺眼而遭休弃，投水而死，后来焦仲卿也"自挂东南枝"殉情。宋代诗人陆游与表妹唐琬婚后相亲相爱，陆游的母亲却认为如此恩爱会影响儿子求取功名和前程，最后，唐琬被休。后来，功成名就的陆游与唐琬在沈园相遇，他百感交集，题词一首，就是凄美动人的千古绝唱《钗头凤》。

其次，在封建社会，婆婆的强权是世代相因的。古代妇女的理想之一就是"多年的媳妇熬成婆",可熬到了"解放日",有些婆婆并不会将本人做儿媳时受的苦转化为对儿媳的同情理解,反而会带着扭曲变态的心理变本加厉地对待儿媳。传说中的姑恶鸟,据说就是一个被婆婆虐待而死的小媳妇变化而成,它夜夜悲啼"姑恶姑恶"。苏轼在《五禽言》中写道:"姑恶,姑恶,姑不恶,妾命薄。"一句话就将旧时的媳妇受了委屈却不敢怨恨的形象勾勒出来。

在《红楼梦》中,曹雪芹描绘了许多日常生活细节,其中不乏婆媳相处的场景。我们不妨走进小说,看看小说中人物的生活与今天有什么不同,又会带给我们怎样的启示。

■ 贾府媳妇的必修课

《红楼梦》中涉及诸多对婆媳关系。荣国府的邢夫人、王夫人是贾母的儿媳妇,李纨和凤姐又分别是邢夫人、王夫人的儿媳,宁国府的秦可卿是尤氏的儿媳。在贾府这样的仕宦之家,早就形成了一套媳妇侍奉公婆的规矩。

早晚报到有讲究

在荣国府,贾母的辈分最高,侍奉贾母是儿媳妇、孙媳妇都要做好的必修课。

旧时，晚辈侍奉长辈，有晨昏定省①的日常礼节，即早上省视问安，晚间服侍就寝，在贾府，晨昏定省也是铁打的规矩之一，媳妇们皆风雨无阻地坚持。

"话说两个尼姑领了芳官等去后，王夫人便往贾母处来省晨，……一时，只见迎春妆扮了前来告辞过去。凤姐也来省晨，伺候过早饭，又说笑了一回。

可别小看这晨昏定省，媳妇们到了贾母屋里，不能问个好就快闪，也不能在那儿干杵着，而是要随机伺候外加陪聊，没有眼力见儿、不能哄贾母开心的媳妇是不受待见的。

宁国府也是如此，秦可卿在生病期间，每日也坚持去婆婆尤氏那里晨昏定省，后来，还是尤氏怜惜她，让她早晚不必照例上来，好好养病。

小心，别把地砖站塌

与每天固定的晨昏定省相比，贾府媳妇们恐怕最不愿意干的事情就是陪贾母看戏了。在第二十九回，趁着去清虚观打平安醮②，凤姐约

---

① 指旧时晚辈侍奉长辈的日常礼节，晚辈在每日的"辰时"到长辈处请安，称为"省晨"。每日的"戌时"，在长辈入睡前，晚辈也要去向长辈请安，总称为"晨昏定省"。

② 平安醮是举行仪式祭祀神明，祈福消灾，其间还要在道观中请戏班子唱戏给"神"听。

大伙儿一起去看戏。

凤姐道:"他们那里凉快,两边又有楼。咱们要去,我头几天打发人去,把那些道士都赶出去,把楼打扫干净,挂起帘子来,一个闲人不许放进庙去,才是好呢。我已经回了太太了,你们不去我去。这些日子也闷的很了,家里唱动戏,我又不得舒舒服服的看。"贾母听说,笑道:"既这么着,我同你去。"凤姐听说,笑道:"老祖宗也去?敢情好了,就只是我又不得受用了。"贾母道:"到明儿,我在正面楼上,你在旁边楼上,你也不用到我这边来立规矩,可好不好?"凤姐笑道:"这就是老祖宗疼我了。"

这段话中有个细节,为什么贾母说看戏的时候不用凤姐到自己身边来"立规矩",凤姐就认为这是贾母疼她呢?

在旧时的贵族家庭中,长者起居,幼者要在其旁侍立。在贾母看戏的时候,儿媳妇邢夫人、王夫人或许还可以坐着相陪,孙媳妇凤姐却是一定要在旁"立规矩"的。看戏的时间又长,在贾母身边侍奉也是蛮辛苦的,而贾母特批凤姐去旁边的楼上看戏,不用侍奉自己,凤姐当然心花怒放了。由此也可以看出,贾母非常开明,懂得体恤晚辈,但是,如果哪个媳妇冒犯了她,贾母也会拿出婆婆的款儿来。

贾赦想纳贾母的大丫鬟鸳鸯为妾,愚钝的大儿媳邢夫人亲自为丈夫说媒,后来鸳鸯告到了贾母那里。气急的贾母竟然当众责怪起了与此事不相干的二儿媳王夫人。王夫人来自富贵显赫的金陵王家,为贾府生儿育女,女儿还是皇妃,但面对婆婆的无端指责,王夫人却是忙站起来，不敢还一言，还是探春提醒，贾母才知道说错人了。恰好邢夫人来打听消息，正好撞到枪口上，她被贾母训斥得满脸通红，还被罚了站。

当贾母、凤姐、鸳鸯等人打牌时，邢夫人一直站在旁边。后来，贾琏来找邢夫人，平儿告诉他："在老太太跟前呢，站了这半日还没动呢。"

张爱玲在《怨女》中写道，"媳妇们在婆婆上房里站规矩，把地上的一溜砖都站塌了。"邢夫人在这半日里虽不至于把贾母的地砖站塌，但媳妇冒犯婆婆的下场却是有目共睹的。

婆婆吃啥

在封建家庭中，媳妇们还要按照公婆的喜好准备日常饮食。

不要小瞧这日常饮食，一顿饭准备不好，说不定就会引祸上身。清代有个叫牛高氏的媳妇就因此被流放三千里做苦役去了[①]。虽不能说当时的媳妇们都会像牛高氏一样倒霉，但媳妇为公婆准备饭食也是苦差事，尤其对新媳妇来说更是严峻的挑战。古时童谣唱得好："鸡公仔尾弯弯，做人新抱（媳妇）甚艰难，早早起身都话晏，眼泪未干入厨房，家公话要蒸，家婆又话煮，蒸蒸煮煮都合适，三朝四条裙跪烂。"

[①] 在清代的《刑案汇览》中记载了这样一个案例：牛高氏给婆婆煮了豆子当午饭，结果有些豆子不够烂，婆婆在家里高声叫骂，牛高氏不敢回言。婆婆拿着棍子打牛高氏，牛高氏本能走避。婆婆因为没打着媳妇，激愤不已，投井自尽了。牛高氏随即被送进官府，官员查不出牛高氏有什么故意忤逆的行为，但还是认为，这事关伦理纲常，不治罪不行。于是，牛高氏被流放三千里服苦役去了。

相较之下，贾府的媳妇们是幸福的，府里的大厨房专为贾母单做各种饮食，所以她们不用亲自下厨。即便如此，媳妇们也非常关注贾母的饮食，因为贾府有各房另外孝敬的旧规矩，王夫人就曾为贾母送过椒油莼虀酱，乖巧的孙媳妇凤姐对贾母的饮食也没少操心。

贾母生病，凤姐专门送去了野鸡崽子汤。贾母觉得有味儿，还要求再炸两块搭配稀饭吃。凤姐连忙答应，命人到大厨房传话。

贾府过元宵节，放完爆竹，贾母饿了，看凤姐的应答。

贾母说道："夜长，觉的有些饿了。"凤姐儿忙回说："有预备的鸭子肉粥。"贾母道："我吃些清淡的罢。"凤姐儿忙道："也有枣儿熬的粳米粥，预备太太们吃斋的。"贾母笑道："不是油腻腻的就是甜的。"凤姐儿又忙道："还有杏仁茶，只怕也甜。"贾母道："倒是这个还罢了。"

凤姐为贾母预备了鸭子肉粥、为吃斋的太太们预备了枣儿熬的粳米粥，另外还有杏仁茶。贾母嫌鸭子肉粥不够清淡，对粳米粥、杏仁茶也不太满意，可见，贾母的口味是很难伺候的。凤姐身为女管家，非常不易，她既要考虑到自己的婆母、姑母，又要照顾好贾府的核心——贾母。

当个好服务员

贾府的媳妇们不仅要在准备饭菜上花心思，还要伺候用饭。林黛玉初进贾府就见识了这一规矩。

　　王夫人遂携黛玉穿过一个东西穿堂，便是贾母的后院了。于是，进入后房门，已有多人在此伺候，见王夫人来了，方安设桌椅。贾珠之妻李氏捧饭，熙凤安箸，王夫人进羹。贾母正面榻上独坐，两边四张空椅，熙凤忙拉了黛玉在左边第一张椅上坐了，黛玉十分推让。贾母笑道："你舅母你嫂子们不在这里吃饭。你是客，原应如此坐的。"黛玉方告了座，坐了。贾母命王夫人坐了。迎春姊妹三个告了座方上来。迎春便坐右手第一，探春坐左第二，惜春坐右第二。旁边丫鬟执着拂尘、漱盂、巾帕。李、凤二人立于案旁布让。

在王夫人携黛玉到达的时候，已经有很多人在等候了，见王夫人来了，方安设桌椅。这里不是等待王夫人用膳的意思，而是等王夫人来侍奉贾母用膳。当然，作为贵族夫人，是不需要亲自动手安放桌椅的，但是这些事情要等她到了之后，下人们才开始做，可见贾府的规矩森严。

饭前准备时，孙媳妇李纨捧饭，凤姐安箸，儿媳妇王夫人进羹。贾母让王夫人坐下了，却对黛玉说"你舅母你嫂子们不在这里吃饭"，可见王夫人即便坐着，也不能和贾母同桌。至于孙媳妇李纨、凤姐更是连坐的资格也没有，在贾母和外孙女、孙女吃饭时，她们一直立在案边伺候。直到众人吃完饭、漱口、洗手后，要吃茶聊天的时候，贾母才发话让媳妇们回去。

另，第四十回，贾母在大观园里宴请刘姥姥。凤姐、李纨也是饭前准备、饭中伺候。直到大家吃完饭去聊天的时候，二人才另摆一桌吃饭。

贾府奴仆众多，从不缺侍奉的人，在贾母跟前做服务员的却是媳妇们。刘姥姥看到这一幕，叹道："别的罢了，我只爱你们家这行事！怪道说，'礼出大家'。"一个"只"字道出了刘姥姥对贾府婆媳之"礼"的赞赏。

贾府媳妇们侍餐的场景让我们隔空窥见了古代贵族家庭进餐的规矩，在婆婆面前，身份再尊贵的儿媳妇、孙媳妇也是晚辈，该尽的礼数一点儿都不能少。

■ 得宠媳妇的得与失

在贾府，能讨贾母欢心的媳妇才受宠。

大儿媳邢夫人、二儿媳王夫人都不是贾母身边的红人。贾母说王夫人不大说话，像木头，对邢夫人的评价更低，说她一味地怕老爷以自保，在婆婆面前不过应个景。众多媳妇中，唯有孙媳妇凤姐最受贾母喜爱，这不仅是因为凤姐伺候贾母起居比儿媳妇还要用心，更为重要的是，凤姐能哄老太太开心。

巧嘴媳妇吃猴儿尿

凤姐嘴巧也善于察言观色，不管是信手拈来的笑话还是利用打牌的机会输钱给贾母，总能将贾母哄得喜笑颜开。

中秋赏月，贾府阖家团圆，贾母却觉得冷清，原因之一就是凤姐生病，没陪在贾母身边说笑。贾母连声叹息：凤姐一个人说笑，能抵十个人的空儿。

贾珍之妻尤氏想逗贾母开心，讲了一个一家有四个残疾儿子的笑话，贾母听着却是双眼蒙眬，都快睡着了，可见凤姐的角色是无人可以取代的。

应该说，在众多的儿孙中，除了宝玉、黛玉，贾母最喜欢的就是凤姐，她总是"猴儿、猴儿"地叫凤姐，但对于凤姐的"太聪明"，贾母也有所担忧。元宵节的时候，贾母讲了一个笑话。

"一家子养了十个儿子，娶了十房媳妇。惟有第十个媳妇伶俐，心巧嘴乖，公婆最疼，成日家说那九个不孝顺。这九个媳妇委屈，便商议说：'咱们九个心里孝顺，只是不象那小蹄子嘴巧，所以公公婆婆老了，只说他好，这委屈向谁诉去？'大媳妇有主意，便说道：'咱们明儿到阎王庙去烧香，和阎王爷说去，问他一问，叫我们托生人，为什么单单的给那小蹄子一张乖嘴，我们都是笨的。'众人听了都喜欢，说这主意不错。第二日便都到阎王庙里来烧了香，九个人都在供桌底下睡着了。九个魂专等阎王驾到，左等不来，右等也不到。正着急，只见孙行者驾着筋斗云来了，看见九个魂便要拿金箍棒打，唬得九个魂忙跪下央求。孙行者问原故，九个人忙细细的告诉了他。孙行者听了，把脚一跺，叹了一口气道：'这原故幸亏遇见我，等着阎王来了，他也不得知道的。'九个人听了，就求说：'大圣发个慈悲，我们就好了。'孙行者笑道：'这却不难。那日你们妯娌十个托生时，可巧我到阎王那里去的，因为撒了泡尿在地下，你那小婶子便吃了。你们如今要伶俐嘴乖，有的是尿，再撒泡你们吃了就是了。'"说毕，大家都笑起来。凤姐儿笑道："好的，幸而我们都笨嘴笨腮的，不然也就吃了猴儿尿了。"尤氏娄氏都笑向李纨道："咱们这里谁是吃过猴儿尿的，别装没事人儿。"薛姨妈笑道："笑话儿不在好歹，只要对景就发笑。"

尤氏等媳妇们笑问谁吃过猴儿尿，薛姨妈也说这笑话"对景"，可见大家都心知肚明。

贾母用吃猴儿尿的笑话打趣凤姐，既表达对凤姐的喜爱，也是在提醒凤姐，要注意收敛，免得遭人嫉恨。同时，她也向嘴笨的媳妇们表明了自己的"立场"，自己知道老实人的好处，让她们明白平日对自己的孝心没有白费。贾母是何等睿智。

愚拙婆婆出狠招

凤姐不仅遭嘴笨的媳妇们嫉妒，还得罪了自己的婆婆邢夫人。

在荣国府，贾赦是长子且袭了官，按理说贾赦、邢夫人应该是荣国府的核心,但实际上,荣国府的重心却在贾政、王夫人这房。凤姐是贾赦、邢夫人的儿媳,却被抽调过来帮王夫人管家。邢夫人对此相当不满,经常散布舆论说凤姐自家的事不管,倒替人家瞎张罗。

显然,凤姐不讨婆婆喜欢,一是因为自己的出身、能力均高于家道中落、禀性愚拙的婆婆,二是受大房、二房权力之争的影响。

凤姐混得如鱼得水,有时也会忘了自己是邢夫人的儿媳妇,还是平儿经常提醒她,得放手时须放手,因为以邢夫人的为人,早晚都会报复。

贾母过生日那天,两个婆子得罪了宁国府的尤氏,凤姐为了顾全尤氏的面子,要处置两个婆子。其中一个婆子辗转求了邢夫人。

邢夫人如果直接通知凤姐,让她把两个婆子放了也非难事,可她一直对凤姐不满,这次正好抓住了把柄。

> 邢夫人直至晚间散时,当着许多人陪笑和凤姐求情说:"我听见昨儿晚上二奶奶生气,打发周管家的娘子捆了两个老婆子,可也不知犯了什么罪?论理我不该讨情,我想老太太好日子,发狠的还舍钱舍米,周贫济老,咱们先倒折磨起老人家来了?不看我的脸,权且看老太太,竟放了他们罢。"

邢夫人先是故意颠倒婆媳礼数,当众向儿媳妇赔笑求情,成心让凤姐难堪。

随后,邢夫人又给凤姐扣上了歪帽子:贾母过生日,是喜庆的日子,折磨老奴才,是故意和贾母过不去。这越发让凤姐有口难辩。

后来,凤姐见尤氏不领自己的情,姑母王夫人也怪罪自己,还命人把两个婆子放了,满腹冤屈的她暗自落泪。

这件事很快就传到了贾母耳朵里,开明的贾母肯定了凤姐的做法,即便自己过生日也不能任由奴才得罪尤氏,还一语中的点明了问题的实质:邢夫人素日没好气,不敢发作,今天借此事找茬儿报复。

可见,凤姐在老祖宗贾母、婆婆邢夫人、姑母王夫人中间周旋颇为不易,暗地里不知受了多少委屈。随后,鸳鸯说了一番话,虽是在说凤姐,却也道出了贾府媳妇的艰难:

"……虽然这几年没有在老太太、太太跟前有个错缝儿,暗里也不知得罪了多少人。总而言之,为人是难做的:若太老实了,没有个机变,公婆又嫌太老实了,家里人也不怕;若有些机变,未免又治一经损一经。"

在封建家庭中,面对强势的婆婆、错综复杂的关系、繁缛的规矩,想成为一个好媳妇,极不容易。伶牙俐齿的凤姐即便在婆婆那里受了委屈也只能偷着哭,幸亏贾母开明。只是贾母年近古稀,如果没了这座靠山,凤姐单独面对邢夫人的时候日子可就真的难过了。

凤姐最终落得"一从二令三人木,哭向金陵事更哀"的结局,除却凤姐的个人因素以外,婆媳关系的恶化未尝不是一个重要因素。

■ 奇葩媳妇"瞎金贵"

薛家寄居贾府多年，后来，薛蟠娶了夏金桂为妻，夏金桂也就成了薛姨妈的儿媳。不过，与贾府遵守婆媳之道的媳妇们相比，夏金桂可真是一朵奇葩。

休不掉的搅家精

夏金桂家是桂花种植大户，供应宫里的陈设盆景。夏家家产富足，但夏金桂却如同市井泼妇一般刁蛮。

薛姨妈非常慈祥，小两口吵架的时候，她也不偏袒儿子反而心疼媳妇。遇到这样的婆婆，夏金桂并不知足，反倒认为婆婆软弱可欺。

后来，夏金桂诬陷薛蟠的小妾香菱害自己，温柔敦厚、通情达理的香菱被逼得没有活路。气急的薛姨妈要把香菱卖掉，"拔取肉中刺、眼中钉"。这句话刺激了夏金桂，她隔着窗户，就跟婆婆吵了起来。

> 金桂听了这话，便隔着窗子往外哭道："你老人家只管卖人，不必说着一个扯着一个的。我们很是那吃醋拈酸容不得下人的不成？怎么'拔去肉中刺、眼中钉'？是谁的钉？谁的刺？但凡多嫌着他，也不肯把我的丫鬟也收在房里了。"薛姨妈听说，气得身战气咽，道："这是谁家的规矩？婆婆这里说话，媳妇隔着窗子拌嘴。亏你是旧家人家的女儿！满嘴里大呼小喊，说的是什么！"

红楼梦中事

在贾府，王夫人即便被贾母错怪也不敢辩解一声，夏金桂竟然当面撒泼顶撞婆婆。薛姨妈气得浑身哆嗦，连呆霸王薛蟠都急得跺脚："罢哟，罢哟！看人家听见笑话。"可见，金桂的这种行为是明显有悖于大户人家的规矩的。

香菱被宝钗领走后，夏金桂又多次吵闹，薛蟠也不能制服她，金桂威风见长，又向宝蟾①下手，将薛家闹得一团糟。

薛姨妈、宝钗母女整日暗地落泪，薛蟠也没办法，只是悔恨不该娶这搅家精。贾府的人得知此事后无不叹息，连宝玉都感慨，这夏金桂长得也是鲜花嫩柳一般，怎么会是这样的性情？

有人对此质疑，薛家为何不休了河东狮呢？

薛蟠婚前，宝钗从大观园搬回了家，王夫人曾问她搬走的原因。

宝钗笑道："……我为的是妈近来神思比先大减，而且夜间晚上没有得靠的人，通共只我一个人。二则如今我哥哥眼看要娶嫂子，多少针线活计并家里一切动用器皿，尚有未齐备的，我也须得帮着妈去料理料理。姨妈和凤姐姐都知道我们家的事，不是我撒谎。……此外还要劝姨娘如今该减些的就减些，也不为失了大家的体统。据我看，园里的这一项费用也竟可以免的，说不得当日的话。姨娘深知我家的，难道我家当日也是这样零落不成。"

宝钗的这番话，透露出了一个信息：在夏金桂进门之前，薛家已

---

① 夏金桂的的陪嫁丫头，被薛蟠收房。

经开始败落了。薛蟠呆名远扬，偌大的产业，他无力支撑，全凭伙计照应，薛家面临多事之秋，又怎有暇顾及休妻之事？

此外，香菱也说过，薛蟠和夏金桂的亲事是薛姨妈和王夫人、凤姐商议之后做的决定。薛家如果休妻岂不也丢了亲戚的颜面？所以，薛家只能打落牙齿往肚里咽。

由富到贵，还有一段路

夏金桂和薛蟠都出身于富足的皇商世家，门当户对，他们的联姻也符合家族利益，但他们都是被寡母宠大的孩子，也都养成了专横霸道的性格，所以他们的婚姻注定会出问题。

夏金桂在对付香菱时，颇有凤姐对付尤二姐的"风范"，不过，与凤姐相比，她不仅没有凤姐的见识、眼光，更缺少家族的教养。凤姐该有的规矩礼数都有，不管是在贾母、姑母、婆婆身边侍奉周旋，还是管理荣国府，她都能做到见人说人话，见鬼说鬼话。

这个夏金桂却不管什么礼不礼，即便不发脾气，每天也是聚众在家里斗纸牌、掷骰子行乐。

要说夏金桂的最爱，恐怕会吓人一跳。这个颇有姿色的少妇最爱啃骨头。她每天都要让人杀鸡宰鸭，肉赏给别人，自己则一边嚼着油炸的焦骨头，一边喝酒，吃得不耐烦或者动了气，便肆行海骂，活脱脱一个泼妇，更是与贾家的媳妇们形成了鲜明的对比。

其实，富人家的物质生活都差不多，穿锦衣华服，食山珍海味，居广厦华屋，出入有仆人相随，但真正贵族之家的礼仪与秩序不是一朝一夕形成的。简单的财富积累，积累不出富贵，正如萨孟武先生所说：吾国古代常以"富贵"两字并举，其实富的未必就贵。

在《红楼梦》里，我们通过作者不经意间流露出的生活细节，窥见了贾府这个诗礼簪缨之家婆媳间的规矩和礼数，它们虽然貌似繁缛，却体现了贵族之家与暴发户的区别。

但是，贾府的媳妇们着实不易。贾府的那些未嫁的女孩，有幸生活在相对自由的大观园里，远离世事的纷争，尚能保留自己美好的天性，而贾府的媳妇们，铁打的豪门规矩、纷繁的家庭事务令她们心力交瘁，贵族家庭错综复杂的关系也让她们渐渐变得务实世故，更是枉谈保持少女时代的光彩了。

千古难题

纵观整部《红楼梦》，出现了诸多类型的婆婆，睿智的、隐忍的、愚钝的，也出现了诸多类型的媳妇，嘴巧的、老实的、泼妇型的……表面上看，贾府的婆媳没有剑拔弩张的时刻，实际上，她们之间的关系却非常微妙。

荣国府，在大儿媳邢夫人眼中，婆婆贾母偏向二儿子那房，没有一碗水端平，可二儿媳王夫人在贾母处也并非那么受宠。在王夫人这里，帮助她管理荣国府的不是儿媳李纨，而是她的亲侄女凤姐。李纨死了丈夫，在家中又没什么话语权，心里能不起风暴吗？至于邢夫人对儿媳凤姐，羡慕嫉妒恨，恐怕只剩下了最后一个字。

宁国府的情况则更为尴尬，儿媳秦可卿貌美如花，为人处世方面也赢得了贾府上下的好评。平日里，婆婆尤氏非常疼爱儿媳，可她为何称病不出来料理秦可卿的丧事？在得知丈夫与儿媳有染的丑闻后，恨都来不及，哪里还有心思张罗呢？

虽然相隔遥远，封建礼教下的婆媳关系与当今社会的婆媳关系也有着很大的差异，但如今读来仍感觉非常真实。因为不同的时代，不同的家庭都会面临同样的问题，在家家都有的难念的经中，婆媳关系是最难念的一本。同时，我们也会得到这样的启示：中国数千年的传统文化一直倡导构建和谐共融的家庭关系，这对于古今家庭的稳定与发展来说都是非常必要的。

人间滋味

俗话讲"尺雪抵寸雨，瑞雪兆丰年"，对古代的农人来说，下雪是事关年景的重要事情。对于映雪苦读的文人而言，下雪则是一件浪漫的事情，四大名著中有颇多与雪相关的情节。

《三国演义》中，刘备在"朔风凛凛，瑞雪霏霏"的隆冬之日去拜访孔明，却因不遇先生而感伤。《西游记》中，唐僧师徒眼中的雪景是"惨雾重浸，大雪纷纷盖地。真个是六出花，片片飞琼；千林树，株株带玉。须臾积粉，顷刻成盐"。估计这雄浑壮观的雪景渲染完了，妖怪也该出来了。《水浒传》中，林冲上梁山之前风雪山神庙一段让人印象深刻。

林冲被高俅所害，只身发配沧州，高俅又派陆谦火烧草料场，欲置林冲于死地。风雪夜，在草料场熊熊的火光中，林冲血溅山神庙。张恨水说："大雪漫天，炉灯小坐，人缩如猬，豪气欲销，宜读《水浒传》林冲走雪一篇。"是的，林冲的世界一直在下雪，漫天的飞雪中，一顶毡帽、一把枪、一个酒壶,一人独走江湖,凄美的雪与林冲的苦纠缠在一起,分不清楚。

提起大雪之中的精雅生活,首推《红楼梦》,贾府的富贵闲人们在雪天的日子是最为惬意的,他们踏雪寻梅、煮雪烹茶、对雪赋诗,真可谓是"雪趣横生",难怪有人感叹,在贾府极盛的时候,大观园里的雪都是暖的。但是,曹雪芹是怀着一颗悲悯之心写小说的,他在写尽雪中雅事的同时,没有忘记那些尚需为温饱而奔波的人,他们在雪中体味到的不仅仅是严寒的残酷。

■ 一场雪,遇见百味人生

《红楼梦》最经典的雪景出现在第四十九回。贾宝玉起床之后透过玻璃往外看:

……竟是一夜大雪,下将有一尺多厚,天上仍是搓绵扯絮一般……出了院门,四顾一望,并无二色,远远的是青松翠竹,自己却如装在玻璃盆内一般。于是走至山坡之下。顺着山脚刚转过去,已闻得一股寒香扑鼻,回头一看,恰是妙玉门前栊翠庵中有十数株红梅如胭脂一般,映着雪色,分外显得精神,好不有趣!

好一幅琉璃世界白雪红梅图!随后,宝玉到芦雪广与众位姐妹一同烧烤鹿肉、作诗。宝玉诗才不佳,被罚到栊翠庵折一枝红梅。

白雪皑皑、红梅飘香,诗翁、诗婆们品尝着鹿肉、朱橘、黄橙、橄榄、香喷喷的大芋头……真是应了宋朝卢梅坡的诗:

有梅无雪不精神,有雪无诗俗了人。
日暮诗成天又雪,与梅并作十分春。

贾母也来凑热闹。她围着大斗篷,戴着灰鼠暖兜,坐着小竹轿,五六个丫鬟打着青绸油伞拥轿而来。

见李纨等人要往上迎,贾母马上命人止住,不让众人出来踩雪。这一来可见贾母对大伙儿的体贴,二来也可看出贾府众人的尊贵。雪天园内出行,乘竹轿的确是个不错的选择。

有雪即有冰,银装素裹的大观园里还备有一种冰上交通工具——冰床[①]。清代满族人富察敦崇在《燕京岁时记》里这样介绍冰床:

冬至以后,水泽腹坚,则十刹海、护城河、二闸等处皆有冰床。一人拖之,其行甚速。长约五尺,宽约三尺,以木为之,脚有铁条,可坐三四人。雪晴日暖之际,如行玉壶中,亦快事也。

"城下长河冻已坚,冰床仍着缆绳牵;浑如倒拽飞鸢去,稳便江

[①] 冰床有"凌床""拖床"之称。旧时富贵人家备有冰床,一则作为交通工具,二则用于人们冬日娱乐。在清代的京城之中,冰床极为普遍。

南鸭嘴船①",这样的冰床真是动感十足。更有富家子弟将十几张冰床连在一起,上铺毛毯,再摆上酒,边饮酒取乐边滑行②。

大观园里也有专门负责拉冰床的老嬷嬷,小说中虽然没有贾府众人乘坐冰床出行的详细介绍,但试想贾府众人在坐船的时候,凤姐还要亲自尝试一番如何撑船,可知他们乘坐冰床在冰上嬉戏时更是会花样百出的。

暖舍、香屋、烤鹿肉、攒梅花上的落雪泡茶、拥炉联诗、拉冰床、扑雪人儿……贾府众人的闲情雅兴让人不禁感叹岁月静好。寒冷的冬季,满天飞雪,又有几人能像大观园中众人的生活一样惬意?

穷人们的冬天

"绿蚁新醅酒,红泥小火炉"只是富人的生活,一般的贫民大约只能感受到大雪带来的严寒。

《阅世编》中记录了康熙二十二年冬天的酷寒天气:黄浦江中的许多地方都冻住了,"两塘叠冰如山",渡口的船只也被大块的浮冰撞坏了。人们想喝酒取暖,倒出来的酒竟然也被冻住了。想那记录的还是南方的冬季,北方就更冷了。

第五十三回中,乌庄头来给贾府送年例,贾珍嫌他来晚了,乌庄头解释道:

---

① 出自清代《京师竹枝词》。
② 出自《倚晴阁杂抄》。

"今年雪大,外头都是四五尺深的雪,前日忽然一暖一化,路上竟难走的很,耽搁了几日。虽走了一个月零两日,是因日子有限了,怕爷心焦,可不赶着来了。"

在这段对话中,作者间接描绘出了乌庄头一行人在四五尺深的雪中跋涉的场景,也道出了民生的艰难。

乌庄头送来的年例多为东北特产。东三省是清朝的"龙禁"之地,清廷的皇庄大多在那里。康熙年间,东北村居旗丁的生活极为困苦,吃的食物非常鄙陋,穷人用粗布或猫犬獐鹿牛羊的皮做衣服穿,也有人穿着大鱼皮做的衣服[①]。

不知道乌庄头庄子里的农户是如何挨过寒冬,又是如何凑集给贾府的年例的,贾珍还在抱怨物品短少:"这够做什么的……真真是又叫别过年了!"不过,贾珍并没有为难乌庄头,他很快就披着猞猁狲大皮袄,坐在大狼皮褥子上,边晒太阳,边看着贾氏宗族的子弟们领年物去了。

刘姥姥一家也是穷人的典型代表。刘姥姥对于冰天雪地的印象实在是太深刻了,否则那个在雪地里抽柴的红衣女孩儿也不会被她信手拈来编在故事里。听到屋外柴火响,刘姥姥的第一反应是"必定有人偷柴草来了"。银装素裹的冰雪世界也是出现冻死骨的残酷背景。

一入冬,刘姥姥的女婿狗儿就开始发愁。对于穷人来说,冬天来

[①] 高士奇在《扈从东巡日录》中记载了康熙年间东北松花江畔村居旗丁的困苦生活,"其食甚鄙陋,其衣富者不过羔裘紵丝细布,贫者惟粗布及猫犬獐鹿牛羊之皮,间有以大鱼皮为衣者"。

了,不仅年关将近,一家人的衣食取暖也都是问题。

为解决衣食之忧,刘姥姥去贾府打秋风,凤姐给了她二十两银子,"暂且给这孩子做件冬衣罢",这显然是句客气话,穷人家的冬衣能有这么贵吗?想来,有了这足够庄户人家过一年的银子,刘姥姥一家也能暖暖地围坐在炕上,看窗外落雪了吧。

时装秀里的灰姑娘

凤姐说,给刘姥姥的银子,是挪用的给丫头们做衣服的专款。在贾府,连丫鬟都不会有"可怜身上衣正单"的尴尬,更别提那些公子小姐了。

第四十九回,大观园上演了一场顶级时装秀:

> 黛玉换上掐金挖云红香羊皮小靴,罩了一件大红羽纱面白狐狸里的鹤氅,束一条青金闪绿双环四合如意绦,头上罩了雪帽。二人一齐踏雪行来。只见众姊妹都在那里,都是一色大红猩猩毡与羽毛缎斗篷,独李纨穿一件青哆罗呢对襟褂子,薛宝钗穿一件莲青斗纹锦上添花洋线番羓丝的鹤氅;邢岫烟仍是家常旧衣,并无避雪之衣。一时史湘云来了,穿着贾母与他的一件貂鼠脑袋面子大毛黑灰鼠里子里外发烧大褂子,头上带着一顶挖云鹅黄片金里大红猩猩毡昭君套,又围着大貂鼠风领。

宝玉穿着大红猩猩毡的斗篷和黛玉一同踏雪前行。黛玉披着大红色羽纱为面、白狐狸皮为里的鹤氅①，明媚动人又仙气十足。再看李纨穿的衣裳颜色虽不艳丽，但哆罗呢却是名贵的进口衣料，青哆罗呢对襟褂子正好符合李纨这守寡的少奶奶形象。薛宝钗穿的莲青色的鹤氅，虽属素色，衣服的质料却是洋线番耙丝②，衬托出宝钗的素雅与贵气。湘云则从头到脚、从里到外穿的都是皮毛。

皑皑白雪中，唯有邢岫烟穿着一件家常旧衣，并无避雪之衣，越发显得拱肩缩背，好不可怜。为何会有如此"不和谐"的音符？一名女子要有多么强大的内心，才能在这样尴尬的场景中从容面对？

邢岫烟和家人一起来投靠姑母邢夫人，以冷漠自私著称的邢夫人对他们"不大理论"，岫烟的父母又是"酒糟透"一样不堪，这样一个寄居贾府的寒酸女孩儿，怎么会有值钱的冬衣呢？

贫寒且寄人篱下，岫烟却从不顾影自怜，而是平静随和地和富家小姐们玩笑作诗。

大观园中的姐妹们都很喜欢岫烟，探春见她衣着寒酸，赠她一块碧玉，宝钗也经常暗中接济她。凤姐看中岫烟的稳重平和，对她格外关照。凤姐是何等聪明又是何等会识人，曹公写凤姐看岫烟，就是侧写岫烟确实是个好姑娘。平儿与凤姐极为默契，她见岫烟在雪地里穿着旧毡斗篷，就在打理送给袭人的衣裳时，直接拿了一件半旧的大红羽纱衣裳送给岫烟。薛姨妈更是喜欢这位端雅稳重的姑娘，把岫烟说与了自己的侄儿薛蝌为妻。

在第五十七回，宝钗见岫烟又穿得单薄，就询问她。

---

① 鹤氅的原意是指仙鹤羽毛织就的外衣，不缝袖，样子类似道袍。
② 这是一种用丝线和毛线混合的名贵织物。

原来，凤姐安排岫烟住在迎春屋里，每月也给她发月钱。二两银子的月钱，岫烟要拿出一两来赡养父母。此外，迎春屋里那些拜高踩低的下人对她多有嫌弃，隔几天，岫烟就得拿些钱给下人们打酒买点心吃。这样一来，钱自然不够用，天气还没转暖，她就当掉了冬衣。

谁知，她当棉衣的当铺竟是薛家开的。此时岫烟虽然许配给了薛蝌，但还没过门，宝钗和她开玩笑，"人没过来，衣裳先过来了"。

这种情形要是发生在岫烟进贾府之前倒也罢了，因为旧时的贫寒人家一般是棉衣、夹衣两套轮换，春暖时节赶上缺钱花，就把御寒的衣服送到当铺，天冷的时候再赎回来。可是岫烟是在富贵逼人的豪门中独自过着穷日子，真是令人唏嘘。

身处贫富差距如此之大的环境，产生心理落差是人之常情，或是自卑回避，或是心生委屈。岫烟却不卑不怨，与贾府众人相处也是恬淡自然、落落大方。"芝兰生于深谷，不以无人而不芳；君子修道立德，不为困穷而改节①。"这样的赞誉最适合岫烟了。

遥想红楼故事的结尾，贾府被抄，贾府众人发配的发配，死的死，卖的卖；刘姥姥带着从烟花巷里赎出的巧姐行走在纷飞的大雪中；光着头、赤着脚的宝玉身披大红斗篷，远远地向父亲贾政倒身下拜，了却了尘缘，消失在白茫茫的大地上。大雪很快就填平了他们的足迹，一切的繁华衰败、一切的沧桑无奈都被这大雪覆盖。

岫烟的结局怎样？她的这两句诗，"看来岂是寻常色，浓淡由他冰雪中"已经给出了答案，富贵也好，贫穷也罢，所有命运的馈赠，她

---

① 出自《孔子家语》。

红楼梦中事　265

都坦然接受。即便认清生活的真相,也不埋怨、不矫情、不打苦情牌,而是想办法与之和解,这样的女子是能够从容面对一切困境的。

有人说,生活就像一个多棱镜,我们只能看到自己眼前的那一面,看不到别人面对的那一面。《红楼梦》最动人的地方,就在于它的温情和悲悯之心。寒冬腊月,雪落无声,在世代簪缨之家生活过的人更易感知人生的无常,曹雪芹站在高处默默打量着红楼世界的芸芸众生,又引领我们去看各种不同的人不同的生活。每个人都是自己人生的主角,都在过着自己的冬天。

■ 《红楼梦》里的"秋风客"

打抽丰指的是假借名义或凭着某种关系向官府或富户分润财物。打抽丰又称打秋风。据说古代官府的衙役,总在秋风乍起时,以做棉衣为名,向富户募款。

明清时期盛行打秋风。一些落魄文人逢年过节,给富豪之家送对联、福字,来换取钱物等更贵重的回礼,送礼为名,图利是实。官场也不乏打秋风的情况,每有官员升迁,就会有昔日的老师、同门、亲朋等来访,名为拜会探望,实为索取馈赠。

明代一位郭姓县令不堪其扰,写下打油诗:"马驮沙上县新开,城郭民稀半草莱。寄语江南诸子弟,秋风切莫过江来。"

在清朝,苏州知府胡可泉曾在衙门口贴了一副对联:"相面者、算命者、打抽丰者,各请免见;撑厅者、铺堂者、撞太岁者,俱听访拿。"

这副对联将"打抽丰"与看相、算命等招摇撞骗行为同等看待。可见当时社会对于打秋风这类行为是非常厌恶的。

其实，打秋风的动机无非有两种，一是因贪婪，无端索要，如《红楼梦》中的夏太监、周太监之流；二是因贫困，不得不去乞求，刘姥姥是属于第二种类型的"秋风客"。

刘姥姥叫什么名字？无人知道。古代女子嫁夫从夫姓，刘是她丈夫的姓。在《红楼梦》第六回，刘姥姥出场。

要过冬了，愁

刘姥姥是个老寡妇，和女儿、女婿一起生活。天气渐冷，女婿狗儿正在为冬事发愁。

因这年秋尽冬初，天气冷将上来，家中冬事未办，狗儿未免心中烦虑，吃了几杯闷酒，在家闲寻气恼，刘氏也不敢顶撞。因此刘姥姥看不过，乃劝道："姑爷，你别嗔着我多嘴。咱们村庄人，那一个不是老老诚诚的，守多大碗儿吃多大的饭。你皆因年小的时候，托着你那老家之福，吃喝惯了，如今所以把持不住。有了钱就顾头不顾尾，没了钱就瞎生气，成个什么男子汉大丈夫呢！如今咱们虽离城住着，终是天子脚下。这长安城中，遍地都是钱，只可惜没人会去拿去罢了。在家跳蹋会子也不中用。"狗儿听说，便急道："你老只会炕头儿上混说，难道叫我打劫偷去不成？"刘姥姥道："谁叫你偷去呢。也到底想法儿大家裁度，不然那银子钱自己跑到咱家来不成?"狗儿冷笑道:"有法儿还等到这会子呢。我又没有收税的亲戚,作官的朋友,有什么法子可想的?便有,也只怕他们未必来理我们呢!"

刘姥姥道:"这倒不然。谋事在人,成事在天。咱们谋到了,看菩萨的保佑,有些机会,也未可知。我倒替你们想出一个机会来。当日你们原是和金陵王家连过宗的,二十年前,他们看承你们还好;如今自然是你们拉硬屎,不肯去亲近他,故疏远起来。想当初我和女儿还去过一遭。他们家的二小姐着实响快,会待人,倒不拿大。如今现是荣国府贾二老爷的夫人。听得说,如今上了年纪,越发怜贫恤老,最爱斋僧敬道,舍米舍钱的。如今王府虽升了边任,只怕这二姑太太还认得咱们。你何不去走动走动,或者他念旧,有些好处,也未可知。要是他发一点好心,拔一根寒毛比咱们的腰还粗呢。"刘氏一旁接口道:"你老虽说的是,但只你我这样个嘴脸,怎样好到他门上去的。先不先,他们那些门上的人也未必肯去通信。没的去打嘴现世。"

谁知狗儿利名心最重,听如此一说,心下便有些活动起来。又听他妻子这话,便笑接道:"姥姥既如此说,况且当年你又见过这姑太太一次,何不你老人家明日就走一趟,先试试风头再说。"

一个贫苦的农家置办冬事可不是一件小事,年关将近,欠债需要还清,田租也需要缴清,也许狗儿一家因生活窘迫连越冬的棉衣都还没有置备。

狗儿的儿子取名板儿。明代称劣质的铜钱为板儿,看来狗儿夫妇希望自己的儿子像摇钱树一样,能够摇下一堆铜板来。另外,他们还有一个女儿叫青儿,有研究者认为青儿的名字取自"青蚨还钱[①]"的传说。两个孩子如此取名,既体现了狗儿一家求钱心切的心理,也道出了他们生活的困窘。

有枣没枣,打一杆子

日子虽难过,但是刘姥姥也没有像《儒林外史》中范进的老丈人那样数落女婿的无能,反而帮他出谋划策。

刘姥姥和女婿提及与荣国府的关系,"当日你们原是和金陵王家连过宗的",王家的二小姐"如今现是荣国府贾二老爷的夫人"。这王家的二小姐——王夫人现在都已经年过半百了,刘姥姥还是在王夫人未出阁的时候见过她一面,看来他家与荣国府真的是略有些瓜葛。有枣没枣,打一杆子试试,刘姥姥劝女婿去荣国府走动走动,或许会有些好处。

听完刘姥姥的分析,狗儿让刘姥姥去荣国府"试试风头"。一家人明确了刘姥姥此行的目的就是去打秋风。

[①] 相传青蚨是南方的一种虫,如果将它产的卵拿走,那母青蚨不管多远都会飞过去。如果将母青蚨和子青蚨的血分别涂在铜钱上,用涂了母血的铜钱去买东西,而将涂了子血的铜钱放在家中,不久,花掉的钱,全都会飞回来。如此循环往复,钱就永远花不完,青蚨也就成了钱的代名词。旧时一些老字号也为了取财源广进的寓意以此取名,如"瑞蚨祥"。

红楼梦中事

一进荣国府

白玉为堂金作马的贾府总是让人心生敬畏。巡盐御史家庭出身的林黛玉一到贾府还步步留心，时时在意，不肯轻易多说一句话，多行一步路，恐怕被人耻笑，何况这个"芥豆之微"的刘姥姥。但为了温饱，迫于生存，这位老人不得不舍着"这副老脸"去碰碰运气，这本身就让人悲悯同情。

先看刘姥姥见到王熙凤的场景。

> 凤姐也不接茶，也不抬头，只管拨手炉内的灰，慢慢的问道："怎么还不请进来？"一面说，一面抬身要茶时，只见周瑞家的已带了两个人在地下站着呢。这才忙欲起身犹未起身时，满面春风的问好，又嗔着周瑞家的怎么不早说。刘姥姥在地下已是拜了数拜，问姑奶奶安。

虽然初次见到刘姥姥的凤姐说："朝廷还有三门子穷亲戚呢"，但是出身于金陵王家的王夫人、凤姐哪有什么穷亲戚，来投奔贾府的薛家也是皇商出身，还时不时地送些人参、螃蟹过来。

刘姥姥见到"大还不过二十岁"的凤姐后，"拜了数拜，问姑奶奶安"，这是多么无奈的逢迎与巴结。面对珠光宝气的贵族少奶奶，衣衫褴褛的山野老妇又怎敢自称长辈，随后刘姥姥讨要钱财，更是要舍下面子的。

刘姥姥会意，未语先飞红的脸，欲待不说，今日又所为何来？只得忍耻说道："论理今儿初次见姑奶奶，却不该说，只是大远的奔了你老这里来，也少不的说了。"……这里刘姥姥心神方定，才又说道："今日我带了你侄儿来，也不为别的，只因他老子娘在家里，连吃的都没有。如今天又冷了，越想没个派头儿，只得带了你侄儿奔了你老来。"

陶渊明有诗："饥来驱我去，不知竟何之。行行至斯里，叩门拙言辞。"刘姥姥尽管有"忍耻之心"，此时也是未语先飞红了脸。当尊严与生存温饱相较，前者只能居于末位。

作者对此是深有体会的。曹雪芹在写小说的时候，过的是茅椽蓬牖，瓦灶绳床，举家食粥酒常赊的生活，自然也有过求亲靠友的窘迫，否则敦诚也不会对他有"劝君莫弹食客铗，劝君莫叩富儿门。残羹冷炙有德色，不如著书黄叶村"的劝告。

刘姥姥和板儿为了赶路连早饭都没吃，虽然她掸了几次衣服，但是也掸不掉满身、满脸的风尘，这些都逃不出凤姐的眼睛。凤姐传了一桌客饭给祖孙二人吃。最后，凤姐给了刘姥姥二十两银子，还另外给了一吊钱，让刘姥姥雇车回去。从这客饭和车钱中能看出凤姐作为大管家的处事周全，也可以看出凤姐尚存怜贫惜老之心。

对贾府来说，二十两银子是一顿饭，对于一户庄稼人，这却足够过一年，难怪刘姥姥喜得浑身发痒，欢天喜地地回家了。此次打秋风是成功的。

红楼梦中事

二进荣国府

到了第三十九回,刘姥姥带着板儿又来到了荣国府。这位上次来打秋风的"假亲戚"又来干什么呢?

平儿答应着,一径出了园门,来至家内,只见凤姐儿不在房里。忽见上回来打抽丰的那刘姥姥和板儿又来了,坐在那边屋里,还有张材家的周瑞家的陪着,又有两三个丫头在地下倒口袋里的枣子倭瓜并些野菜。……刘姥姥因上次来过,知道平儿的身份,忙跳下地来问"姑娘好",又说:"家里都问好。早要来请姑奶奶的安看姑娘来的,因为庄家忙。好容易今年多打了两石粮食,瓜果菜蔬也丰盛。这是头一起摘下来的,并没敢卖呢,留的尖儿孝敬姑奶奶姑娘们尝尝。姑娘们天天山珍海味的也吃腻了,这个吃个野意儿,也算是我们的穷心。"

看来,刘姥姥一家度过了灾年,还多收了三五斗,她是带着瓜果蔬菜来表示感谢的。

在刘姥姥再次要离开贾府回家的时候,平儿提到了她装这些土特产的口袋。

"这两条口袋是你昨日装果子的,如今这一个里头装了两斗御田粳米,熬粥是难得的;这一条里头是园子里头的果子和各样干果子。"

不要小看这可以装两斗米的口袋,一位七十五岁的老人带着一个孩子,用两个这样的口袋装着东西从京郊扛到了贾府,来时口袋里装着什么：枣儿、倭瓜并些野菜。倭瓜，多沉呀。贾府显然是不缺那些瓜果蔬菜的，但穷苦的庄稼人又有什么呢？她扛来的是一片真心。

贾府的人怎么会不感动呢？连凤姐都说："大远的，难为他扛了那些沉东西来，晚了就住一夜明儿再去。"但在周瑞家的要带刘姥姥去见贾母的时候，她却推说："我这生像儿怎好见的。好嫂子，你就说我去了罢。"这也印证了刘姥姥此次并非为打秋风而来，同时也透露出了刘姥姥的胆怯，她知道自己的身份，不敢去见高高在上的贾母。

在平儿的劝说下，刘姥姥去见了贾母。她心态平和、真实坦然，称贾母为老寿星，说贾母是天生享福的，自己是受苦的。后来贾母留她住两天，陪着聊天解闷，她又讲了一些乡野趣闻逗众人开心。

讲到雪天抽柴的红衣少女时，恰逢南院马棚里失了火，刘姥姥随机应变又讲了诚心感动神仙赐子的故事，恰巧暗合了贾母、王夫人求佛保子的心事。本来不同社会阶层的人，认知层次有差异，交流起来也有困难。刘姥姥的表现却实在难得，作者忍不住称赞：

> 那刘姥姥虽是个村野人，却生来的有些见识，况且年纪老了，世情上经历过的，见头一个贾母高兴，第二见这些哥儿姐儿们都爱听，便没了话也编出些话来讲。

第二天，刘姥姥又用出尽洋相的表演给大家带来了无尽的欢乐。

刘姥姥和贾府众人一起游览大观园，凤姐故意捉弄她，给她插了满头的花，众人哄笑，刘姥姥却笑说自己是老风流。

宴席上，刘姥姥还被作为"女篾片"戏耍了一番。凤姐和鸳鸯嘱

红楼梦中事

咐她要在饭前说一番话，结果刘姥姥真的站起来高声说："老刘，老刘，食量大似牛，吃一个老母猪，不抬头！"使得贾府众人笑态百出。后来鸳鸯因为捉弄了刘姥姥来给她赔不是，刘姥姥却笑道："咱们哄着老太太开个心儿，可有什么恼的！你先嘱咐我，我就明白了，不过大家取个笑儿。我要心里恼，也就不说了。"

刘姥姥并非自轻自贱之人，她是在用自己能做的尽力去成全别人的欢笑，能够坦然面对自身卑微与弱小的人，是可敬的。这个"丑角"背后隐藏着大智慧。

贾府与刘姥姥的生活有如云泥之别。稻香村里"一畦春韭绿，十里稻花香"的景象，与面朝黄土背朝天的农村生活有着太大的差距。

元妃省亲的时候，黛玉还曾作诗感叹，"盛世无饥馁，何须耕织忙"，养在深闺不谙世事的富家小姐不会想到，在这世界上，还有一类人，吃了上顿没有下顿，冬天来了也无法御寒。而恰恰是这样一位饱受贫寒折磨的老人，拥有如此乐观、豁达的生活智慧。让人不禁想起了汪曾祺说过的一段话：

"能够度过困苦的，卑微的生活，这还不算；能于困苦卑微的生活中觉得快乐，在没有意思的生活中觉出生活的意思，这才是真正的'皮实'，这才是生命的韧性。"

日后在贾府败落之际，那些曾经生活在富贵中的人，在过上"展眼乞丐人皆谤"的生活后又该如何面对生活？从这个角度看，刘姥姥对贾府众人又何尝不是一种精神上的救赎。

刘姥姥临走时，王夫人给了她一百两银子，这相当于一个庄户人家五年的费用，还告诉她，以后别求亲靠友的。对于这句话，我们可以理解为是对这位为生计奔波的贫苦老人的理解、体恤。也可以换个角度思考，刘姥姥这样的穷亲戚的到访，对王夫人或许是一件颇为尴尬和没面子的事情。洞察世事的刘姥姥又怎会不明白？此后，刘姥姥从小说中消失了，直至最后贾府败落才出现。

与之相比，临行前平儿的嘱托则更为动人。

平儿说一样，刘姥姥就念一句佛，已经念了几千声佛了。又见平儿也送他这些东西，又如此谦逊，忙念佛道："姑娘说那里话？这样好东西我还弃嫌！我便有银子也没处去买这样的呢。只是我怪臊的，收了又不好，不收又辜负了姑娘的心。"平儿笑道："休说外话，咱们都是自己，我才这样．你放心收了罢，我还和你要东西呢。"

前面作者曾经透过平儿之口介绍刘姥姥和板儿是来打秋风的，但此时平儿懂得了刘姥姥的朴实善良，说"咱们都是自己"，不知道平儿说这话时是不是想起了自己的家人。善良的平儿又担心这位年迈的老人再扛那么多、那么沉的东西来，叮嘱只要干菜，别的一概不要，别枉费了心。这话没有半点虚情假意，她对穷苦的刘姥姥充满了理解与关爱。

触目惊心的"蝗虫"

刘姥姥是以去贾府打秋风出场的,想来在贾府的饕餮盛宴上,她的吃相也一定是不好看的,所以黛玉才会给她取了"母蝗虫"的绰号。但是,脂砚斋在"母蝗虫"处,留下了"触目惊心"的侧批。看来,批注者明白黛玉此典不只是形容刘姥姥一个人,更明白作者的这些描写并非空穴来风。

当年的曹家不但要应付皇上无休止的差使,朝中的权贵、有权势的太监也经常来曹家打秋风。有不少清宫档案中记录着曹家被权贵敲诈勒索的情形。太子胤礽就曾派自己的乳公灵普向江宁、苏州二织造索要银两,三年间共索要八万五千两,其中曹家就贡献了五万三千两[①]。这样的事例不胜枚举。

在小说中,来贾府打秋风的不止刘姥姥一人。那些三天两头来贾府敲诈银子的太监,更是令贾琏躲避不及。第七十二回,夏太监要买房子,他打发小太监来借钱,还捎话说"上两回还有一千二百两银子没送来,等今年年底下,自然一齐都送过来"。可见,在贾府,这样敲诈勒索的事情很多,而且都是有去无回。难怪贾琏抱怨,"这一起外祟何日是了"。与那些人在贾府的所得相比,刘姥姥的打秋风所得简直是九牛一毛。

但"势败休云贵,家亡莫论亲",同受贾府恩惠,懂得感恩回报

---

① 康熙四十七年九月二十三日《八贝勒等奏查报讯问曹寅李煦家人等取付款项情形折》,载《关于江宁织造曹家档案史料》。转引自侯会《物欲〈红楼梦〉》第279页。

的能有几人？

整日跟着贾政出入的门客名叫詹光、单聘仁，透过谐音，我们能明白他们投靠贾府是为了沾光、骗人。日后贾府败落，像贾雨村之流不仅不会伸手想救，说不定还会落井下石。而刘姥姥二进荣国府送瓜果，就是为了感谢贾府的"滴水之恩"，这也证明了刘姥姥与其他秋风客不同。她是贫穷的，更是善良的、知恩图报的。

巧姐的劫后余生

凤姐的女儿巧姐是金陵十二钗中最年幼的一个，前八十回，她出场次数很少。

女儿自幼体弱多病，让凤姐大为苦恼。在刘姥姥临走的时候，凤姐让她给女儿取个名字，一是希望女儿能像刘姥姥一样长寿，二是借贫苦人的命硬来压压女儿的病弱。刘姥姥给孩子取名巧姐，希望她以后凡事都从"巧"字上来，逢凶化吉、遇难成祥。但刘姥姥给予巧姐的绝不仅是一个名字。

谁能想到，在贾府落败之际，巧姐会被"狠舅奸兄"卖掉。冥冥中，作者又让刘姥姥与巧姐有了联系。又有谁能想到，刘姥姥口中"拔根汗毛比咱们的腰还粗"的贾府，在巧姐落难之时，竟只能靠一介村妪出手相救。

贫苦的刘姥姥把巧姐从烟花巷赎出来，谈何容易。当年贾赦买嫣红，还花了八百两银子。就算刘姥姥有这两次贾府资助的银两和全家多年的辛苦积攒，救出巧姐也要拼尽全部的财富。刘姥姥打秋风的所

红楼梦中事

得最终又加倍还给了贾府。

刘姥姥让自己的外孙板儿娶落入风尘的巧姐为妻,又要承受多少非议。正如脂砚斋所说,刘姥姥"有忍耻之心,故后有招大姐之事"。是刘姥姥的再度"忍耻"才有了巧姐的劫后余生。这也印证了曹雪芹在第六回正文开头所题的诗:"朝扣富儿门,富儿犹未足。虽无千金酬,嗟彼胜骨肉。"

此后的巧姐,变成了一个在荒村野店织绩的女子,虽然失去了曾经作为贾府小姐的风雅与尊贵,但比起那些在贾府败落之后流离失所的家人而言,能够成为一个躬耕布衣,用纺车织就安宁生活的农妇,又何尝不是一种幸福。

刘姥姥一进、二进荣国府都是充满欢笑的,关于她三进荣国府的详情我们不得而知。可以想象在故事的结尾,白茫茫的大地上,赫赫扬扬的贾府早已不在,在一座荒村茅舍旁,刘姥姥和巧姐站在一起,旁边的纺车不停地旋转,恰似命运的一次次轮回……

曾经,一个秋风客,卑微低贱;

曾经,一个皇亲国戚,富贵满堂。

曹公云:叹人世,终难定。谁能想到当年面前的求乞者会成为自己的恩人?"劝人生,济困扶穷",这恐怕是作者在经历了世态炎凉、品尝了人间百味后的切身感悟吧。

■ 居安思危，可卿托梦

在道教和许多民间信仰中，认为神灵或逝去的人如果有想法要表达，会通过托梦的形式与人联系，或是口头交代或是以场景示人，表述未了心愿，预示凶吉祸福。

文学经典中更是不乏托梦的情节，《西游记》中，乌鸡国国王托梦唐僧诉说冤屈，引出一桩天蓬元帅背尸的趣事。《三国演义》中，赵云死后托梦诸葛亮，惹得蜀相泪水涟涟。《红楼梦》中，有一段秦可卿托梦给凤姐的内容，而且托梦的内容可不简单。

疑点重重

在《红楼梦》中，秦可卿是最为神秘也是最有争议的人物。

第五回，贾母偕宝玉等人到宁国府游园赏花，宝玉困了，要睡午觉，此时，秦可卿出场：

> 贾蓉媳妇秦氏便忙笑回道："我们这里有给宝叔收拾下的屋子，老祖宗放心，只管交与我就是了。"又向宝玉的奶娘丫鬟等道："嬷嬷、姐姐们，请宝叔跟我这里来。"贾母素知秦氏是个极妥当的人，因他生的袅娜纤巧，行事又温柔和平，乃重孙媳中第一个得意之人，见他去安置宝玉，自是安稳的。

秦可卿是秦业从养生堂抱养的女儿，而且秦家家境清寒，这样出

红楼梦中事　279

身的女子不大可能嫁入贾府,因为封建婚姻讲究门当户对,四大家族的婚姻更是强强联合,但作者一句"素与贾家有些瓜葛",就让秦可卿成了宁国府的长孙媳妇。

不仅如此,《红楼梦》中的女子众多,作者为秦可卿取名"兼美",意指集宝钗、黛玉等人的优点于一身。秦可卿还被眼光独到的贾母称为"重孙媳中第一个得意之人"。这些足以证明,秦可卿是非常优秀的女子。

秦可卿出场的次数并不多,而且很快就去世,关于她的死因也留下了诸多疑点。

在小说第五回,宝玉神游太虚幻境,他看到金陵十二钗正册上,有这样一页:

> 后面又画着一座高楼大厦,有一美人悬梁自缢。其判云:情天情海幻情深,情既相逢必主淫。漫言不肖皆荣出,造衅开端实在宁。

按照判词来看,这个宁国府女子的自尽与"情""淫"有关。秦可卿生得形容袅娜,性格风流,基本符合判词所说,但是,小说中多次提到她重病求医,与自尽的说法又矛盾。

再看红楼梦曲[①]《好事终》:

[①] 《红楼梦》十二支曲与金陵十二钗册子判词互为补充,预示了书中主要人物的命运和结局。

"画梁春尽落香尘。擅风情，秉月貌，便是败家的根本。箕裘颓堕皆从敬，家事消亡首罪宁。宿孽总因情。"

作者在指出贾府败落的原因时，毫不留情地把矛头指向了宁国府，也暗示了红颜祸水的作用。

秦可卿去世后，她的两个丫鬟，一个自杀，一个甘愿作义女为之发丧，后留在庙里，执意不回宁国府。这些行为都非常反常，她们一定是知道了什么犯禁的事情，不得已而为之。

秦可卿的葬礼上，公公贾珍哭得泪人一般，倾其所有肆意奢华地操办葬礼。儿媳过世，公公如此痛心，连脂砚斋都看不下去了，有批语在侧："可笑，如丧考妣。此作者刺心笔也。"一向温顺的婆婆尤氏则称病不出来料理丧事，似乎证实了秦可卿与贾珍有染的丑闻。

根据小说第十三回留有的批语①来看，在曹雪芹的初稿中，秦可卿是有一些不光彩的行为的，看过初稿的人因为秦可卿"有魂托凤姐贾家后事二件"建议作者删掉了那些不堪的情节。

秦可卿给凤姐托了什么样的梦，能让看过初稿的人和作者对其网开一面呢？

---

① "秦可卿淫丧天香楼，作者用史笔也。老朽因有魂托凤姐贾家后事二件，嫡是安富尊荣坐享人能想得到处？其事虽未漏，其言其意则令人悲切感服，姑赦之，因命芹溪删去。"（甲回后）"通回将可卿如何死故隐去，是大发慈悲心也，叹叹！壬午春。"（庚回后）参见《脂砚斋评石头记》（上海三联书店）。

红楼梦中事　281

魂托凤姐

夜已深，睡眼蒙眬的凤姐发现秦可卿"从外走来"。

　　恍惚只见秦氏从外走来，含笑说道："婶子好睡！我今日回去，你也不送我一程。因娘儿们素日相好，我舍不得婶子，故来别你一别。还有一件心愿未了，非告诉婶子，别人未必中用。"……凤姐便问何事。秦氏道："目今祖茔虽四时祭祀，只是无一定的钱粮；第二，家塾虽立，无一定的供给。依我想来，如今盛时固不缺祭祀供给，但将来败落之时，此二项有何出处？莫若依我定见，趁今日富贵，将祖茔附近多置田庄房舍地亩，以备祭祀、供给之费皆出自此处，将家塾亦设于此。合同族中长幼，大家定了则例，日后按房掌管这一年的地亩钱粮、祭祀供给之事。如此周流，又无争竞，也没有典卖诸弊。便是有罪，己物可以入官，这祭祀产业连官也不入的。便败落下来，子孙回家读书务农也有个退步，祭祀又可永继。若目今以为荣华不绝，不思后日，终非长策。眼见不日又有一件非常喜事，真是烈火烹油、鲜花着锦之盛。要知道也不过是瞬息的繁华，一时的欢乐，万不可忘了那'盛筵必散'的俗语。若不早为后虑，临期只恐后悔无益了！"凤姐忙问："有何喜事？"秦氏道："天机不可泄漏。只是我与婶娘好了一场，临别赠你两句话，须要记着！"因念道：三春去后诸芳尽，各自须寻各自门。

秦可卿分析了贾府的未来，担心会应了树倒猢狲散的俗语，希望能够未雨绸缪，提前规划，有两件事待解决，一是祭祀的钱粮问题，二是家塾的供给问题。

这两个问题都关系到百年望族的持续发展，虽然贾府今日富贵，可一旦获罪，家产会被没收，子孙难免流散，家业难兴。

为此，秦可卿给出了建议，在祖茔附近多置田庄、房舍、地亩，用来收租，这样可以保证祭祀和子孙教育所需的经费。

一手抓不动产

一个家族如果能够保证祖宗的香火不断，子孙也能读书科考，即便暂时衰败，也有复兴的希望。这令人佩服的远见卓识背后，也折射出了《红楼梦》成书年代的世家大族苦心经营坟地、祭田、重视子弟教育的社会风气。

自古以来，中国的世家大族就有经营本宗族坟地和祭田[①]的传统。

首先，古人讲"事死如生"，要求像对待生者一样供奉祖先的亡灵。人们日常的祭祀、修整祖茔等活动有助于维系家族内部的关系，也利于强化宗族意识。

其次，坟地和祭田也是族人的一种生存保障。在清朝，坟地与祭田的规模是和一个家族的政治地位、经济状况成正比的。许多八旗官员的坟地规模可观，如果把坟茔、碑碣、阴宅、阳宅以及看坟佃户耕

---

① 祭田是中国古代社会中，一个家族的公共田产，用来祭祀祖先、赡养族人等。

种的土地计算在内,有的能达方圆几百亩。坟地附近的土地收成不仅能为看坟的家人提供赡养之资、保证祭祀的钱粮供给,还能救济族人。

此外,古代的许多宗族还会拿出一部分祭田的收入,兴办族学、礼聘塾师,勉励族人读书科考。贾府也有本族的义学[①]:

> 原来这贾家之义学,离此也不甚远,不过一里之遥,原系始祖所立,恐族中子弟有贫穷不能请师者,即入此中肄业。凡族中有官爵之人,皆供给银两,按俸之多寡帮助,为学中之费。特共举年高有德之人为塾掌,专为训课子弟。

可见,贾府私塾的花费主要由家族中有官爵的父兄们"按俸之多寡"分担。一旦贾府败落,失去经费来源的家塾必将难以为继,众多子弟的读书教育也就成了问题。秦可卿着眼于解决家塾的经费问题,也是在为贾府子弟进行长远的教育规划。

秦可卿提到"祭祀产业不入官"的特点,也是有历史依据的。

清制,因罪籍没之家,坟园祭田不入官。乾隆元年(1736年)又有明确规定:凡亏空入官房地内。如有坟地及坟园内房屋,看坟人口,祭祀田产,俱给还本人,免其入官变价[②]。

当时,祭祀产业可谓是一个家族真正的不动产。大约从清朝中叶起,许多败落的旗人从城市迁到郊外,傍坟茔而居。他们有的是迫于

[①] 义学也叫"义塾",一种免费学校。有宗族办的,也有私人集资或用地方公费办的。一般招收主办者的族人、亲友或乡里子弟。

[②] 《大清律例通考校注》第12卷,转引自刘小萌《清代北京旗人社会》第187页。

城市的生存压力而迁居，有的则是因为获罪抄家而居无定所。

可见，秦可卿是在最大限度规避政策风险的前提下，为子孙后代做出了安身规划。

一手抓人才

心思细腻的秦可卿还考虑到了祭田的管理问题。

管理祭田是个肥缺，非常容易引起家族内部纷争。贾氏宗族分支众多，多数家庭位卑势微，只有贾府能担起处理宗族事务的重任。宁国府的贾珍任族长。秦可卿是宁国府的媳妇，却主动提出祭田要各房轮管，可见她非常开明。各房轮流管理地产钱粮、祭祀供给，可以利益均沾，也就减少了家族内部矛盾，极具可行性。

秦可卿随后提到，眼前有一件"非常的喜事"，指的是元春省亲。在这奢靡排场的繁华之后，是贾府财力的过度消耗，贾府终究难逃败落的命运。

小说的开头，就交代了贾府的重重危机，与财政困难相比，更令人痛心的是人才的匮乏。

将宁国府搞得一片混乱的贾珍父子自不必说，荣国府的贾赦贪财好色，贾政不问俗务，贾珠早亡，宝玉不中用，贾环言谈举止荒诞，贾兰还小……可叹这钟鸣鼎食之家的子孙，已经一代不如一代了。

秦可卿早已认清贾府男人的不堪重任，反倒是一二裙钗可齐家的现状。当务之急，她托梦给凤姐，授以拯救家族的策略。同时，她关注贾府子弟的教育，也是把复兴贾府的希望寄托到后世子孙身上。这些无不体现了她的清醒与智慧。

兼美之才，一眼百年

作者在写小说的时候已经经历了家族的败落，过着贫困潦倒的生活。在他身边一定有与贾府类似的家族，因为提前谋划，或者走的就是秦可卿说的路子，家族又获重生。作者对此进行了深刻的反省。

应该说，作者对秦可卿是怀着爱恨交织的矛盾情感的。人性是复杂的，身上都是美好、丑陋多面并存。秦可卿演绎的就是双面人生，一度在情欲的污浊中迷失，却难掩其出类拔萃的兼美之才。

看过曹雪芹初稿的人对秦可卿的批语也带有痛定思痛的感慨。在他们看来，秦可卿，一介女流，能够正视家族发展困境，深谋远虑，提出有效措施防患于未然，这种责任感和见识都令人钦佩。即便她曾误入歧途犯过错误，也是可以原谅的。

反观贾氏家族的教训，我们清晰地看到了古代社会宗族发展面临的困境。月满则亏，水满则溢，任何一个家族发展到鼎盛阶段后，如果不居安思危重新规划，都会走下坡路。秦可卿在为家族发展做系列规划时体现出的长远眼光和治家理念，不管是对小说中的贾府、历史中的曹家还是我们当下的家族都有极强的参考价值。

第三辑

当年明月 遥相忆

绣楼之上

不同民族的人赋予了文化不同的样式，而又是这些不同样式的文化区分开了一个民族与另一个民族，区别开了一个时代与另一个时代。

清代的民俗文化具有多元的特点，它以汉族民俗文化为主体，同时又融入了以满族为代表的少数民族的民俗文化。清代传承下来的满族民俗很多。

自古以来，满族家庭就有以小姑为重的习俗，在日常生活中也保留着很多母系社会遗风，重女权，比如家族中的事物，尤其是财务，往往由母亲，甚至由姑娘主持。

入关以后，清朝统治者规定，八旗女子在选秀女之前不能自行婚配，也不能对任何长辈或他人行跪拜大礼。因为清朝三年一次选秀，保不齐她们之中哪个会贵为妃嫔或成为"母仪天下"的皇后。即便不能入宫，女儿将来都要出嫁，相当于别人家的媳妇寄养在自己家里，是客人，所以，没出嫁的姑娘在家里备受娇宠和尊重。另外，旗人有俸禄，家里生了男孩就可以领到钱粮，女孩则不可以。于是一些家庭生了女孩儿就假报为男孩儿，穿男装当男孩儿教养，这也养成了一些旗人家的女孩儿敢做敢为的性格，家人都要让她几分。一些旗人家把未出嫁的女子称为"姑奶奶"，带有调侃的色彩。至今，在老北京的方言中表示对某个女子有些害怕时也称之为"姑奶奶"。

曹雪芹对于旗人家中的风俗非常熟悉。他笔下的贾府也有重小姑的传统。我们可以透过曹雪芹掀起的闺阁珠帘的一角，看见许多未嫁女孩儿的生活状态。

■ "姑奶奶"的地位

小姑都在炕上坐

封建社会强调尊卑有别，长幼有序，反映在座次上也有诸多规矩讲究。曹雪芹在描绘贾府这个诗礼簪缨之家的日常时，对众人的座次安排也极为重视。

第四十三回，众人聚在贾母房中为凤姐的生日凑份子：

> 众丫头婆子见贾母十分高兴也都高兴，忙忙的各自分头去请的请，传的传，没顿饭的工夫，老的，少的，上的，下的，乌压压挤了一屋子。只薛姨妈和贾母对坐，邢夫人王夫人只坐在房门前两张椅子上，宝钗姊妹等五六个人坐在炕上，宝玉坐在贾母怀

前，地下满满的站了一地。贾母忙命拿几个小机子来给赖大母亲等几个高年有体面的妈妈坐了。贾府风俗，年高伏侍过父母的家人，比年轻的主子还有体面，所以尤氏凤姐儿等只管地下站着，那赖大的母亲等三四个老妈妈告了罪，都坐在小机子上了。

屋子里这么挤，薛姨妈既是客人，又是长辈，所以与贾母对坐；邢夫人、王夫人都是儿媳，即便与薛姨妈同辈也不能与贾母对坐，只能坐在房门前的两张椅子上。几个老妈妈之所以能坐在小机子上，书中也给出了答案，在贾府，年长并服侍过父母辈的仆人，比年轻的主子还有体面。但是，同样是年轻的晚辈，尤氏、凤姐等人在地下站着，宝钗等五六个姐妹却坐在炕上。

按理说，宝钗等姐妹相对于凤姐、尤氏来说辈分较低，为何反而是姑娘们坐在炕上，嫂子们站着？

由此可以看出，贾府待字闺中的小姑地位是很高的。

千金小姐的起居标配

在贾府，高待未嫁女孩儿的传统由来已久。

王夫人来自金陵王家，也属于见过世面的大家闺秀，她在回忆未出阁的小姑贾敏[①]时曾大发感慨，"是何等的娇生惯养，是何等的金尊玉贵"。

[①] 黛玉的母亲贾敏是贾政的妹妹，即王夫人的小姑。

不说多年前贾敏时代千金小姐的排场体面，单看现在贾府姑娘们的服侍人员配置也不得了。

她们每个人除乳母外，还有四个教引嬷嬷，除贴身掌管钗钏盥沐的两个丫鬟外，另有五六个洒扫房屋来往使役的小丫鬟。搬到大观园以后，每一处又添两个老嬷嬷、四个丫头，另有专管收拾打扫的。

算下来，每位小姐竟有二十多人服侍。后来，凤姐建议，裁减一些丫头节省开支。王夫人还替小姐们委屈，最终以虽然艰难，难不至此为由，拒绝了凤姐。

贾府姑娘们的闺房陈设也是极尽奢华。

在完成省亲任务的大观园里，姑娘们都分到了独立的居所，客居贾府的黛玉、宝钗也不例外。贾母携刘姥姥游览大观园，到了黛玉的潇湘馆，发现窗纱旧了，马上命人换上"上用内造也不及"的软烟罗。见宝钗的蘅芜院中"雪洞一般，一色的玩器全无"，贾母婉转批评，不要很离了格儿，忍不住想亲自替宝钗布置。在贾母看来，小姐们的绣房，就应该是精致的。再看探春的秋爽斋，挂着南宋著名画家米芾的《烟雨图》、唐代著名书法家颜真卿的对联，还摆着价值连城的汝窑瓷器。

天经地义的照顾

在贾府，嫂子们尽媳妇之职，照顾姑娘是天经地义的。

众位姑娘入住大观园，寡嫂李纨带着陪小姑子们做针黹的任务一同搬了进去。

泼辣厉害的凤姐，对姑娘们也颇为照顾。天冷时，凤姐提议在大观园里另建个小厨房，省得她们到外面吃饭，灌一肚子冷风。姑娘们办诗社，来请凤姐做监社御史。不会作诗的凤姐当然知道她们想干什么，当即为诗社解决了经费困难。

即便是抄检大观园，凤姐对姑娘们也是温情呵护。她对探春陪笑解释，自己是奉命而来，别错怪她。奴才王善保家的冒犯探春，凤姐极力呵斥，直待服侍探春睡下才离开。到了惜春房中，凤姐也是百般安慰。来到迎春住处，迎春已经睡了，凤姐立即吩咐不必惊动。

在日常宴席上，嫂子们也要像侍奉公婆吃饭一样照顾小姑们。

第四十回，贾母在大观园里宴请刘姥姥。

上面二榻四几，是贾母薛姨妈；下面一椅两几，是王夫人的，馀者都是一椅一几。东边是刘姥姥，刘姥姥之下便是王夫人。西边便是史湘云，第二便是宝钗，第三便是黛玉，第四迎春、探春、惜春挨次下去，宝玉在末。李纨凤姐二人之几设于三层槛内，二层纱厨之外。

古人以西为尊，湘云、宝钗等几个女孩子都坐在西边。李纨、凤姐等嫂子却被安排在三层槛内，二层纱厨之外，这是方便端菜的位置。在贾母和刘姥姥、薛姨妈等人吃饭时，李纨和凤姐要在一旁伺候，姑娘们却是安然在席上用餐。

送宫花的坏规矩

客居贾府的薛姨妈自然熟知贾府娇养姑娘的规矩。第七回,她让周瑞家的送宫花,安排的顺序就很有技巧。

> 薛姨妈道:"这是宫里头的新鲜样法,拿纱堆的花儿十二支。昨儿我想起来,白放着可惜了儿的,何不给他们姊妹们戴去。昨儿要送去,偏又忘了。你今儿来的巧,就带了去罢。你家的三位姑娘,每人一对,剩下的六枝,送林姑娘两枝,那四枝给了凤哥罢。"

先给贾家的三春和黛玉送,最后再给凤姐。这符合贾府先姑娘后媳妇的规矩,何况凤姐还是薛姨妈的亲侄女,于情于理都应该排在后边。

谁知周瑞家的长着一双富贵眼,她自作主张改了路线。在给三春送完后,她直接去见凤姐。这个心性乖滑的奴才,小算盘打得噼啪响,讨好实权派的凤姐,好处才是大大的。

最后,周瑞家的才去了黛玉那里。她见了黛玉,单说薛姨妈派她来送花儿,并没有透露也给其他人了。如果黛玉按常理出牌,说一些客气话,把宫花收起来也就没事了,但黛玉的心较比干多一窍,看了看,便问道:"是单送我一个人的,还是别的姑娘们都有呢?"空荡荡的锦盒,两枝宫花,周瑞家的掩饰不住地心虚,黛玉冷笑说:"我就知道,别人不挑剩下的也不给我。"

黛玉一针见血，揭穿了周瑞家的欺软怕硬、钻营徇私的本来面目，言语如此犀利，周瑞家的听了，一声儿也不敢吭。在贾府，身为少奶奶的嫂子们都要让着姑娘们，这个有错在先的奴才又敢说什么呢？但是，送宫花一事也成了后人热议的公案，周瑞家的是王夫人的陪房，她当面不言语，不见得背后也不言语，多少人为至情至性的黛玉捏了一把汗。

出阁不如闺中待

贾府把对未嫁女孩儿的尊宠发挥到了极致，她们甚至能够出来行使管家大权。凤姐生病期间，探春、宝钗不仅和李纨一同理家，还进行了兴利除弊的改革。

正是在这种氛围下，贾府的女孩子才有了更多的闲情逸致，她们读书写字、弹琴下棋、作画吟诗、斗草簪花……对比后来，元春入宫，到了"那见不得人的去处"，探春远嫁，迎春嫁给了中山狼，惜春出家等"千红一窟（哭）"的命运，待字闺中的韶华时光对于这些薄命的女子来说，是一生中最值得怀念的日子。难怪迎春哭诉怀念出阁前的心净的日子。迎春出嫁后受尽折磨，那些美好的闺阁生活片段，应该是她唯一的精神慰藉吧。

不是每家的姑娘都是姑奶奶

贾府以外的大族女子是否也能享受到娇养的待遇呢？

金陵王家，自幼假充男儿教养的凤姐总是津津乐道"我们王家"，若不是备受娇宠，自信从何而来？

薛家，宝钗的父亲在世时，极爱女儿，教她读书识字。薛姨妈在处理许多事情时都要和宝钗商量，呆霸王薛蟠也常对妹妹说，该添些衣裳，项圈也该"炸一炸"了。

同样出身于四大家族之一的史湘云的待遇就是天壤之别了。"富贵又何为，褓褓之间父母违"，湘云自幼父母双亡，在叔叔家生活受诸多束缚，手头上也不宽裕。

湘云想宴请贾府众人，宝钗劝她，零用钱本就不多，请客这事，要让她的婶子知道了，还得挨抱怨。湘云犹豫起来，后来，还是宝钗出资帮她解了围。

史家派人来接湘云回去，她眼泪汪汪，当着史家人，又不敢十分委屈。连委屈的情绪都不敢流露，可想而知，她在家里活得有多压抑。难怪湘云常常嘱咐宝玉，别忘了提醒贾母派人去接她。在贾府，湘云才敢放飞自我，可以女扮男装、醉眠芍药裀、烧烤鹿肉、作诗游戏，对无父无母的湘云来说，这里是暂时忘记哀愁、享受生活的最佳处所。

"齐天大剩"的诞生

《红楼梦》里，还提到了一位四大家族之外的小姐——傅秋芳，她的家庭境遇也令人感伤。

那傅试安心仗着妹妹，要与豪门贵族结亲，不肯轻易许人，

红楼梦中事 295

所以耽误到如今。目今傅秋芳已二十三岁，尚未许人。争奈那些豪门贵族又嫌他穷酸，根基浅薄，不肯求配。

在古代，女子十五六岁算得上是黄金年龄，如果超过了二十岁仍然待字闺中，就算老姑娘了。这个哥哥傅试的确是"附势"，一开始就心存不正，幻想凭借妹妹的婚姻飞黄腾达，在那个门当户对的年代，他忘了自己的身份地位。这傅秋芳显然是被自己的哥哥耽误了，二十三岁的女子在现代人眼中正值妙龄，在《红楼梦》诞生的时代却早已被纳入了"齐天大剩"的行列，在当时，一个二十三岁的女子仍然待嫁闺中，即便有倾国倾城之貌也难免门前冷落。不知道这位聪慧过人的女子，面对待价而沽、想在自己身上榨取最大价值的哥哥，心中会有怎样的感慨。

回不去的家

贾府的许多丫鬟都出自贫寒之家，但她们在家中的地位却相去甚远。

宝玉的大丫鬟袭人因家道艰难被卖入贾府。渡过难关后，家人一直想把她赎回去，弥补当年卖女儿的亏欠。在第十九回，有一个细节。

> 袭人的母亲又亲来回过贾母，接袭人家去吃年茶，晚间才得回来……彼时袭人之母接了袭人与几个外甥女儿、几个侄女儿来家，正吃果茶。

曹公将正月里百姓家中的温馨场景勾勒出来，也体现了娘家对袭人的重视。后来，宝玉到袭人家中探望，袭人的家人看到他们主仆情深的模样，才放下心来，也断了赎女儿的念想。

同为丫鬟的鸳鸯的待遇就不可同日而语了。

鸳鸯的父母在南京为贾家看房子，哥哥是贾母房里的买办，嫂子是贾母房里管浆洗的头儿。家人能得到这些肥差一定得靠鸳鸯之力。后来，贾赦要纳她为妾，鸳鸯的嫂子一门心思想攀高枝儿，追到大观园里说服鸳鸯，完全不顾她的感受。哥哥也奉命极力说服她，被逼无奈的鸳鸯到贾母面前哭诉，发下毒誓，自己服侍贾母归了西，也不跟着父母哥哥回去，或是寻死，或是剪了头发当尼姑去。这让人深感悲哀，这个女孩子太聪慧了，她将人性的阴暗看得非常透彻：哥哥、嫂子不过是把她当作脸上贴金的工具，这样的家，不回也罢。

在贾府的"元、迎、探、惜"四位小姐中，唯有惜春是宁国府的人。惜春的母亲在她出生不久即过世，父亲贾敬立志要修道成仙，抛下宁国府的家业和儿子贾珍不管，对这个女儿更是不闻不问。贾母心疼孩子，命人将惜春抱到荣国府养着。贾敬修道之后，在贾珍执政的宁国府里，整日都上演着胡作非为的闹剧，也从未见贾珍关心过自己的小妹妹。贾母和大观园中的姐妹们对惜春都很好，但这代替不了血脉之情的温暖，缺少亲情滋养的惜春养成了孤寂倔强的性格。

惜春生活在荣国府，宁国府的那些烂事却一直不绝于耳。秦可卿病逝，身为公公的贾珍悲伤过度，丑态百出；父亲贾敬服食金丹中毒身亡；贾珍和尤二姐的绯闻满天飞；听说尤三姐在宁国府混过，柳湘莲要求退婚……一个未出阁的女孩儿自然不愿被乱成一锅粥的宁国府

红楼梦中事　297

拖累，玷污了名声，宁国府小姐的标签成了惜春的隐痛。

惜春多年压抑的情感都在抄检大观园的时候爆发了。从丫鬟入画的包袱里查出了金银锞子和男人的物品，那是在宁国府做小厮的哥哥托她保管的。连凤姐听说实情之后都不想追究，惜春却不顾入画多年服侍自己的情分，执意要嫂子尤氏把入画带走，怎么处置，自己一概不管。入画哭求惜春顾念二人的情分，尤氏等人也极力劝说，惜春却坚持认为，这件与宁国府沾边的事让自己丢了面子，不仅不肯留下入画，自己也要和不干不净的宁国府彻底划清界限。尤氏窝了一肚子火，说惜春"心冷口冷心狠意狠"，可是，谁又想过一个天真烂漫的女孩为何会如此决绝？

家，出发的地方

曹雪芹笔下的家庭是形形色色，有的家庭受民族、时代等因素的影响，传承着娇养未嫁女孩儿的传统，生在那里的女孩儿在物质上享受着最好的待遇。有的家庭虽然物质上贫乏，却也充满了爱与温暖。而在有的家庭中，亲情却完全被功利取代了，甚至冰冷无情令人胆寒。

其实，无论富贵还是贫寒都不重要，被家人的爱与温暖包围的孩子才是幸福的。

在中国的传统观念里，女性和家庭两个词是紧紧联系在一起的，这主要是从那些已婚女性能否很好地完成家庭责任这个角度来说的。实际上，自身成长环境对女性的影响也应该得到关注。

什么样的家才最能给孩子归属感呢？应该是包容、理解、充满爱与温暖的。

  一个人只有在成长过程中感受到了爱与温暖,才会给这个世界更多的爱与温暖。

■ 红楼女子的劳技课

　　传统的女红技艺在我国有着几千年的历史。女红又称"针黹"，俗称"针线活儿"，是纺织、刺绣、编制等针线手工的概称。古代，在男耕女织的生活模式下，女子要承担纺织、缝纫等家务劳动，女红也就成了女子的必学技艺。

　　"乃生女子，载寝之地，载衣之裼，载弄之瓦。"（《诗·小雅·斯干》）瓦，是古代妇女纺织用的纺锤。古人在女孩出生时让她玩瓦，就是希望她心灵手巧，能够胜任女红。

　　娶妻貌美，不如娶妻手巧。女红技艺的精湛与否，一直是评判女性是否贤淑的重要标准，也是婆家选择媳妇的重要依据。

　　明清女子的嫁妆中，灯盏是必不可少的。"灯前桁衣疑不亮"，漫漫长夜，唯有那昏暗的灯光与辛勤忙碌的女子相伴。不仅"妻贤看儿衣"，旧时的媳妇还要送长辈针线活计。明清时期，媳妇在冬至日为公婆敬献鞋袜的礼俗在一些地区长盛不衰。

　　在《宫女谈往录》中，慈禧太后西逃，正是旧历十一月中的时候，同治帝的妃子璹妃、瑜妃惦记慈禧出门在外，尤其是陕西地区气候寒冷，所以特意给她送来了棉袜子、棉鞋、皮裤子。她们知道慈禧的袜子每天都要换，就做了好多双。她们没有权力支配宫里的绣工，这些衣物都是她们带着自己的侍女亲自动手做的。平日相当挑剔的慈禧太后对此却相当满意，可以看出两位妃子的手艺之高。宫中皇妃尚需精湛的女红技艺，何况民间女子呢？

　　在《红楼梦》中，出现了多个与女红相关的回目："黄金莺巧结梅花络""绣鸳鸯梦兆绛芸轩""勇晴雯病补雀金裘",作者不仅展示了这些闺阁女子的女红技艺,也将女红与这些女子的命运联系在了一起。

女红是门必修课

在想象中,大观园的金钗们必定是十指不沾阳春水的,但我们发现,在《红楼梦》展示的豪门生活里,女红与日常生活密不可分。

生于皇商之家的宝钗不仅白天干活儿,每天夜里也要带着丫鬟做针线,一直到三更才就寝。

与宝钗相比,黛玉的女红算不上高产,她身体不好,贾母也怕她累着,所以黛玉"好一年的工夫,做了个香袋儿",但在薛姨妈过生日的时候,她也早备了两色针线送去。

得知探春给宝玉做了鞋,赵姨娘嫉妒得红了眼,抱怨她不给亲生兄弟贾环做鞋,探春这样回应:

"……怎么我是该做鞋的人么?环儿难道没有分例的?一般的衣裳是衣裳,鞋袜是鞋袜,丫头老婆一屋子,怎么抱怨这些话!"

看来,贾府的公子、小姐们不仅有统一分配的衣服鞋袜,还可以吩咐下人为自己做针线。当然,外边也有承揽针线活计的绣匠。那么,这些深闺中的小姐为什么还要拈针动线亲自动手干活儿呢?

宝钗在和湘云商量诗题时说的话给出了答案:"究竟这也算不得什

么,还是纺织针黹是你我的本等。"宝钗是封建淑女的典范,封建社会对于女子的要求是"三从四德①",而女红是其中的重要内容,所以,不仅寒门女子要学女红,富家小姐也要把它当成必备技能来学。

《红楼梦》里顶级的女红珍品,就出自一位名门小姐之手。

慧娘是小说中未曾露面的女红奇人。她不过偶然绣一两件针线,并非市卖之物,后来慧娘早夭,她的针线则成为价值连城的藏品。

若有一件真"慧纹"之物,价则无限。贾府之荣,也只有两三件,上年将那两件已进了上,目下只剩这一副璎珞,一共十六扇,贾母爱如珍宝。

慧娘的刺绣能够作为贡品进上,也被贾母视为珍宝,可见她的女红技艺之高。想那在贾府仅存一件的"慧纹",在当时绝对属于国宝级的珍品。

大观园的女红高手

在大观园里,真正向我们展现了高超女红技艺的是丫鬟们。

旧时,好的丫鬟不仅要善于察言观色、服侍主子,还要做得一手好的针线活儿。宝钗的丫鬟莺儿就有一双巧手,她不仅会编花篮、打

---

① 三从:未嫁从父、出嫁从夫、夫死从子;四德:德、言、容、工,其中,"德",指品德;"言",指要有知识修养,语言严谨得体;"容",即相貌,指出入要端庄稳重持礼,不能轻浮随便;"工"就是指女红。

络子①，配色水准也不逊于今天的专业设计师。

提起络子的花样，莺儿如数家珍："一炷香、朝天凳、象眼块、方胜、连环、梅花、柳叶。"说到配色，莺儿脱口而出：大红配石青，松花配桃红、葱绿配柳黄。

精美的编织图案、至今都可用配色技巧，让我们读出了莺儿的兰心蕙质，也读出了古人的独特审美。

怡红院的丫鬟晴雯也是一位女红高手。日常针线活儿技术指数太低，她轻易不出手，所以，在袭人的口中，晴雯是个平日里横针不拈、竖线不动的懒丫鬟，作者也是在第五十二回才让我们领略了她精湛的女红技艺。

晴雯偶感风寒，吃了药也不见好。偏偏这天，宝玉把贾母新赏的雀金裘烧了个洞。据说，这雀金裘来自俄罗斯国，是用孔雀羽毛捻成线织成的，而且贾母一再嘱咐仅剩这一件了，要小心谨慎。

宝玉急得嗐声顿脚，但外边的织补匠、裁缝都不敢接这活计。和贾府有联系的绣匠、裁缝，都是经常承揽达官贵人活计的，见识的好东西自然不少，他们居然不认识雀金裘，可知这是一件怎样的奢侈品。

晴雯看了雀金裘后提议，"拿孔雀金线就像界线似的界密了，只怕还可混得过去"。可是这"界线"的技艺却只有病中的她才会，她狠命咬牙撑着起来，连夜织补雀金裘。

（晴雯）便命麝月只帮着拈线。晴雯先拿了一根比一比，笑

---

① 打络子就是做中国结。清人重佩饰，佩戴的玉佩、扇坠、香囊等都需要用绳结来装饰。

红楼梦中事　303

道:"这虽不很像,到补上也不很显。"……晴雯先将里子拆开,用茶杯口大的一个竹弓钉绷在背面,再将破口四边用金刀刮的散松松的,然后用针纫了两条,分出经纬,亦如界线之法,先界出地子,后依本衣之纹来回织补。补两针,又看看,织补两针,又端详端详……一时只听自鸣钟已敲了四下,刚刚补完;又用小牙刷慢慢的剔出绒毛来。

补完后,作者让麝月拿过来看,"这就很好,要不留心,再看不出的。"这也从侧面证明了晴雯的技艺之高。

在这一回,我们不仅见证了晴雯为宝玉不惜一切的英勇果敢,也见识了她独门的织补技艺——界线。这是一种独特的织补方法。贾府丫鬟众多,唯有晴雯会界线,足以见得这种古老工艺的难学,也可以证明晴雯的手巧。

在中国古代,凡是贵重的衣物残破了,都需要专业的织补艺人进行修补。作者如果不是对这一行当非常了解,是不会有这么细致传神的描写的。除了《红楼梦》,曹雪芹还撰写过《废艺斋集稿》,其中的第五册就是专门讲织补的。

可惜,晴雯有耐心补好雀金裘,却收不住爆炭一样的脾气。在各种关系错综复杂的贾府,率性而为的她屡遭小人陷害。后来,她被赶出了大观园,不久便病死了。

握在手里的人生

晴雯死后，宝玉念念不忘，写了《芙蓉女儿诔》表达追思。"抛残绣线，银笺彩缕谁裁？折断冰丝，金斗御香未熨。"这不仅再现了晴雯平日里做女红的场景，也勾勒出了千百年来女子做女红的生活常态。从"十三能织素，十四学裁衣"到十里红妆，嫁为人妇，女人一生都要与女红相伴。

出色的女红还会成为女子的谋生技艺。清朝后期，旗人生活日益困窘，他们又不能兼营商业，所以旗下妇女多做女红来补贴家用，她们将精于"做绷"（刺绣）的专长传承下来，作为谋生技能。

与那些靠女红为生的女子相比，大观园中的女子没有生计之忧，但是，大观园毕竟只存在于书里，现实中个人的生活还得靠自己的双手。

湘云自幼寄居在叔叔家中，叔叔、婶子对她远没有贾母对黛玉那么照顾，湘云夜夜要做活儿到三更。虽说叔婶待她太苛刻，但对于日后的生活却未必是坏事。多一样技能，就多一条摆脱困境的出路。

贾府在遣发十二个女戏子的时候，"其中或有一二个知事的，愁将来无应时之技，亦将本技丢开，便学起针黹纺绩女工诸务"。这些看似闲笔，实则大有深意。想来，在离开贾府之后，这些有先见之明的女孩子很快就能适应社会生活了。

女红之巧，十指春风，从豆蔻梢头二月初，到绿叶成荫子满枝，纤纤素手，缕缕芬芳，旧时不知有多少女子在错错落落的针脚中，留下了不同的生命图案。

■ 信物的故事

"关关雎鸠,在河之洲。窈窕淑女,君子好逑。"爱情是人类永恒的话题,在古代浪漫的爱情故事中,一些不起眼儿的小物件往往会发挥传情达意的大作用。《诗经》中,有"静女其娈,贻我彤管"的描述,这里的"彤管"可以算作中国男女定情信物的最早记载吧。

古代戏曲中常有这样的桥段,大户人家的小姐在出嫁前住在绣楼上,修女德,学女红,身边唯有丫鬟相伴,好似笼中鸟。寂寞的小姐经常对镜自怜,直至某日,小姐到后花园赏花,邂逅一男子,二人一见钟情。

在《红楼梦》中,贾母对这种才子佳人的套路颇为不屑:

"只一见了一个清俊男人,不管是亲是友,便想起终身大事来,父母也忘了,书礼也忘了,鬼不成鬼,贼不成贼,那一点儿像个佳人?"

毋庸置疑,贾母反对自由恋爱。毕竟,中国传统社会框架下的婚姻,都要遵从父母之命、媒妁之言。那么,《红楼梦》里的青年男女是如何传情达意的呢?

谁动了我的荷包

在《红楼梦》开篇,曹雪芹就讲了一个美丽的故事。西方灵河岸上、三生石旁，长着一株绛珠草，因有神瑛侍者的甘露浇灌，又受天地之精华，这绛珠草脱了草木之质，化成人形，修成了一个女体，只因未报答神瑛侍者，她的五脏六腑里郁结了一段缠绵不尽之意，得知神瑛侍者要下凡，绛珠仙子也要随他下世为人，用一生的眼泪来还他的灌溉之情。

这"木石前盟"的神话是贾宝玉和林黛玉在天上的前缘，他们在人间演绎的爱情故事，却和普通人的恋情一样，也有那些猜忌、试探、吵架的小插曲。

在第十八回，宝玉得到了父亲的赞赏，小厮们围着讨赏，把他身上佩戴的物件一抢而空。黛玉误以为宝玉把她赠的荷包也赏给小厮们了，一气之下说再也不会给宝玉东西，又剪破了还没做完的香囊[①]。后来，黛玉发现荷包被宝玉珍藏在衣服里面时，才自悔莽撞。

在黛玉眼中，她给宝玉的荷包和没做完的香囊不是一般意义上的女红作品，而是在一针一线中凝结了情思的信物。

金麒麟事件的意外之喜

湘云本有一个金麒麟配饰，在第三十二回，她又捡到了宝玉丢的金麒麟，黛玉怀疑他们会借此聊出什么私情来：

[①] 香囊从材质上分为两类，一类是金银玉翠等材料做成的硬质小盒，一类是丝织物做成的小香袋。因为香囊是随身之物，在古代恋人们常常把它当作礼物相互赠送。

红楼梦中事　307

原来林黛玉知道史湘云在这里，宝玉又赶来，一定说麒麟的原故。因此心下忖度着，近日宝玉弄来的外传野史，多半才子佳人都因小巧玩物上撮合，或有鸳鸯，或有凤凰，或玉环金珮，或鲛帕鸾绦，皆由小物而遂终身。今忽见宝玉亦有麒麟，便恐借此生隙，同史湘云也做出那些风流佳事来。因而悄悄走来，见机行事，以察二人之意。

这里提到了古代表达爱情的多种信物。玉环、金珮、鲛帕、鸾绦都属于随身佩戴的小巧之物，以鸳鸯、凤凰、麒麟作为信物则是取其成双成对之意，寄寓美满姻缘。

黛玉本来是不放心，结果却听见湘云在劝宝玉专注仕途经济时，宝玉说"林姑娘从来不说这些混账话"，黛玉是又惊又喜，知道了自己在宝玉心中的地位，也深感二人是知己。都说宝玉不爱读书，唯有黛玉知道，宝玉只是不爱读那些"正经书"，不想通过它们走仕途之路。

也曾想，论处世持家，黛玉不如宝钗；论性情开朗，黛玉不如湘云。为什么偏偏是她？人生得一知己足矣。

旧手帕的秘密

在第三十四回，宝玉等袭人走后，专门吩咐晴雯去给黛玉送两条旧绢帕，晴雯不明白，宝玉却笑道："你放心，她自然知道。"

看着这两条旧手帕，黛玉也是细心思忖了好久才明白过来。这旧手帕里究竟藏着什么秘密呢？

冯梦龙在《山歌》中写道："不写情词不写诗，一方素帕寄心知。心知拿了颠倒看，横也丝来竖也丝，这般心事有谁知。"相思泪、相思情，你也思来我也思，宝玉是在用两方素帕寄相思。

不过，在当时的社会，男女私相授受、私定终身甚至眉目传情都是被明令禁止的，一旦发现，后果会很严重。所以宝玉避开了袭人，让心思单纯的晴雯去送手帕。而黛玉想到这是私相传递，也觉可惧。可她还是抑制不住情思，提笔在那两条旧手帕上写下了著名的《题帕三绝》，敞开心扉表述自己的相思之情。

谁的手帕

小说中还有一方手帕为贾芸和小红的爱情牵了线。

贾芸进大观园来找宝玉，恰好看到一个十六七岁的细巧干净的丫鬟，正是小红。

在怡红院，丫鬟们都想攀住宝玉这个"高枝"。面对激烈的竞争，小红非常清醒，及时转了弯。

得知贾芸是贾家的子弟，小红"下死眼把贾芸钉了两眼"。这显然是不符合封建礼教的行为，但在没有电话、微信的时代，让别人记住自己是多不容易的事情。正是由于她在人群中多看了一眼，贾芸注意到了这个说话利落的丫头。

后来，二人又在园中相遇，贾芸一边走，一面用眼把小红一溜；小红假装和坠儿说话，也一溜贾芸，四目相对，小红脸红了。确定了彼此的心思后，故事的高潮来临。

贾芸之前在大观园中捡到了一方手帕，不知道主人是谁。套问小丫头坠儿后，得知是小红丢了手帕，贾芸心思一动，拿出了自己的手帕谎称是小红的，托坠儿还给她。小红将计就计，收下了手帕。高手过招，不露一丝痕迹，二人神不知鬼不觉地就交换了信物。

一方小小的手帕，试探了心意，传递了情感，最终也成就了两人的美好姻缘。

信物与罪证

在大观园中，不是所有追求自由爱情的丫鬟都有如此好运。

丫鬟司棋和表兄潘又安相爱，两人在大观园里私会的时候被鸳鸯撞见。虽然鸳鸯替司棋保守了秘密，但在抄检大观园的时候，司棋的箱子里被抄出了一双男人的锦带袜、缎鞋，一个同心如意[①]，还有潘又安给她的字帖儿。这些都是两人表白真心的信物，却也成了两人私通的罪证。最终，司棋被赶出了大观园。

指甲和内衣

与司棋相比，晴雯是在被赶出大观园后才敢表达自己的心意的。

晴雯是怡红院里最漂亮的丫鬟，且针线一流，但木秀于林，风必

[①] 顾名思义，同心如意是一种刻有两个心形交搭图案的如意，代表两心相印。

摧之。在古板的王夫人眼中，长得漂亮的丫鬟必然会勾引人，加上晴雯个性刚烈，机敏尖刻，在贾府的清规戒律面前，必将成为牺牲品。

晴雯不屑与宝玉暧昧。怡红院那些大丫头为了上位，把十八般武艺都用上了，袭人早已先下手为强不说，碧痕打发宝玉洗澡，洗了两三个时辰，连"席子上都汪着水"。最后，反倒是和宝玉并没有实质亲密关系的晴雯遭人暗算"担了虚名"。

晴雯顶着狐狸精的罪名被赶出了大观园，住到了姑舅哥哥多浑虫的家里。作者为了证明晴雯的清白，在宝玉去看望她时，安排最为淫荡不堪的多姑娘在窗外偷听。多姑娘听了半天也没有发现二人有啥私情，知道晴雯被冤枉。正如余英时所说"窗外潜听，正所以表晴雯之贞洁也。不然，虚名二字，谁其信之[①]？"

临别时，晴雯送了宝玉两样东西。

晴雯拭泪，就伸手取了剪刀，将左手上两根葱管一般的指甲齐根铰下；又伸手向被内将贴身穿着的一件旧红绫袄脱下，并指甲都与宝玉道："这个你收了，以后就如见我一般。快把你的袄儿脱下来我穿。我将来在棺材内独自躺着，也就像还在怡红院的一样了。论理不该如此，只是担了虚名，我可也是无可如何了。"

"剪之特寄郎，聊当携手行"，晴雯将十指连心的指甲赠给宝玉，代表心心相印、心意相随。

[①] 出自《红楼梦的两个世界》。

红楼梦中事

此外，古人视内衣为最私密的东西，晴雯将内衣赠给宝玉，其中寓意，自不待言。可惜，晴雯不久就病死了，此次相见是两人的最后一面。

九龙佩与鸳鸯剑

在小说中，尤氏姐妹的命运令人叹息。

浪荡公子贾琏初遇尤二姐，他步步试探，得知尤二姐也有意的时候，才暗将自己的汉玉九龙佩解下来，拴在手绢上给了尤二姐。"何以结恩情，美玉缀罗缨"，尤二姐收下了九龙佩，两人因此结缘，也开启了尤二姐的悲剧命运。

尤三姐和尤二姐风格迥异。玫瑰花好看，刺大扎手，眼看降不住这个性情泼辣的姑娘了，贾珍、贾琏就想把她快点儿嫁出去。

尤三姐说出了自己的心上人——柳湘莲。五年前，宁国府的戏台上，柳湘莲客串小生闪亮登场，这个少年的男儿气概、江湖气息深深吸引了尤三姐。她念念不忘，"他一百年不来，我自己修行去了"。这个姑娘的勇气可嘉，想想司棋自由恋爱追求爱情的结局，就理解了尤三姐的勇气。

贾琏在出差的路上遇到了萍踪侠影的柳湘莲，一说即成。贾琏带回了柳湘莲的鸳鸯剑作为信物，尤三姐以为终身有托。但是，在当时的社会，男子妻妾成群、眠花宿柳属于伦理道德允许范围之内。对于女人，人们不会像对男人那么宽容，尤三姐想洗净自己以往的污垢，谈何容易。

柳湘莲听说尤三姐在渣男产地宁国府混过，坚决要求收回鸳鸯剑。就这样，一瓢冷水浇灭了尤三姐全部的生活幻想。

最终，尤三姐拔剑一抹红尘别。亲眼看到了尤三姐的刚烈与美貌，柳湘莲后悔不已，遁入空门。尤三姐的爱情故事还没开始就结束了。

白驹过隙，匆匆百年，《红楼梦》中出现的许多表情达意之物，有些在我们的现实生活中已远离了爱情的主题，也有一些被沿用至今。但是，古往今来的信物有一点是相通的，那就是不管爱情故事的当事人情寄何物，只要以爱之名，赋以真心，那物品在精神上的含义，就永远超越物品本身的价值。

洋味大观园

　　一个民族的文化是在与其他文化的冲突与融合中更新发展的。回溯五千年中华文明发展史,博大、包容的中华文明总是不断地吸收外来文化的精华来滋补本民族的文化血脉。明清之际,西方传教士东来,他们在传播西方宗教神学的同时,也广泛传播西方的自然科技成果。古老的中华文明与西方近代文明的碰撞由此开始。

　　不计其数的凝聚着西洋物质文明成果的产品传入中国,哆啰呢、玻璃镜、西洋船模型、望远镜……这些由远洋船舶从欧洲运到中国来的器物,被国人称为"舶来品"或"洋货"。

　　康乾时代是清朝的鼎盛时期,也处于中西文化交汇的大背景下,纳兰性德就曾有"正是西风扑鬓时"的诗句。但洋货在当时的中国市场上尚属稀缺之物,有机会接触并享用到这些西洋珍品的基本都是皇亲贵族,他们的生活也因此增添了浓厚的西方文化色彩。

> 曹雪芹是三代江宁织造培养出来的生活家,《红楼梦》中出现的众多西洋物品,在某种程度上是那个时代舶来文化流入贵族生活的见证。

■ 跟着刘姥姥看洋货

许多古典著作的作者总爱设计一些农人进城的情节,揶揄乡下人没有见过世面。《笑林广记》里就有这样的段子,一群农人在耕种之余想象皇帝的生活,觉得皇帝的粪叉子都是金的。

在《红楼梦》中,脂砚斋的一条批语也讲了这样一个笑话。

> 近闻一俗笑语云:一庄农人进京回家,众人问曰:"你进京去可见些个世面否?"庄人曰:"连皇帝老爷都见了。"众罕然问曰:"皇帝如何景况?"庄人曰:"皇帝左手拿一金元宝,右手拿一银元宝,马上稍着一口袋人参,行动人参不离口。一时要屙屎了,连擦屁股都用的是鹅黄缎子,所以京中掏茅厕的人都富贵无比。"

穷尽农夫的想象,皇帝的日子也不过是手拿元宝、口含人参、用鹅黄缎子擦屁股。在《红楼梦》中,作者也让一位贫苦的乡野村妇走进了荣国府。

到了荣国府大门口,刘姥姥只看到了门口的石狮子和满门口的轿马,或许这个穷苦的乡下人压根儿就没有观察公侯豪门的能力。进入荣国府之后，府内金碧辉煌的陈设和那些不知名的珍馐美味让她眼花缭乱，至于那些代表着西方近代文明成果的珍奇洋货更是让她出尽了洋相。

只听当的一声响

刘姥姥初进荣国府，在等待凤姐的时候，看到了一个怪物：

> 刘姥姥只听见咯当咯当的响声，大有似乎打罗柜筛面的一般，不免东瞧西望的。忽见堂屋中柱子上挂着一个匣子，底下又坠着一个秤砣般一物，却不住的乱幌。刘姥姥心中想着："这是什么爱物儿？有甚用呢？"

这个叮当响的是什么？刘姥姥穷尽所能用自己熟悉的农村物件来形容它：打罗柜筛面、匣子、秤砣……实际上，这个怪物是地道的洋货——自鸣钟。

明清之际，伴随西学东渐，钟表传入中国。《清稗类钞》中有多处关于钟表的记载[①]。乾隆年间的一个自鸣钟，里边有个四五寸的铜人，钟响的时候，铜人能在沙盘里写"天下太平"四个字。另有自鸣钟里

[①] 据《清稗类钞》记载，乾隆时，内府有自鸣钟，下一格有铜人，长四五寸许，屈一足跪，前承以沙盘。钟鸣时，铜人手执管，划沙盘中，作天下太平四字，钟响寂，则书竟矣。平湖沈文恪公初在闽，曾见一钟，上一格两扉常阖，交初正时，铜人两手启扉，转身于架，取槌击钟如数，毕，置槌于架，两手阖扉。

的铜人可以拿着小槌敲钟。

乾隆皇帝对于钟表极其痴迷。粤海关总督、广州将军曾进献"镶玻璃洋自鸣乐钟一座,镀金洋景表亭一座"[1],乾隆皇帝看后大加赞赏,又下旨令他们再寻"此大而好者"进献几件。

不仅大臣将精美的钟表作为贡品送给皇帝,统治者也将名贵的钟表作为笼络权臣的工具,雍正皇帝就曾经赏赐年羹尧一只自鸣钟。江宁织造府自然是不缺钟表的,在小说中,钟表也就出现在了贾府。

对穷苦的刘姥姥来说,钟表却是个稀罕物,因为中国古代记录时间用的是日晷、刻漏,老百姓日出而作,日落而息,他们在日常生活中表示时间流逝用的也是"一炷香""一袋烟""一顿饭"等生活化的词语。

刘姥姥看得发呆,突然间,当的一声,被吓得不轻,刚要问,凤姐出场了:

> 只听得当的一声,又若金钟铜磬一般,不防倒唬的一展眼。接着又是一连八九下,方欲问时,只见小丫头们齐乱跑,说:"奶奶下来了。"

钟声一响,小丫头们就知道凤姐来了,可见平日里凤姐的准时。

---

[1] 据《乾隆朝贡档》记载,乾隆二十二年(1757年),粤海关总督李永标、广州将军李侍尧进贡"镶玻璃洋自鸣乐钟一座,镀金洋景表亭一座"。乾隆帝看过贡品,传谕:"此次所进镀金洋景表亭一座甚好,嗣似此样好的多觅几件,再有此大而好者亦觅几件,不必惜价。如觅得时,于端阳贡几样来。钦此。"不到端阳贡时,李侍尧等人就按特旨传办的方式,进献了"大小自鸣钟十三架、金镶洋景钟一座"。

与今天的许多高级白领一样,凤姐有着很强的时间观念。她协理宁国府给下人们布置任务时就强调要准时:"素日跟我的人,随身俱有钟表,不论大小事,我是皆有一定的时辰。横竖你们上房里也有时辰钟。"

平时,这位女强人的十二时辰安排得满满当当,为了精确规划时间,除了屋里的自鸣钟,确实需要有随身携带的表。不过,凤姐说自己身边的仆人"随身俱有钟表",是否有夸张的成分,就不得而知了。

玻璃可是稀罕物

刘姥姥坐在凤姐屋里,恰逢宁国府的贾蓉来借玻璃炕屏,"略摆一摆就送来",凤姐虽然答应了却警告贾蓉:"若碰一点儿,你可仔细你的皮!"随后,她让平儿叫几个妥当人抬去。这些都足以说明玻璃炕屏的贵重。当然,凤姐没忘借这个机会显摆一下,这是她们金陵王家的东西。凤姐的爷爷专管各国进贡朝贺,来自王家的洋货自然都是珍品。

在我们现在的日常生活中,玻璃、玻璃制品都不算什么稀罕物。但在康乾时期,玻璃可是时髦的洋货:

> 康熙九年,佛朗西人入贡物有:天鹅绒,哆罗呢,象牙,花露,花幔,花毡,大玻璃镜,苏合油,金刚石等。
>
> 《清一统志》(卷四二三之四)

另据记载，雍正年间，清宫养心殿的窗户上安两块玻璃，需要皇帝亲自下旨①，足可见玻璃的珍贵。玻璃还曾出现在乾隆皇帝的诗里："西洋奇货无不有，玻璃皎洁修且厚。"

贾母见过的古玩奇珍无数，她给自己的丫鬟起名玻璃、琥珀、翡翠、珍珠，可知玻璃与琥珀、翡翠、珍珠等一样贵重。在众多生日礼物中，贾母对粤海将军邬家送的玻璃炕屏青目有加，说要留着送人用。看来，在贾府一级的王公贵族之家，珍贵的玻璃产品也是在重要场合才会用上。不知道宁国府要来什么贵客，竟然需要借玻璃炕屏来充门面。

油画与镜子

怡红院窗户上已经安了玻璃，平日里还弄坏了不少玻璃缸、玛瑙碗。宝玉是贾府的掌上明珠，多么珍奇贵重的物品汇集到怡红院都不稀奇。

刘姥姥二进荣国府，大观园宴饮后，她沉醉不知归路，误入怡红院，又见识了不少洋货。

一进门，就有一个满面含笑的女孩儿出来迎接。

> 于是进了房门，只见迎面一个女孩儿，满面含笑迎了出来。

---

① 据清廷《活计档·木作》记载，雍正元年"十月初一日，有谕旨养心殿后寝宫穿堂北边东西窗安玻璃两块"。

刘姥姥忙笑道:"姑娘们把我丢下来了,要我碰头碰到这里来了。"说了,只觉那女孩儿不答。刘姥姥便赶来拉他的手,"咕咚"一声,便撞到板壁上,把头碰的生疼。细瞧了一瞧,原来是一幅画儿。刘姥姥自忖道:"怎么画儿有这样活凸出来的。"一面想,一面看,一面又用手摸去,却是一色平的,点头叹了两声。

这哪是什么女孩儿,让刘姥姥头碰得生疼的是画在板壁上的西洋油画,在清朝,这种油画在宫廷、天主教堂和富贵之家才有,油画的效果讲究的就是立体逼真,喝了酒的刘姥姥又头昏眼花,难怪咕咚一声碰了头。

随后,刘姥姥又看到了一个老婆子:

只见他亲家母也从外面迎了进来。刘姥姥诧异,忙问道:"你想是见我这几日没家去,亏你找我来。哪一位姑娘带你进来的?"他亲家只是笑,不还言。刘姥姥笑道:"你好没见世面,见这园里的花好,你就没死活戴了一头。"他亲家也不答。便心下忽然想起:"常听大富贵人家有一种穿衣镜,这别是我在镜子里头呢罢?"说毕,伸手一摸,再细一看,可不是,四面雕空紫檀板壁将镜子嵌在中间。

刘姥姥以为这老婆子是自家的亲家母,后来想起这是自己听说过的"大富贵人家"的穿衣镜。她又无意间触碰到了镜子上可以开合的"西洋机括",才进到里屋来。

刘姥姥误入宝玉卧房，一头睡到了精致的大床上，且弄得酒屁臭气满屋。在被袭人推醒之后，还以为是哪位小姐的绣房。可能在刘姥姥的想象中，大家闺秀的绣房才能如此精致。

为何让刘姥姥走进荣国府的深宅内室，从她的视角去展示这些西洋物件儿？如果没有这样一个乡下老太太做对比，我们就不容易看出贾府的生活富贵奢华到何等程度。

刘姥姥在荣国府见到洋货的时候的确是出了不少洋相，但作者并非有意贬低刘姥姥，因为固化的阶层本身就难以逾越。在饥民眼中，东宫娘娘烙大饼、西宫娘娘剥大葱是那样合情合理，谁又能说自己没犯过这种因为经验局限造成的错误呢？

况且，曹雪芹是怀着一颗悲悯之心写《红楼梦》的，我们也能在大笑之后读出背后的悲凉。恰恰是这样一个与贾府有如云泥之别的老太太最后拼却身家财富救下巧姐，这才是作者真正想表达的东西。

我们应该感谢作者这样的安排，使得几百年后的我们得以跟随刘姥姥的步伐近距离地欣赏豪门的"洋化"生活，也可以透过这些生活场景感受清朝贵族生活中西文化交汇的色彩。

■ 有钱也难买的洋药

除了刘姥姥眼见的那些洋货以外，贾府日常生活中的洋货也俯拾皆是，小连环洋漆茶盘、包黛玉的匙箸的洋巾、凤姐的大红洋绉袄儿、翡翠撒花洋绉裙、宝钗的莲青斗纹锦上添花洋线番杷丝的鹤氅、王夫人的炕上铺着的猩红洋毯、黛玉吃的洁粉梅片雪花洋糖、宝玉房间的十锦槅子上摆着的金西洋自行船……更为神奇的是，小说中还出现了洋药的身影。

丫鬟发烧用洋药

在第五十二回，怡红院的大丫鬟晴雯生病，宝玉派人请大夫诊脉开方，却没大见效，宝玉便让麝月取鼻烟来。

> 麝月果真去取了一个金镶双扣金星玻璃的一个扁盒来，递与宝玉。宝玉便揭翻盒扇，里面有西洋珐琅的黄发赤身女子，两肋又有肉翅，里面盛着些真正汪恰洋烟[1]，晴雯只顾看画儿，宝玉道："嗅些，走了气就不好了。"晴雯听说，忙用指甲挑了些嗅入鼻中，不怎样。便又多多挑了些嗅入。忽觉鼻中一股酸辣透入囟门，接连打了五六个喷嚏，眼泪鼻涕登时齐流。晴雯忙收了盒子，笑道："了不得，好爽快！拿纸来。"早有小丫头子递过一搭子细纸，晴雯便一张一张的拿来擤鼻子。

这鼻烟可是地道的洋货[2]。康熙年间，粤海关监督的奏折中，多有进贡鼻烟的记录。鼻烟在清朝的上流社会非常流行，有诗为证，"碾成

---

[1] 鼻烟的一种。脂砚斋注："汪恰，西洋一等宝烟也。"
[2] 在清代赵之谦的《勇卢闲诘》中有这样的记载："鼻烟来自大西洋意大利国。明万历二十九年，利玛窦泛海入广东，旋至京师，献方物甚多，鼻烟即其一也。"

琵琶金屑飞,嗅处微微香雾起。海客售来价百缗,大官朝罢尝一匕。"

鼻烟最初的流行源于人们对其药用价值的认识。鼻烟有明目、辟疫之功效①,人们将少许鼻烟放于鼻下,稍加呼吸,打个喷嚏,通窍醒脑,故鼻烟亦有"闻药"之称。

晴雯用完鼻烟之后,接连打了五六个喷嚏,眼泪鼻涕齐流,感觉痛快了,却说头还疼。毕竟,鼻烟不是纯药物,药效也有限。宝玉提议,索性全用西洋药治一治,他让麝月到凤姐那里取西洋贴头疼的膏子药——"依弗那"来。

麝月取来膏药以后,"找了一块红缎子角儿,铰了两块指顶大的圆式,将那药烤和了,用簪挺摊上"。晴雯拿着一面靶镜,将膏药贴在两个太阳穴上。麝月还和晴雯开起了玩笑,"病的蓬头鬼一样,如今贴了这个,倒俏皮了。二奶奶贴惯了,倒不大显"。不经意间透露出了凤姐因过度操劳而堪忧的身体状况。

虽然凤姐那里备着常用的洋药,晴雯在生病的时候也能用上洋药,但洋药在贾府并未普及。贾府的太太小姐们生病时,大夫们为他们开的都是中药。

实际上,康乾时代,在众多的西洋物品中,药物是国人不敢也最不愿意接受的,像小说中提到的鼻烟、依弗那这类洋药都是外用的,国人对此疑忌不多,内服的洋药在当时中国的推广却颇费周折。

---

① 王士禛在《香祖笔记》中介绍鼻烟的药效:"近京师又有制为鼻烟者,云可明目,尤有辟疫之功。"

康熙与洋药

康熙皇帝在 1693 年曾患疟疾，疟疾在当时是令人闻风丧胆的不治之症，御医们也束手无策。在试过各种方子和巫术后，皇帝失去了耐心。传教士冒着杀头的危险将西药中治疗疟疾的特效药金鸡纳霜（奎宁）进呈皇帝。在皇帝服用之前，自然得用若干个"小白鼠"来实验，先找来三名疟疾患者服用奎宁，都痊愈了。随后，太子再调配少量的奎宁，由四位皇族成员服下，他们也都没有不良反应。最后康熙皇帝才服用，也痊愈了。自此，康熙皇帝对奎宁的疗效非常认可。

1705 年，康熙皇帝在第五次南巡期间，发现接驾的总兵张云翼非常消瘦，询问后得知张云翼身患疟疾，便赏给他一些奎宁。皇帝赐药一时成为美谈。张总兵是幸运的，因为奎宁在当时极为难得。即便知道康熙皇帝有这种特效药，一般的臣子也不敢向皇帝求药。曹雪芹的祖父曹寅向康熙皇帝求药就颇费了一番周折。

迟到的洋药

曹家真正的辉煌是在曹雪芹的祖父曹寅时期。

曹寅做过康熙皇帝的伴读和御前侍卫，深得康熙的信任和赏识。曹寅于康熙三十一年（1692）接任江宁织造[①]。江南是鱼米之乡，是清

[①] 据学者考证，曹雪芹的曾祖父曹玺于康熙二年（1663年）就任江宁织造，于康熙二十三年（1684年）去世。曹玺死后，桑格曾继任江宁织造。后来，曹寅于康熙三十一年（1692年）任职江宁织造，此前他还担任过苏州织造。

王朝的粮仓。同时，出于稳定中央政权的需要，康熙皇帝对江南的动向也极为关注。所以，担任织造的官员不仅是皇帝的亲信，也是皇帝在江南的耳目，曹寅经常将打探到的真实情况密奏康熙。

康熙皇帝六次南巡，曹寅以江宁织造的身份接驾了后四次。在曹寅的前两次接驾中，数额巨大的接待费用已给曹家带来了沉重的经济负担。后来，康熙皇帝安排曹寅与苏州织造李煦轮流担任巡视两淮盐课监察御史这一肥差，也是为了弥补南巡的靡费。但康熙皇帝随后南巡的接驾费用又需从盐税中挪借，盐政的亏空也越来越大。

面对朝臣对曹寅、李煦的弹劾，康熙皇帝向大臣们解释："曹寅李煦用银之处甚多，朕知其中缘由。"①很明显，康熙皇帝知道两淮盐务的亏空自己负有主要责任，但是此事关系到吏治和钱粮，是国家的重大管理问题。所以康熙皇帝在公开场合维护他们，私底下却多次催促他们赶紧堵上窟窿。康熙四十九年，皇帝在曹寅的奏折②上批示：

两淮情弊多端，亏空甚多，必要设法补完，任内无事方好，不可疏忽，千万小心、小心、小心、小心！

可以看出，康熙皇帝在为曹寅担忧，也能看出曹寅与皇帝关系的不一般。

面对巨额亏空，可以想见曹寅的精神压力之大。康熙五十一年

---

① 出自《关于江宁织造曹家档案史料》。
② 康熙四十九年九月初二日《江宁织造曹寅进晴雨录折》批，载《关于江宁织造曹家档案史料》。

红楼梦中事　325

（1712年），曹寅因风寒久治不愈恶化成了疟疾，一直到病情恶化，他才鼓足勇气向皇帝开口乞药。当时他已经不能亲自提笔，苏州织造李煦代为上奏：

"曹寅向臣言：'我病时来时去，医生用药不能见效，必得主子圣药救我……臣不敢不据实奏闻。'"

康熙知道后立即批复：

"尔奏得好，今欲赐治疟疾的药，恐迟延，所以赐驿马星夜赶去。但疟疾若未转泻痢，还无妨，若转了病，此药用不得。南方庸医，每每用补剂，而伤人者不计其数，须要小心。曹寅元肯吃人参，今得此病，亦是人参中来的。

金鸡纳霜专治疟疾，用二钱，末，酒调服，若轻了些，再吃一服，必要住的，往后或一钱，或八分，连吃二服，可以除根。若不是疟疾，此药用不得，须要认真。万嘱！万嘱！万嘱！万嘱！"

从曹寅的乞药与康熙皇帝的批复可以看出，金鸡纳霜的效用在当时是备受肯定的，也可以看出曹寅在康熙皇帝心中的地位。可惜的是，等星夜兼程的驿吏带着药赶到曹家时，曹寅已经离世了。

在今天的中国，进口、应用西药都不是什么稀罕事。而几百年前，救命的洋药是用钱也买不到的。从康熙皇帝服用金鸡纳霜到曹寅乞药的时间跨度长达二十年,地位显赫的曹家依然不能凭借一己之力找到此药,可想而知,当时民间获得西药是非常难的。曹雪芹显然对这段家事印象很深,才将洋药的情节写入了《红楼梦》。

关于信仰

　　清人的信仰是非常广泛的。除了满人最初的宗教信仰——萨满教以外，佛教、道教及其他的一些传统民间宗教，在清人的社会生活中都产生了一定影响。

　　早在关外时期，满人已经深受佛教、道教的影响[①]。入关以后，他们对佛教、道教亦极为尊崇[②]，清代的诸多帝王都对佛教礼敬有加。众所周知，顺治皇帝的佛法素养很高，还多次有出家为僧的念头。康熙年间，崇佛之风尤为兴盛。康熙皇帝在南巡期间不仅亲临寺院礼佛、题咏，还会给寺院大量的赏赐。江宁织造曹寅就曾亲手将大批御赐的物品送往金山、

---

　　① 努尔哈赤在称汗立国之初，曾经在赫图阿拉城东山顶上建造佛寺、玉皇庙和十王殿等，号称十大庙。由这些庙宇的祭祀对象可知，当时满人的信仰是佛教、道教的杂糅。

　　② 清贵族在进京之初，曾强制推行旗、民分城而居的政策，内城的汉官、商人、农民等限期迁到外城，而寺观中的僧人、道士准许留居京城。满人在入关后容易患痘疫，当时医疗条件落后，人们寄希望于神灵的庇佑，旗人中出现的例如菩萨保、观音保一类的名字，就是其宗教信仰的反映。

高旻等寺。此外，清初的统治者对道教也有一定程度的扶持。道教宣扬的长生不老，修道成仙之说对贵族阶层极具吸引力，雍正皇帝还曾亲自服食道士们炼制的"仙丹"。

统治者的倡导，满汉宗教信仰的日益趋同，再加上随着经济的发展，人们对精神生活有更高的需求，清人的宗教信仰总体上呈多元化趋势发展。

贾府的日常生活中融入了许多与宗教相关的因素，其中有的是作者生活年代的宗教元素在小说中的直接映射，也有的是作者利用宗教元素为小说的创作服务。

■ 一脚红尘，半脚世外

神佛功课日日做

在《红楼梦》中，宝玉有一个愿望没能实现。

时值刘姥姥二进荣国府，在讲红衣女子雪天抽柴的悬疑故事时，恰逢贾府的马棚失火，贾母就让刘姥姥换了话题。背地里，宝玉追问刘姥姥那个女孩儿是谁。刘姥姥顺口编了茗玉小姐塑像成精的故事敷衍他，宝玉却当了真。

宝玉道："我们老太太、太太都是善人，合家大小也都好善喜舍,最爱修庙塑神的。我明儿做一个疏头①,替你化些布施,你就做香头,攒了钱把这庙修盖,再装潢了泥像,每月给你香火钱烧香岂不好?"刘姥姥道:"若这样,我托那小姐的福,也有几个钱使了。"

宝玉不仅提出要化布施修盖寺庙,还派小厮茗烟根据刘姥姥说的地名、方向去找,结果茗烟找了一整天,只找到了一座供奉着青脸红发的瘟神爷的破庙。

宝玉怜香惜玉的愿望落了空,但他所说的要化布施修庙的话却并非空穴来风。

自古以来,寺庙本身就是经济体,寺庙的正常运行,除了民间善男信女的财物支持以外,也离不开世俗政权的支持。康乾时期,皇室崇佛之风盛行,各织造也追随皇帝步伐对寺庙大行布施。曹雪芹的祖父曹寅在任职江宁织造期间,就曾经为香林寺买施田地②,苏州织造李煦也曾向当地的商人募得一万四千多两银子用于修缮天宁寺。

在《红楼梦》中,煊赫的贾府出资修庙并非难事,何况,以贾母为首的贾府众人一直好善喜舍、斋僧奉道,修庙塑神不过是她们为求神佛保佑所做的功课之一。

贾府众人的日常生活与佛道僧尼有着密切的联系。不仅贾母的生

---

① "疏头"是旧时为敬神佛而向人募捐的册子。
② 据现存嘉庆三年(1798年)立石的《香林寺庙产碑》记载,前织造部堂曹大人买施秣陵关田二百七十余亩和杭州田地一百五十余亩。据考证,此处的"曹大人"就是曹雪芹的祖父。

日庆典上要放生、捡佛豆,家中有人去世也要请和尚诵经、道士作法。在秦可卿的葬礼上,来贾府的僧、道可谓是浩浩荡荡。

　　这四十九日,单请一百零八众禅僧在大厅上拜大悲忏,超度前亡后化诸魂,另设一坛于天香楼上,是九十九位全真道士,打四十九日解冤洗业醮。然后停灵于会芳园中,灵前另外五十众高僧、五十众高道,对坛按七作好事。

　　三百余位和尚、道士对台念经作法,规模之大,令人叹为观止,开销之巨也不言自明。
　　不仅僧人、道士经常出入贾府,贾府众人也常去府外的寺庙、道观。
　　贾敬本是宁国府的掌门人,进士出身的他却一心想修道成仙,抛下家业、子女不管,整日和道士们胡混,烧丹炼汞,最后吞金丹而亡。
　　值得注意的是,大门不出二门不迈的女子也可以出入寺院、道观,凤姐就是打着到姑子庙进香的旗号,去小花枝巷骗来了尤二姐。

吓跑神佛一巴掌

　　《红楼梦》里规模最大的宗教外事活动,出现在第二十九回。端午节前,元妃娘娘安排贾府众人到清虚观去打平安醮,为此,贾府几乎合族出动。
　　到了清虚观门口,早有张道士和先到的贾珍、凤姐等人上来迎接贾母。一个十二三岁的剪蜡花的小道士不小心撞在了凤姐怀里,凤姐伸手一个嘴巴把小道士打了个跟头。小道士爬起来还想往外跑,众人齐声喊打,还是贾母及时制止。小道士跪在地上乱颤,贾母命人把他拉起来,叫他别怕,问他几岁了,他却说不出话来。贾母吩咐人把他带出去,给些钱买果子吃,不让别人为难他。

小道士胆战心惊、魂飞魄散的样子,着实令人心酸。富贵人家的孩子怎么会无故出家呢?贾府为了迎接元妃省亲买来的那些小和尚、小道士、小尼姑、小道姑,都是被家人卖掉,不得已才出家的。这个剪蜡花的小道士,小小年纪出家,也一定是出于谋生需求而非宗教信仰吧。

贾府众人的清虚观之行是为了祈福保平安的,但凤姐这一巴掌、众人的齐声喊打,不知吓跑了多少想保佑她们的神佛。幸亏贾母为菩提胸怀做了正确的示范。

御封道士有神通

清虚观中的张道士自幼就做了荣国公贾代善(贾母的丈夫)的替身[①]。贾代善早已过世多年,张道士却依然混得风生水起、"道运亨通"。

  这张道士虽然是当日荣国公的替身,曾经先皇御口亲呼为

[①] 旧时,富贵人家的父母为子女发愿舍身寺庙,会雇他儿来代替。过去穷苦人家的孩子的出路之一,就是替有钱人出家当替身,这样也可以为家人挣到一笔钱。

"大幻仙人",如今现掌"道录司①"印,又是当今封为"终了真人",现今王公藩镇都称他为"神仙",所以不敢轻慢。

一个普通的道士有多深的功力才能享有这么多这么高的称号与荣誉?

按理说,出家人四大皆空,每天的生活不过是打坐念经、多行善事而已,曹雪芹笔下的许多僧尼道姑却是涉世已久,比红尘中的凡夫俗子还要市侩,张道士就是典型的例子。

对贾母一番问候之后,张道士称赞宝玉和"当日国公爷(贾母的丈夫)一个稿子",这不露痕迹的奉承听起来是那么亲切,何况张道士还流下泪来。贾母的泪点也一下子被戳中了。心理距离拉近了,煽情适可而止,张道士话题一转,开始为宝玉提亲:

"前日在一个人家看见位小姐,今年十五岁了,生的倒也好个模样儿。我想着哥儿也该寻亲事了。要论这小姐的模样儿,聪明智慧,根基家当,倒也配的过。但不知老太太怎么样,小道也不敢造次。等请了老太太的示下,才敢向人去说。"

一个出家人怎么会知道谁家小姐和宝玉根基家当相配?可见,除了贾府以外,张道士一直游走于公侯府邸之间,他的兼职是做豪门间

---

① 明洪武十三年设,清沿之。管理道教事务,发给道士"度牒"(取得道士资格的身份证明)。掌道录司印指任道录司长官。

红楼梦中事

的捐客①。

张道士深知宝玉是贾母的命根子,平时对宝玉极为关注。宝玉过生日,时值国丧所以并未声张,张道士却早早地送来了四样礼,换的寄名符②。

在清虚观中,张道士把宝玉的玉托出去给道友和徒子徒孙们看,又转赠给宝玉三五十件法器当玩物。看来,这张道士不仅奉承人有套路,送礼也蛮讲艺术,如果直接送金银珠宝,宝玉不稀罕,也不会要,张道士打出小道士们送法器的招牌,令人无法拒绝,而且张道士出手极为阔绰,他送宝玉的全是珠穿宝嵌、玉琢金镂之物。

张道士如此不惜血本地讨好宝玉,都是做给宝玉背后的贾母看的,他深知,只有依附贾府这棵大树才能多化布施发大财。

由于经常到贾府去,张道士和凤姐非常熟。当张道士将凤姐女儿的寄名符用盘子托出来时,凤姐和他开玩笑:"你只顾拿出盘子来,倒唬我一跳。我不说你是为送符,倒像是和我们化布施来了。"这一句话就将平时张道士去贾府拿盘子化布施的形象勾画出来,引得众人大笑。

想来,不只在贾府,社交功力极强的张道士在别的公侯之家也是摸准了主人心理,市侩逢迎,这也是他获得御封,四处通达的原因吧。

---

① 旧指介绍买卖,取得佣金的人。
② 旧时家人为保孩子平安,将孩子在神或僧道前寄名为弟子(但不剃发出家),借助神灵的力量来驱除妖魔,以求长命,寄名时,出家人要给孩子一些东西,比如寄名符、寄名锁,此俗在明代就有,清代则更为流行。

不静不虚真凶残

清虚观的张道士巴结权贵，倒也没干出什么坏事，在《红楼梦》里，还有不少僧尼道姑披着出家人的外衣，四处坑蒙拐骗，干些伤天害理的勾当。水月庵的静虚老尼就背负着两条人命。

时值凤姐等人为秦可卿送殡，住到了距离停灵的铁槛寺不远的水月庵，静虚老尼来求凤姐办一件事。

原来，张财主的女儿张金哥进香时巧遇李衙内。李衙内是长安府太爷的小舅子，他看上了张金哥，可是，张金哥已经许给了守备之子。贪财爱势的张财主想为女儿退婚，把她嫁给李衙内，结果，守备家不同意退婚。张财主托净虚老尼找门路，静虚想借贾府的势力逼守备家退婚。

谁都知道，宁拆十座庙，不毁一桩婚。一开始凤姐并不想管，静虚老尼便略施小计：

"虽如此说，张家已知我来求了府里，如今不管这事，张家不知道没工夫管这事，不希罕他的谢礼，倒像府里连这点子手段也没有一般。"

老尼的激将法立马见效，凤姐当即拍板："你叫他拿三千银子来，我就替他出这口气。"

最终，在贾府的干预下，张家退了婚，但知义重情的女儿张金哥却自缢而死。为不负妻义，守备之子也投河自尽。

此事过后，凤姐安享三千两白银。想那老尼私下所得张家的好处，也不会少。

奇怪的是，张财主遇到了麻烦事，竟然求静虚老尼帮忙斡旋，可想而知，她平日里念的都是什么经。

一个清静无为的尼姑庵、一个开口称佛的老尼、一场肮脏卑鄙的交易。

吃了原告吃被告

再来说说马道婆，这位宝玉的寄名干娘堪称夺命干娘。

宝玉被贾环推倒的油灯烫伤，马道婆用指头朝宝玉的脸画了一画，又嘟嘟囔囔地念叨了一会儿，说管保好了。她的表演是如此娴熟，可见，江湖骗子的道法已被她修炼得炉火纯青。

随后，马道婆恐吓说，大户人家的孩子多有养不大的，她鼓动贾母添香油钱点海灯来保佑宝玉。她先举了几个公侯之家点多大海灯用多少灯油的例子，意在让贾母以此为标准。久经世故的贾母思忖了半天，马道婆意识到自己开口太狠了，立即改口说，舍多了也折福。最终，以每日五斤灯油的价格把贾母拿下。这个马道婆放到现在，绝对是个推销奇才。

从贾母处得了香油钱，马道婆又逛到了赵姨娘屋里。赵姨娘不停地抱怨凤姐，马道婆又想到了赵姨娘之子贾环与宝玉的矛盾，骗子的职业敏感告诉她，发财的机会又来了。她马上引诱赵姨娘害宝玉和凤姐。结果，在哄骗了赵姨娘一堆白花花的银子和五百两银子的欠契后，马道婆开始施法。在巫术作用下，宝玉神志不清寻死觅活，凤姐拿着把刀四处乱砍，后来二人又不省人事，幸亏癞头和尚和跛足道人出手相救才活了下来。

这个马道婆，刚才还假惺惺地念咒语、点海灯，求神佛保佑宝玉，回头就要坑害宝玉的性命，属于典型的吃了原告吃被告，真是歹毒至极。

拐入佛门当苦力

《红楼梦》中有许多讨人嫌的老婆子，比如王善保家的挑拨离间、献媚讨好，但她们毕竟是世俗之人，眼界、格局有限，也可以理解，反倒是这些嘴上有佛、心中无佛的出家人，才是最令人生厌的。

可是，又有几人能够看穿她们的真实面目呢？

为了迎接元春省亲，贾府买回来许多唱戏的小丫头。在抄检大观园后，王夫人吩咐这些小戏子全由各自的干娘带走自行聘嫁。

其中，芳官、藕官、蕊官三人，寻死觅活非要去做尼姑，恰巧有两个尼姑在王夫人这里。

当下因八月十五日各庙内上供去，皆有各庙内的尼姑来送供尖之例，王夫人曾于十五日就留下水月庵的智通与地藏庵的圆心住两日，至今日未回，听得此信，巴不得又拐两个女孩子去作活使唤，因都向王夫人道："咱们府上到底是善人家。因太太好善，所以感应得这些小姑娘们皆如此。虽说佛门轻易难入，也要知道佛法平等。我佛立愿,原是一切众生无论鸡犬皆要度他,无奈迷人不醒。若果有善根能醒悟,即可以超脱轮回。所以经上现有虎狼蛇虫得道者就不少。如今这两三个姑娘既然无父无母,家乡又远,他们既经了这富贵,又想从小儿命苦入了这风流行次,将来知道终身怎么样,所以苦海回头,出家修修来世,也是他们的高意。太太倒不要限了善念。"

这两个老尼"巴不得又拐"两个女孩子去做活使唤,可知之前也干过这种勾当。芳官、藕官、蕊官这三个女孩子本来就因出身贫寒,才被卖为戏子,转瞬间又要沦为佛门拐子的苦力,命运之悲惨,可叹、可叹。

三个小姑娘以为皈依佛门就获得了光明和解脱,殊不知佛门并非全是清净之所,况且青春年少就被关入庙宇,心又怎会得到安宁?水月庵的小尼姑智能把佛门净地称作"牢坑",足见她对常伴佛灯的生活的厌倦。

妙玉是因为自幼多病,买了许多替身都不管用,不得已才出了家。这位带发修行的姑娘,身在栊翠庵内却始终尘心未了,不洁不空。不能获得真正的精神解脱,又何尝不是一种痛苦?莫说妙玉,有几人能真正做到四大皆空?

贾府被抄后,孤寂、倔强的惜春也遁入了空门。按照脂砚斋批语的暗示,选择"独卧青灯古佛旁"的惜春并没有过上安宁的日子,最终落了个穿着尼姑服四处流浪乞讨的结局。

曹雪芹笔下的寺庙道观多为藏污纳垢之地,里边的僧尼道姑也多为借助宗教牟利的肮脏丑恶之人，迈入这样的空门，不仅不能清静自在，也不能改变自己的命运。如此，我们也就理解了作者为什么借宝玉之口公开地"毁僧谤道"了。

值得注意的是，在《红楼梦》开篇出现了一僧一道，他们在仙境里生得骨格不凡、丰神迥异，到了凡间，就变成了癞头跣脚、跛足蓬头、疯疯癫癫的模样。但是，他们总在关键时刻出现，或是治疗疑难杂症或是度化众人。这代表着佛道真境界的一僧一道，与作者笔下那些道貌岸然却干尽坏事的僧尼形成了鲜明的对比。

可见，曹雪芹并不是对所有的佛道僧尼都一刀切，也并非反对佛、道等宗教。这世间有很多事物本身并没有错，是一些人控制不了自己的欲望，利用它们做了恶。

为求神佛庇佑，做足功课的贾府众人；不堪的僧尼；踏入空门也不能摆脱悲剧命运的女子，曹雪芹绘制的是一幅人物群像画，或寓褒贬，或言劝诫，即便今日读来，仍令世人警醒。

在红尘的磕磕绊绊中认真过好一生，本身就是一场修行。不管身在何地、信仰为何，都不要忘了心怀悲悯。

■ 贾府祠堂的灵异事件

"万物本乎天，人本乎祖"，祭天是帝王家的事情，民间百姓对祭祖更为重视。

文坛怪杰辜鸿铭在英国留学期间也不忘祭祖，每年冬至，他都要摆上美酒、佳肴，遥祭大洋彼岸的祖先。房东太太不解："你的祖先什么时候来吃这些酒菜？"辜鸿铭回答："就在你们的祖先嗅到你们献的鲜花花香的时候。"

古人认为亲人的灵魂能够保佑自己，非常重视祖先灵位的安放。因战乱而告别中原的客家人有句谚语："草鞋脚上，灵牌背上"，辗转迁徙的人们尚且要背负祖先的灵牌，何况那些聚族而居的人？

中国古代，世家大族都要修建祠堂供奉祖先的灵位。明清时期，祠堂遍布全国各地。乾隆二十九年，江西巡抚巡查本省所建的祠堂，一省之中竟达八千九百九十四个。清代民间的祠堂不仅数量多，还往往是城乡中规模最大、装饰最华丽的建筑，"望族喜营屋宇，雕梁画栋，池台竹树，必极工巧。大宗小宗，竞建祠堂，争夸壮丽，不惜资费"①。

在曹雪芹笔下，贾府的祠堂与许多世家大族的祠堂一样，里边供奉着祖先的牌位，香烛辉煌、锦幛绣幕，贾府祭祖也是人山人海、隆重神圣，谁也不会想到，这样一个诗礼簪缨之家的祠堂中竟会出现灵异事件。

贾府祭祖

宁国公贾演、荣国公贾源两兄弟立军功起家，建宁、荣二府。

在《红楼梦》开篇的时候，贾府这一百年望族，已历经五世。后

---

① 出自清代嘉庆年间的《澄海县志》。

世子孙在祖先军功的荫庇之下承袭爵位、尽享富贵。虽然内里的危机已经显露，但贾府依然延续着世家大族的礼俗和排场。

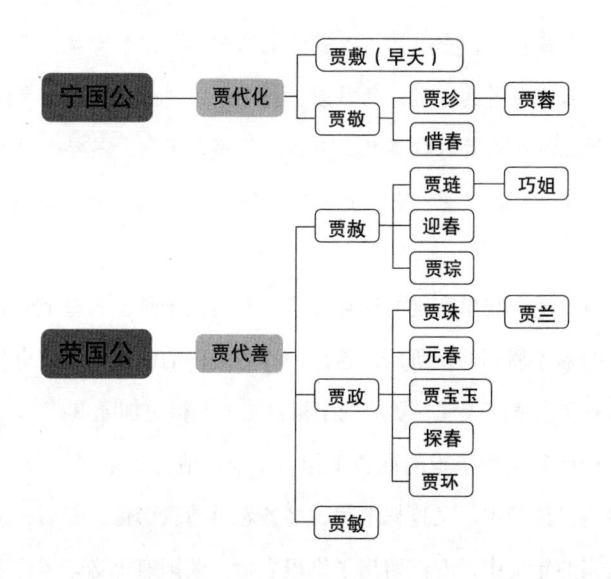

```
宁国公 ── 贾代化 ┬─ 贾敷（早夭）
                └─ 贾敬 ┬─ 贾珍 ── 贾蓉
                       └─ 惜春

荣国公 ── 贾代善 ┬─ 贾赦 ┬─ 贾琏 ── 巧姐
                │       ├─ 迎春
                │       └─ 贾琮
                ├─ 贾政 ┬─ 贾珠 ── 贾兰
                │       ├─ 元春
                │       ├─ 贾宝玉
                │       ├─ 探春
                │       └─ 贾环
                └─ 贾敏
```

宁、荣二府，宁国府居长，贾府的祠堂设在宁国府西边的一个院子，祭祀也在那里。

贾府的祭祀规律且频繁，子弟们除了每月的朔、望之礼①外，在一些重要节日也会举行祭祖仪式。

春节的祭祖堪称大祭。小说第五十三回展示的除夕祭祖风貌，让我们见识了盛大的祭祖排场。

---

① 朔，初一。望，十五。旧时的大家望族每逢初一、十五要到祠堂举行祭祖的礼仪，称为"朔望之礼"。

过年之前，贾蓉去光禄寺①领回了春祭的恩赏②，这是皇帝给发的祭祖"补贴"。

那黄布口袋上有印，就是"皇恩永赐"四个大字，那一边又有礼部祠祭司的印记，又写着一行小字，道是"宁国公贾演荣国公贾源恩赐永远春祭赏共二分，净折银若干两，某年月日龙禁尉候补侍卫贾蓉当堂领讫，值年寺丞某人"，下面一个朱笔花押。

贾府虽然不缺皇帝赏的这点银子，但这银子是上领皇上的恩，下托祖宗的福才领到的，所以，这是一种高规格的政治待遇，也是一种荣誉。有了皇家的关注，贾府的祭祖自然要办得更加隆重。

族长贾珍负责祭祀的准备工作。年前，他开了宗祠，派人打扫，收拾供器，请神主，又打扫上房，准备悬供遗真影像。随后，又在乌庄头送来的年货中，专门留出了供祖之物。荣国府也送来了许多供祖的物品。到了腊月二十九，诸事准备妥当。

三十日，贾母等有诰封者，按品级穿着朝服进宫朝贺，回来后在宁国府下轿，众人一同进入宗祠，作者通过宝琴的视角对贾府的宗祠进行了介绍：

且说宝琴是初次，一面细细留神打谅这宗祠，原来宁府西边

---

① 官署名，自北齐起光禄寺掌管皇室膳食，历朝相沿，至清代，皇帝膳饮由内务府掌管，光禄寺为外廷职司，只管祭祀所用膳食等事。
② 春祭的恩赏：旧历年节，皇帝按照常例赏给受荫封的官僚供祭祖用的银两。

另一个院子，黑油栅栏内五间大门，上悬一块匾，写着是"贾氏宗祠"四个字，旁书"衍圣公孔继宗书"。两边有一副长联，写道是：肝脑涂地，兆姓赖保育之恩；功名贯天，百代仰蒸尝之盛。亦衍圣公所书。进入院中，白石甬路，两边皆是苍松翠柏，月台上设着青绿古铜鼎彝等器。抱厦前上面悬一九龙金匾，写道是"星辉辅弼"。乃先皇御笔。两边一副对联，写道是：勋业有光昭日月，功名无间及儿孙。亦是御笔。五间正殿前悬一闹龙填青匾，写道是"慎终追远"。旁边一副对联，写道是：已后儿孙承福德，至今黎庶念荣宁。俱是御笔。里边香烛辉煌，锦幛绣幕，虽列着神主，却看不真切……众人围随着贾母至正堂上，影前锦幔高挂，彩屏张护，香烛辉煌。上面正居中悬着宁荣二祖遗像，皆是披蟒腰玉；两边还有几轴列祖遗影。

步入宗祠，抱厦和正殿的牌匾及对联均为御笔亲书，写尽了对贾府祖先恩泽后世功德的赞誉。宗祠中，供着列祖列宗的遗影[1]和神主[2]。

古人在祠堂中一般都供奉祖先的影像和灵位，人们认为上面附着

---

[1] 古代没有摄影技术，只能绘画。子女在父母年事已高的时候，会请专门的画师为父母画像，裱成轴，等父母去世之后，每逢周年、诞辰、过年，将影像（神轴）请出来悬挂祭拜。官宦家庭，祖先上有官职的，都有生前画的影像，祖上名人多的，可以挂许多轴，也可多人画于一张纸上，在祭祖时都要拿出来挂上，表示将祖宗请了回来，全家祭拜，称之为"拜影"。祭祖仪式完成之后，要将画像收好，留待来年供奉。

[2] 神主指的是供奉的祖先牌位。

红楼梦中事

祖宗的灵魂,可以通过它们与祖先沟通。在祭祀时,这些神主或遗影代替祖先,接受后人的祭拜。

除夕祭祖

在正殿举行的祭拜神主仪式拉开了除夕祭祖的序幕:

只见贾府人分昭穆排班立定:贾敬主祭,贾赦陪祭,贾珍献爵,贾琏贾琮献帛,宝玉捧香,贾菖贾菱展拜毯,守焚池。青衣乐奏,三献爵,拜兴毕,焚帛奠酒。礼毕,乐止,退出。

随后,众人随贾府辈分最高的贾母到正堂上供菜,拜影:

贾荇贾芷等从内仪门挨次列站,直到正堂廊下。槛外方是贾敬贾赦,槛内是各女眷。众家人小厮皆在仪门之外。每一道菜至,传至仪门,贾荇贾芷等便接了,按次传至阶上贾敬手中。贾蓉系长房长孙,独他随女眷在槛内。每贾敬捧菜至,传于贾蓉,贾蓉便传于他妻子,又传于凤姐尤氏诸人,直传至供桌前,方传于王夫人。王夫人传于贾母,贾母方捧放在桌上。邢夫人在供桌之西,东向立,同贾母供放。直至将菜饭汤点酒茶传完,贾蓉方退出下阶,归入贾芹阶位之首。凡从文旁之名者,贾敬为首;下则从玉者,贾珍为首;再下从草头者,贾蓉为首;左昭右穆,男东女西。俟贾母拈香下拜,众人方一齐跪下,将五间大厅,三间抱厦,内外廊檐，阶上阶下两丹墀内，花团锦簇，塞的无一隙空地。鸦雀无闻，只听铿锵叮当，金铃玉珮微微摇曳之声，并起跪靴履飒沓之响。一时礼毕，贾敬贾赦等便忙退出，至荣府专候与贾母行礼。

摆完贡品，按序站好，贾母拈香下拜，众人乌泱泱地一齐跪下，宗祠内被塞得无一隙空地。人们屏气凝神，只闻得金铃玉珮铿锵叮当与跪靴履飒沓之声。礼毕，一轮祭祖活动告一段落。

明清之际，南北通行祭祖的风俗，但是各家祭祖拜影的时间不同，或三日、五日、十日，也有至元宵夜才收祭的[①]。《红楼梦》中，贾府的祭祖活动是从除夕开始，直至正月十七日一早，"又过宁府行礼，伺候掩了宗祠，收过影像"，春节的祭祖活动才结束。

聊斋夜宴

贾府祭祖时人山人海，程序也是繁缛复杂，活动现场却是秩序井然，庄严肃穆。这样隆重神圣的祭祖场景合乎诗礼簪缨之家的排场。平日子孙按时祭祖，有大事也必祭告祖先，对在世的长辈也是晨昏定省，进献孝敬。在这样一个诗礼、仁孝之家的祠堂里，竟出现了灵异事件。

时间，八月十四。地点，宁国府。由于父亲贾敬过世，守孝期间的贾珍等人不能在八月十五这个正日子过中秋节，贾珍和尤氏商定提

[①]《清嘉录》记载："比户悬挂祖先画像，具香蜡、茶果、粉丸、糍糕，肃衣冠率妻孥以次拜，或三日、五日、十日上元夜始祭而收者。"

前一天举行夜宴。

　　大家正添衣饮茶、换盏更酌之际,忽听那边墙下有人长叹之声。大家明明听见,都竦然疑畏起来。贾珍忙厉声叱咤,问:"谁在那里?"连问几声,没有人答应。尤氏道:"必是墙外边家里人也未可知。"贾珍道:"胡说,这墙四面皆无下人的房子,况且那边又紧靠着祠堂,焉得有人?"一语未了,只听得一阵风声,竟过墙去了。恍惚闻得祠堂内槅扇开阖之声,只觉得风气森森,比先更觉凉飒起来;月色惨淡,也不似先明朗。众人都觉毛发倒竖。贾珍酒已吓醒了一半,只比别人撑持得住些,心下也十分疑畏,便大没兴头起来,勉强又坐了一会子,就归房安歇去了。

　　次日一早起来,乃是十五日,带领众子侄开祠行朔望之礼。细察祠内,都仍是照旧好好的,并无怪异之迹。

《红楼梦》里有一些具有奇幻色彩的章节,如贾宝玉梦游太虚幻境、贾天祥正照风月宝鉴等,但很少有恐怖的内容,唯有此处出现了聊斋式的情节让人感觉毛骨悚然。究竟是谁发出的叹息?

谁在叹息

在小说正式开篇的时候,宁、荣二公这两位贾府百年富贵的开创者早已不在人世,他们的魂灵却一直关注着贾府的发展。
　　在第五回,宁、荣二公的魂灵对警幻仙姑感慨:

> 吾家自国朝定鼎以来,功名奕世,富贵传流,虽历百年,奈运终数尽,不可挽回者。故遗之子孙虽多,竟无可以继业。

实际上,造成贾府"运终数尽"悲哀的正是贾府的子孙,宁、荣二公创业艰难,后世子孙虽属于"武荫之属①",却坐享其成,不思守业,使得百年望族未能摆脱"三世而衰、五世而斩"的魔咒。

宁、荣二公之灵拜托警幻仙姑,将痴顽的宝玉引入正路。可惜宝玉并没有走上祖先期许的道路,他痛恨仕途经济,只爱在内帷厮混,又怎能指望他来光耀祖宗基业?

不仅宝玉,当贾府表面的光鲜被撕下后,露出的全是内里的不堪。

荣国府中,长子贾赦无行无德、贪财好色。身为一等将军的他能为了二十把古扇弄得石呆子家破人亡。他的荒淫连丫鬟们都看不过去,说他太下作。次子贾政虽然品行方正却"不惯俗物",将管家大权交给贾琏、凤姐夫妇,如若众人能追思祖宗创业的艰难,勤勉上进、节俭持家,何至于落得典当贾母的家当维持家计的地步?

在宁国府,焦大是曾随宁国公征战沙场的老仆人,他对贾府后代的糜烂生活早已深恶痛绝。眼见老祖宗用鲜血换来的基业将毁于不肖子孙之手,他深感痛心。焦大在酒后大骂:"每日偷狗戏鸡,爬灰的爬灰,养小叔子的养小叔子",这一下就揭开了宁国府的盖子。

贾珍一味胡作非为,把宁国府搞得乌烟瘴气。他在居丧期间聚众豪赌,恣意取乐,不成体统。贾珍的好色也是众所周知的,秦可卿病

---

① 祖上因武功受封,子孙受到荫庇而承袭爵位。

逝，身为公公的他行为异常，令人生疑。作为贾府长房长孙的贾蓉，被父亲贾珍戴了一顶硕大的绿帽子，可是生在龌龊环境中的他长成了一个新版本的贾珍。

老子《道德经》有云："金玉满堂，莫之能守；富贵而骄，自遗其咎。"宁、荣二府已是大厦将倾，后世的不肖子孙却依然花天酒地、不知自省，这些"假礼假体面""假孝悌"的子孙，又有何面目去祭拜祖先？即便遵照重重规矩去祭拜又有何意义？不用等焦大到祠堂里哭太爷去，当年九死一生创业的祖先已经送来了一声叹息。

缅怀祖先，不忘本源，是国人的传统。人们感念祖宗恩德，也用这样的方式教育子孙，不忘家国乃至华夏文明的根本。

相对于古代，我们今天的祭祖礼仪发生了很大的变化，但是，古往今来祭祖的核心价值都是一致的，那就是始终围绕"孝"字展开。不论后世子孙摆上什么供品，祭祖的仪式隆重与否都无可厚非，无论何时何地，不忘祭祖的初衷，在追忆先辈养育之恩的同时延续他们的美德，才是对祖先最大的孝敬。

后记

在社会发展日新月异的今天，优秀的传统文化典籍依然是我们汲取智慧的源泉。我们策划深耕传统文化典籍，读书启迪人生活动的初衷也是为了唤起更多的人关注传统文化，领会传统文化的精髓。

作为中国古典文学的扛鼎之作，《红楼梦》以半部残卷倾倒众生，其深广的社会内涵早已融入中华民族的文化血脉，刻进了历史的扉页。

《红楼梦》对于传统文化的传承有着重要的意义，但每个时代有每个时代的文化语境，小说产生的社会条件、文化背景早已消失，今天的读者很难与古人的思维接轨，同步感受他们的喜怒哀乐。本书在从不同角度对《红楼梦》中的传统文化元素、文化现象进行提炼、解读的同时，也努力使这部经典与我们的现实生活对接，帮助读者跨越岁月长河，体悟《红楼梦》中的生活智慧。

《红楼梦》毕竟是一部小说，我们走进书中，也要从书中走出来。希望读者在读完本书之后，能对《红楼梦》有更深层次的理解，也能从中感知世间冷暖、体悟人生百味，进而过好当下的生活。

伴着2020年春天的脚步,我终于完成了本书的初稿,其中艰辛,唯有亲历才能体会。

在本书的编写过程中,肖泽利、刘丽英主任在选题、书稿修改方面给予了全程具体的指导,申淑华主任多次审阅书稿,提了很多中肯的意见,科研处的同事们在查询资料等方面也给予了大力的支持与帮助,感谢大家的热心支持和辛苦付出。同时,也要向一直支持科研工作的于善光主任和辛勤工作推动本书出版的邢远编辑表示感谢。

本书借鉴了许多红学专家、红学爱好者的研究成果,谨向他们致以崇高的敬意和衷心的感谢,由于疏漏,可能有些参考资料未能完全列出,在此一并致歉。本人水平有限,书中不足之处,敬请广大读者朋友批评指正。

传承经典,我们永远在路上。

付曼

2020年5月

参考书目

1. 《红楼梦》 人民文学出版社
2. 《脂砚斋评石头记》 上海三联书店
3. 《清人笔记随录》 来新夏 中华书局
4. 《红楼风俗谈》 邓云乡 中华书局
5. 《说不尽的红楼梦——曹雪芹在香山》 胡德平 中华书局
6. 《细说清人社会生活》 潘洪刚 中国社会科学出版社
7. 《教科书里没有的清史》 胡忠良 中华书局
8. 《十里红妆女儿梦》 何晓道 中华书局
9. 《故宫退食录》 朱家溍 故宫出版社
10. 《邓云乡集》 河北教育出版社
11. 《清代北京旗人社会》 刘小萌 中国社会科学出版社
12. 《但问旗民——清代的法律与社会》 赖惠敏 中华书局
13. 《清代包衣旗人研究》 祁美琴 人民出版社
14. 《大故宫》 阎崇年 长江文艺出版社
15. 《随园诗话》 清 袁枚 当代世界出版社

16.《服饰与中国文化》 华梅 人民出版社

17.《世说清语》 王彦章 中国财政经济出版社

18.《红楼梦爱情密码》 胡联浩 黄山书社

19.《物欲〈红楼梦〉》 侯会 中华书局

20.《曹寅与康熙》 史景迁 广西师范大学出版社

21.《曹雪芹新传》 周汝昌 山东画报出版社

22.《细说红楼》 周绍良 北京出版社

23.《胡文彬谈红楼》 胡文彬 当代世界出版社

24.《红楼梦与中国旧家庭》 萨孟武 北京出版社

25.《〈红楼梦〉丝绸密码》 李建华 上海科学技术文献出版社

26.《〈红楼梦〉的智慧》 胡云信 现代教育出版社

27.《石头记脂本研究》 冯其庸 人民文学出版社

28.《陈寅恪与红楼梦》 刘梦溪 中央编译出版社

29.《绛珠还泪:〈红楼梦〉与民俗文化》 王齐洲 黑龙江人民出版社

30.《红楼梦与中国文化论稿》 胡文彬 中国书店出版社

31.《红楼梦西洋名物考》 方豪 浙江人民美术出版社

32.《刘丽君点评红楼职场八金钗》 刘丽君 华艺出版社

33.《说〈红楼〉人物》 潘知常 上海文艺出版社

34.《红楼未完 人间有戏》 陈艳涛 江苏凤凰文艺出版社

35.《季风讲四大名著里的故事》 季风 广东旅游出版社

36.《〈红楼梦〉镜像下的清朝礼制文化》 夏桂霞 中国经济出版社

37.《〈红楼梦〉研究稀见资料汇编》 吕启祥、林东海 人民文学

出版社

38.《康雍乾三朝与西学东渐》 吴伯娅 宗教文化出版社

39.《女神的段位》 苏岑 四川文艺出版社

40.《梦里不知身是客：百看红楼》 百合 北岳文艺出版社

41.《醉爱红楼》 芦哲峰 江苏凤凰文艺出版社

42.《红楼一梦入金陵》 潇妃燕 河海大学出版社

43.《闲话红楼》 十年砍柴 现代出版社

44.《愿有人待你如初：细品红楼梦中人》 慕容素衣 北京联合出版公司

45. 王彩华，彭蕴辉.《民俗现象在〈红楼梦〉中的认识价值与审美价值》[J].《红楼梦学刊》,1988,(1)

46. 朱松山《〈红楼梦〉中的节令风习考——读〈红楼梦〉札记之七》[J].《红楼梦学刊》,1989,(4)

47. 宋德胤《红楼梦》中的满俗初探[J].《红楼梦学刊》,1984,(3)